五光年より遠くない

新馬場 新
イラスト：あんよ

目次

十五光年より遠くない

新馬場　新
イラスト：あんよ

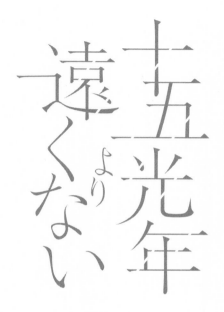

〈2023年　夏〉

イタリア南部。地中海、イオニア海域。


『こちら管制。スターボード、上昇限界だ。高度を下げろ』

響いた声に、操縦席に座る男は首を振った。

「こちらスターボード。それは無理な相談だ」

強く言い切り、操縦桿《そうじゅうかん》を手前に引く。

彼の乗ったF‐15J《イーグル》が呼応するように機首を上げた。

高度一万五〇〇〇m《メートル》。F‐15J《イーグル》の実用上昇限度までの余白《マージン》は、およそ四〇〇〇。高高度の空気は薄い。必然、機体は安定性を損なって暴れはじめる。一歩間違えれば自殺行為ともいえる急上昇だ。それでもスターボード――星板陸《ほしいたりく》は、操縦桿を上昇方向に引き続けた。

「日本《こっち》チームは俺とあいつ以外落とされてんだ。それにこの程度じゃ……」

上昇負荷に歯を食いしばり、陸は計器に目を落とす。

燃料消費は規定の範囲内。

レーダーサイトには敵機の影。

ACM《空中戦》の終了時刻まで残りわずか。

──行ける。行くしかない。直感が告げた。

「この程度のスコアじゃ、今より遠くに行けねえんだ！」

高高度から決死のダイブ。高度一万を切ったところで、三つの機影が視界に飛び込んでくる。ふたつは敵機。逃げる一機は、陸の僚機だ。

陸は音速飛翔の最中、ギリギリの間合いを見極めた。ロックオンさえすれば撃墜判定がとれる。しかしそれは敵機も同条件。一瞬の判断ミスが命取りになる。

陸はさらに加速した。敵機の間を裂くように、彗星《すいせい》の如く駆け下りる。

「まずはひとつッ」

すれ違い様に一機をロックオン。撃墜スコアを稼いだところで、即座に操縦桿を引き上げる。急降下からの強引な姿勢回復。急激な負荷に機体が軋《きし》んだ。

『今度は高度を下げ過ぎだ！　機体の限界を計る訓練じゃないんだぞ！　テストパイロットにでもなったつも──……』

「なったつもりも、なるつもりもねえよ」

管制からの無線を切り、陸は集中の濃度を上げる。

「通過点にこれ以上は求めてねえし、この景色にももう飽きてんだ」

姿勢を立て直し、フルスロットルで水平加速。眼下に地中海の紺碧《こんぺき》が流れていく。機体はさらに速度を上げ、マッハ一・六の最高速に到達した。僚機を追っていた敵機の注意がこちらに向けられたのがわかる。敵機の気配を背後上方に感じながら、陸《りく》は一気に操縦桿《そうじゅうかん》を引き、機首を上げた。

「行けるところまで、行ってこそだろ！」

F-15J《イーグル》の運動エネルギーは刹那に上方向に変換され、翼の揚力のみでは起こり得ない、本来の上昇率を超えた急上昇《ズーム上昇》が起こる。晴天の空を突き刺すように、陸のF-15J《イーグル》は超音速で宙空を駆け上がっていく。きぃぃんと高い音が響いた。硬い空気を裂き続けるF-15J《イーグル》が、苦痛に鳴いていた。

「ふんばれ、俺のF-15J《イーグル》。あと数秒の辛抱だ」

ズーム上昇の機体運動《マニューバー》で得られる上昇効果は、ほんの一時的なものにすぎない。

だが、今の陸にとってはそれで十分だった。

「ここだ――ッ！」

垂直上昇から一気にスロットルを絞る。F-15J《イーグル》は急激に失速し、機体の尾部から落下していく。

後方から追って来ていた敵機が陸の真横を通り過ぎた。

陸は一気に姿勢を直し、照準を絞った。

「撃墜《Kill it》！　これでスコアトップだ！」

陸は狭い操縦席のなかで勝鬨《かちどき》を上げる。高揚を表わすかのように機体を左右にバンク《揺ら》し、そのまま再度上昇していく。誰よりも高い位置まで飛びあがると、感情の昂《たかぶ》るまま、空のキャンバスに透明なハートを描いた。

降り注ぐ地中海の日射しが眩《まぶ》しい。

陸にはその陽光が、己が身を讃えるスポットライトに思えた。

○

イタリア南部。レッチェ市郊外、ガラティーナ基地。


「個人成績は単独で日本の星板《ほしいた》がトップだった。おめでとう」

イタリア人教官が促《うなが》すと、周囲から拍手が轟《とどろ》いた。陸は軽く手を挙げ、それに応える。視界の端にいる編隊長の守屋《もりや》が苦い顔をしているのは見ないことにした。

一部から好評だった最後のアクロバットは、直属の上司からすれば燃料の無駄でしかなかったようだ。

この時を以て、国際飛行訓練学校《IFTS》で催された日伊合同訓練は、無事全行程を終了。陸たちは明日、ガラティーナ基地を発つことになる。

荒涼とした草原の只中に建てられたガラティーナ基地は、世界でも屈指の統合訓練システムを有したパイロット育成機関だ。欧州における民間・軍用航空機分野のリーダーでもあるイタリアのトップ企業——レオナルドをパートナーシップに加えた統合訓練は世界でも例を見ない高度なものであり、二〇二一年に日本の航空自衛隊は次世代航空機のパイロット育成の一環として、当該訓練への参加を表明した。

翌年から共同訓練が開始されたが、日本にとって戦闘機パイロットの訓練を米国以外で行うのは極めて稀《まれ》な試みだ。無論、外交的な側面も強く、航空自衛隊のなかでも外に出して恥ずかしくない者しか参加は許されていない。

そのなかにおいて、素行に問題を抱える星板陸《ほしいたりく》がなぜ選ばれたのかといえば、圧倒的な空戦技術を他国に見せつけるパフォーマンスの意味合いが強くあった。

陸のような卓越したパイロットの存在は他国への牽制《けんせい》材料になり得るのだ。

「これにて訓練を終える。各自、十分後に食堂に集合すること」

イタリア人教官の言葉に、参加者たちの唇がにたりと歪んだ。

「ささやかだが、パーティーを催そう」

教官が口の端を上げると、本日二回目の拍手が起こる。

ブーツに喩《たと》えられるイタリアの、踵《かかと》の位置にレッチェ市はある。高緯度地域のため太陽はなかなか沈まない。夜が顔を出すのは時計が午後八時を過ぎてからだ。

騒々しい食堂のなか、陸は窓際の席に座っていた。未だ地平線に居座る太陽に往生際の悪さを覚えながら、グラスの中のコーラをずるずると啜《すす》る。

「星板。ワインはどうした？　ペプシばっかり飲んでいたら、イタリアに来た意味がないだろう」

陸の前の席に、壮年の男が断りもなく腰掛ける。イタリア空軍の飛行隊長だ。左手に赤のボトルを、右手にふたつのグラスを提げている。豊かな口髭《くちひげ》を蓄えた掘りの深い顔の奥には「飲まずには帰さないぞ」という強い意志が窺《うかが》えた。

「いただくよ」

陸は押し切られるように頷《うなず》き、グラスを受け取った。

「改めてになるが、星板、本当に素晴らしい成績だった。君は紛れもなく世界最高峰の腕を持つパイロットだ。君がイタリアに生まれなかったことを悔やむよ」

「そりゃどうも。アメリカでも同じことを言われたよ」

「君に付き合う機体《イーグル》や相棒《バディ》がかわいそうだとは？」

「それも言われた」

にやりと口の端を上げ、陸はグラスを掲げた。飛行隊長も高らかに笑いながらそれに応える。赤く満たされたふたつのグラスが、窓から射し込む太陽の光を受けてちらちらと輝いた。

「サルーテ《乾杯》」

盃を交わし、互いにグラスを口に運ぶ。飛行隊長は水を飲むようにワインを呷《あお》った。酒に強くない陸《りく》はペースを合わせるのを早々に諦めた。どうせ今夜は長くなる。最初から飛ばす理由もない。

「そういや、一昨日はありがとうな。無理言ってそっちの機体に乗せてもらっちゃって。うちの機体以外を触れるチャンスってなかなかないからさ、勉強になったよ」

「なに、いいさ。あのスターボードの学びになったなら幸いだ——それより、ひとつ聞いていいかな」

「ああ、いいけど、俺からあんたに教えられることなんてそうそうないぜ」

「技術の話じゃない。志《こころざし》の話だ。君は一体、何を目指している」

「なんだよ、突然」

「君の操縦——いや、生き方からは危《あや》うさが拭《ぬぐ》えない。率直に言えば、向こう見ずすぎる。君はなにを見ているんだ？　故郷に大切な人はいないのか？」

濃い口髭《くちひげ》の奥から出た言葉に、陸は面食らう。

「そんなの——」

言いかけ、口をつぐんだ。開け放たれた窓からぬるい風が吹き、陸の頬をやさしく撫《な》でた。その柔らかな感触に、記憶の栓がするりと抜けていく。

神奈川県の、なんの変哲もない海沿いの町で育った。退屈な町の背景に浮かぶのは、幼い頃に離婚した両親に代わって、陸を育ててくれた祖父母の背中や、陸の青春を彩り、いまも心に鮮やかな軌跡を残す初恋の女性の顔だった。

　忘れたくても忘れられない。忘れるつもりもない。まだ子どもだった陸を信じ、夢を応援し、背中を押してくれた人たちの顔。部隊での忙しさを言い訳に、連絡が滞っているものの、ちっぽけなままの自分では顔向けできない大切な人たちが、陸にはたしかにいる。

「いるから、こうして無茶してんだ」

　言って、ワインを一口含む。「無茶してでも結果を残したい。故郷の連中に胸を張りたいんだ。現実ってのは、必然の積み重ねでできている。それが俺の信条だ。だからこそ、俺は地味でしんどい努力も続けられる。行動が必然を生むのなら、夢が必然の結実なら、どんなに辛い訓練にも耐えられる。ただ、それだけだ」

「……そうか」

「そうだ」

　陸は強く顎《あご》を引いた。

　隊長がまたひとつ「そうか」と零《こぼ》した。

「なあ、星板《ほしいた》」

「どうしたよ、口髭隊長。今日は随分とお喋《しゃべ》りだな。酒がはいり過ぎたんじゃねえのか？　そうだ。いいこと教えてやるよ、体調管理もパイロットの仕事の――」

「違う。気をつけろと言いたいんだ」

「……気をつける？　俺が？」

「ああ、君は少し、目立ち過ぎた」

飛行隊長はワインボトルに指先を掛け、陸《りく》を見据えた。

その強い眼差しに、陸の喉がこくりと鳴った。

「君の空戦技術は見事だが、脅威的でもある。君のその技術は、ひとつの国家の制空支配力を極めて強大にする可能性を秘めていると言っていい。今日のACM《空中戦》で改めてそれに気づかされた。君は同盟国の戦神であり、敵対国にとっての死神だ」

「買い被りだ。それに、俺の空戦技術なんかいずれ必要なくなる。そのうち戦闘機パイロットは消えて、全部無人機になるからな」

「だが、そのうちというのは、なにも今日や明日じゃない」

ワインボトルから、赤い雫《しずく》が一滴垂れた。

「君も言うように、現在、世界各国が無人戦闘機の開発に心血を注いでいる。より強《したた》かに、より狡猾《こうかつ》に飛ぶ鋼鉄の鳥を求めている。しかし、鋼鉄の鳥はまだ雛《ひな》だ。飛び方を教える親鳥が要る。たとえば、君のように優秀で獰猛《どうもう》な親鳥がな」

「なにが言いたいんだよ」

「つまりだ。各国が君を欲しているということだ。君の空戦データを記録し、解析すれば、現代最高峰パイロット——スターボードに匹敵する鋼鉄の鳥をいくらでも産み出せる」

「……悪い冗談だな」

「はたして本当に冗談だろうか。実際、君がここに来たのも米国や豪州からの強い推薦があったと聞く。空戦データの提供も込みで、裏でなにがしかの取引があったことは想像に難くない」

「それ、言っていいのかよ」

「軍人としてはダメだ。私は友人として言っている」

垂れた雫を指先で拭《ぬぐ》い、飛行隊長は目を細めた。

「星板《ほしいた》、もう一度、友人として忠告する。気をつけろよ。敵がいるのは空だけじゃない。君を外交の切り札にしようと考えている人間も、君の翼を怖れ、もごうとする人間も確実にいる。自らの信念のために上ばかり向いて歩いていれば、足元の罠《わな》には気づかない」

「俺が消されるってか？　まさか。俺は政治家でも科学者でもねえんだ」

「歴史に影響力を持つのは、なにも偉大な政治家や、高名な科学者だけではない。勇気と才覚のある人間であれば、誰だって英雄になる可能性がある」

「言いすぎだぜ、旦那。俺は親鳥にも、戦闘妖精にもなるつもりはねえ」

「……だといいがな。——さて、ボトルが空いてしまった。持ってこさせよう」

飛行隊長の指先から音が鳴った。合図に気づいたイタリア軍のパイロットたちが、機を見計らっていたかのように寄ってくる。

騒々しい気配に包まれて、陸《りく》はようやく、飛行隊長が人払いをしていたことを看取《かんしゅ》した。彼はそこまでして陸に忠告したかったのだ。それを思うと、掌《てのひら》に汗が滲《にじ》んだ。

――なんだよ。今の話がマジみてえじゃねえか。

微《かす》かに胸が焦《じ》れる。しかし陸は陸で、そうした政治や外交の話が得意ではなかった。陸が生きると決めた空の世界は、もっと単純で、わかりやすい場所のはずだった。ただ高く。ただ速く。それさえ為していれば、望んだ景色が見られる世界――。

陸は大人になってさえ、大人の作った規範や社会が苦手だった。そこに迎合しはじめている自分さえも。なぜここは希望や期待に溢《あふ》れる世界ではないのだろう。

抜け出したい。一光年でも、二光年でも、遠くへ行きたい。

渋いワインを無理に呷《あお》った。集まって来たパイロットたちと談笑することで、先ほどの話を忘れようとした。訓練の愚痴《ぐち》。陸の戦技の秘訣《ひけつ》。好きな機体や、乗ってみたい機種。イタリアでどこが気に入ったか。家族のことや、恋人のこと。多くのことを語り合うと、飛行隊長の零《こぼ》した懸念が、やはり冗談のように思えてくる。

――そうさ。俺は今までどおりにやりゃあいい。ただ遠くまで行ってやるんだ。

陸は席を立ち、酔っ払いたちの輪からするりと抜けた。酒が陸の足を軽くした。食堂の端に並べられたテーブルから、チーズをいくつか皿に盛り、落ち着けそうな場所をやおら探した。視界の端に、良い場所を見つけた。

「おう寺井《てらい》、あっちにチョコケーキあったぞ。ありゃおまえでも食いきれん量だ」

ひとり黙々と食事をする相棒《バディ》に近付き、声を掛けた。だが相棒《バディ》は答えない。不愉快そうな瞳で陸を一瞥《いちべつ》すると、再び皿に視線を落とした。

「なんだよ、ピリピリしやがって。そんなに二位が悔しいか」

「悔しいに決まってるだろっ」

短く言い放ち、彼女は生ハムを口にほうばった。

寺井理沙《りさ》は、その眉間《みけん》の皺《しわ》が示す通り、負けん気の強い性格をしている。陸とは航空学生時代からの同期であり、歳も同じ二十六。空戦技術も座学も、常に首位を競り合ってきたふたりだ。互いにライバル意識がないとは到底言えない。

「おいおい、怒鳴るなよ」

言いながら、陸は寺井の前へ腰を落ち着けた。

「怒鳴りたくもなる。からかう気に満ちた顔で近づいてきやがって。私を囮《おとり》に使うとは何事だ！　私だから逃げきれたものの。他のパイロットなら墜とされてるぞ」

「だからだよ。おまえだから囮にしたんだ。他のやつに任せられないからな」

「……調子のいいことを」

寺井は憎まれ口をたたきながら、また生ハムを口に含んだ。

「だいたい許せないのは最後の一機への対処だ。わざわざテイルスライドする必要があったか？　ジェット機であんな機体運動《マニューバー》を行えばフレームアウトを引き起こして墜落することくらい、初級操縦課程の未熟者でもわかることだ。今回は運が良かっただけだということを忘れるなっ！」

「いやだって、F-15J《イーグル》がいけるって言ってたんだ。それに、ああいう場面でこそ新しいことに挑戦すべきだろ。そうじゃねえと、成長ってもんがねえ」

「自分の身を危険に晒《さら》してでもすべき成長とはなんだ？　正直おまえのスタンドプレイには飽き飽きしてる。勘に頼ったり、カッコつけたりなんてことを繰り返されたんじゃ、こっちも信頼しようにもしきれない」

睨《にら》まれ、陸《りく》はわざとらしく口を尖《とが》らせる。

浅くため息をつき、寺井《てらい》が続けた。

「おまえはたしかに強い。だが、危《あや》うい」

「おいおい、これ以上のお説教は勘弁してくれ。さっき口髭《くちひげ》隊長にありがたい御言葉をいただいたばっかりなんだ。それに、このあとは守屋《もりや》編隊長に絞られることが確定してる。同期のおまえといる時くらい、気分よく飲ませてくれよ」

「そんな危ういおまえがだ」

「続けんのかよ……」

「宇宙作戦群に転属願いを出したというのは本当か？」

問われ、今度こそ陸《りく》は狼狽《うろた》えた。

「……なんで寺井《てらい》がそれを知ってんだよ」

「現代は情報戦だからな。当然のことだ」

ただの噂《うわさ》を情報戦と言うなんて。陸は呆《あき》れてワインを啜《すす》った。

「否定しないということはそういうことか？」

すかさず寺井の追撃が飛ぶ。

陸は短く顎《あご》を引いた。「まあ、そうだな」

「宇宙作戦群に移ってなにになるつもりだ？　あそこは宇宙《デ》ゴ《ブ》ミ《リ》の監視がメインで、おまえの技術が活かせる場所じゃない」

「技術は活かせないかもしれないが、今後に活きる」

「今後？　天才パイロット様の今後に、宇宙《デ》ゴ《ブ》ミ《リ》の監視経験が必要なのか？」

「茶化すなよ。俺はな、宇宙飛行士になりたいんだ」

「……宇宙飛行士？」

呟《つぶや》き、寺井が探るような視線を向けてくる。

陸は観念した。がしがしと頭を掻《か》き、「ああ、そうだよ」と腕を組む。

「ガキの頃からの夢なんだ。理由を追及されるのが嫌だから言ってなかったんだよ。どうせ叶《かな》いっこないって、生温かい目を向けられるだけだからな。俺は『トップガン』や『ベストガイ』

よりも、『アルマゲドン』や『インターステラー』に憧れて生きてきたんだ。そういうパイロットがいてもいいだろ」

陸はわざとおどけるように言った。

けれど寺井は、目を細めるばかりで、なにも言葉を返してこない。

バツが悪くなった陸は、席を立つ代わりに言葉を継いだ。酒が陸を饒舌《じょうぜつ》にしていた。

「いくら俺が天才パイロット様とはいえ、宇宙飛行士は狭き門だ。だから、宇宙に関わった経歴が欲しいんだよ。これでもいろいろ考えてんだ。それに、いいか。二期前の宇宙飛行士選抜試験ではパイロットが二人もいた。しかもひとりは空自パイロットだ。来年月面着陸する予定のアルテミスⅡの乗員だって、四分の三が元戦闘機パイロット。それに、あのアームストロング船長も、バズ・オルドリンも元戦闘機パイロット。だから俺はそのあとに続くべく──」

「そうか。それじゃあおまえはいずれ、自衛隊を辞めるんだな」

寺井が静かに呟いた。

「……まあ、そういうことになるな」

「そうか」

「喜べよ。俺の囮《おとり》役もあと少しでお役御免だ」

「……やはり、おまえは人の気持ちを考えていないように見える」

「考えてるさ、俺だって」

「見える、と言ったんだ。おまえが実際どう考えているかなんて知らん。知りたくもない。ただ、傍にいる人間としてはたまったもんじゃない。おまえの目標に付き合わされて、こっちはプライドを保つので精いっぱいだ」

「何言ってんだよ、寺井《てらい》。おまえは優秀だ。俺が保証する。俺の無茶に付き合えるのはおまえくらいだ」

「その無自覚さにも腹が立つ。結局言葉だけじゃないか。おまえは周りを、私のことを、なにひとつ見ちゃいない」

「なんだよ、その言い草は。俺だってなぁ――」

「私は、F‐35B《ライトニング》に乗るつもりだ」

寺井の言葉に、陸《りく》は瞠目《どうもく》する。

「知らなかったって顔だな。帰国したら、守屋《もりや》三佐とともに機種転換課程を受ける」

初耳だった。いや、はたして本当にそうだっただろうか。

F‐35B《ライトニング》は最新鋭のステルス戦闘機だ。短距離滑走の離陸、および垂直離着陸が可能なSTOVL《ストーブル》機であり、今年度中に日本に十八機配備される予定になっている。防衛力整備計画の要であり、二〇二四年に新田原《にゅうたばる》基地を拠点に運用が開始される予定だ。

実際、陸たちの乗るF‐15J《イーグル》は、現在二百機近く配備されているが、かなり老朽化が進んでいる。

陸や寺井含め、若いF-15J《イーグル》乗りは近い将来F-35B《ライトニング》乗りに転向することは確実だが、まだ機体数も少ないため、選ばれた者にしか誘いは来ていない。

そうだ。陸も機種転換の誘いを受けていた。そしてそれを当然だとも思っていた。優秀な者を選ぶのなら、自分が選ばれるのは必然だろう。けれど、今機種転換を受ければ、貴重なF-35B《ライトニング》乗りとして扱われ、宇宙作戦群への転属は難しくなる。

だから陸は迷わずに誘いを断った。断ったことさえ、今の今まで忘れていた。

他の誰が選ばれたかなんて、興味の埒外《らちがい》にあった。

「寺井、おまえ今からF-35B《ライトニング》って……いずもの艦載パイロットにでもなるのか?」

陸はワインを啜《すす》り、平静を装うために顎《あご》をしゃくった。

「ああ、そのつもりだ」。寺井は鷹揚に頷《うなず》き返す。「数年後にはいずもは軽空母化される。軽空母化されれば、艦上からF-35B《ライトニング》を飛ばすことができる。私はその一員になりたい。最前線で戦えるパイロットに」

「なんでそこまで最前線に拘《こだわ》る。防大じゃなく航学を選んだ時点で出世には興味ねえんだろうが、座学ならおまえは頭ひとつ抜けてる。飛行要員やめて、上級幹部を目指す道もあるだろ。航学出身で幕僚長や防衛大臣になってみろ。歴史に名を残せるぞ」

「人生は自己実現だ。出世はその手段に過ぎない。なりたい自分にならなければ意味がない。私は、私のような人間に希望を与える人間でありたいんだ」

気がつけば、寺井《てらい》はグラスの脚をきつく摘まんでいた。

寺井の言うなりたい自分は、陸《りく》が思うよりも重たいものなのだろう。それが寺井の表情から読み取れた。なにせ性差を理由にパイロットになれないものは未だに多い。

日本には、寺井を含め、未だ三人しか女性戦闘機パイロットはいないのだ。

一九九三年に自衛隊の職域解放が為されても、女性自衛官の戦闘機及び偵察機への配置は母体保護の観点から制限されていた。戦闘機と偵察機の操縦職域が女性自衛官に開放されたのは、二〇一五年のことで、つまりはまだ十年程度しか経っていない。

また、仮になれたところで、正しい評価を受けられる土壌は日本では育っていない。

今回の日伊合同訓練への参加だって、もちろん寺井が実力で勝ち取ったものに違いないが、世間にはそう思わない者もいる。女性パイロットが参加したというパフォーマンスに過ぎないと、男女平等のマスコットだと、斜めに見る者はいつになっても減りはしない。

戦闘機と女性の間には、未だ果てしない距離がある。

「星板《ほしいた》、以前おまえは、私に言ったことがあったろう。僻《ひが》みやら妬《ねた》みやらの声なんて聞く必要はない。自分が自分の優秀さを知っていればいい。なにせ私たちは、音よりも速い生き物だからと」

「ああ、言ったな」

「おまえは、私の声すら聞いちゃいない」

「なに言ってんだ。聞いてるさ。いまだってそうだ」

「航学時代、私はおまえに宣言したんだ。私はこの国で一番の、誰もが認める最高のパイロットになると。訓練でも実戦でも、絶対に誰にも負けないんだと」

「ああ、それか。それなら覚えてる。だから、なればいい。寺井ならなれるさ」

「おまえは本当に――いや、もういい」

言い捨て、寺井は静かに席を立った。

「おい、寺井。まだワインが残ってんぞ」

「残したんだ。もういらないからな」

寺井は数歩歩くと、立ち止まり、肩越しに陸を一瞥《いちべつ》した。

「おまえの足元は私が護《まも》る。安心して宇宙にでもどこにでも飛び出せばいい」

凛《りん》と伸びた背が遠ざかっていく。陸は窓際の席に腰掛けたまま、残されたワイングラスに所在なげに視線を落とした。

「なんだよ、あいつ」

怒りでもない、苛立《いらだ》ちでもない、漠然とした寂寥《せきりよう》感が陸の胸を占めた。

窓の外は既に暗くなっていた。空には幾千もの光が瞬《またた》いている。天の光はすべて星。かつて読んだ宇宙飛行士の話を思い出し、頭を掻《か》いた。なぜ人間関係や人生は空と違って複雑なんだろう。俺の夢は俺の夢。寺井の夢は寺井の夢。それでいいじゃないか。

「……いいはずだろ」

無自覚に、ため息が漏れていた。今日はなぜだか、天の川が遠くに感じられる。今日が七夕であることさえ、今の今まで忘れていた。


翌日、イタリアをあとにした陸《りく》は石川県の小松《こまつ》基地へ、寺井《てらい》は宮崎県の新田原《にゅうたばる》基地へと戻った。ふたりは互いのその後を知らない。なにせ周囲が邪推するような、頻繁に連絡を取り合うような関係ではない。

陸は国防の最前線で戦い続けた。誇り高き犬鷲の部隊章を胸に、日々、音を超える速さで日本の領空を飛び回っては、くたくたの身体でベッドに横たわった。

身内への近況報告や、携帯電話に届くメールも確認する暇がなかったほどだ。

帰国して少しすると、飛行教導隊《アグレッサー部隊》へのスカウトも受けた。通称アグレス、航空自衛隊の中でも選りすぐりのベテランのみが所属を許される、和製トップガン部隊だ。

二十代半ばの陸が声を掛けられるのは異例中の異例といえる。

「来ないか、星板《ほしいた》」

当時の教導隊長から、直々に誘いを受けた。

「いや、俺は……ちょっとあれというか……」

「宇宙か」

「はい。そう、ですね」

「そうか。Ｆ３５の機種転換も、飛実団《飛行開発実験団》のテストパイロットの誘いも断ったと聞く。そこまで意志が固いならしかたない。気が変わるのを待ってるよ」

その後も宇宙作戦群への転属願いを出し続けたが、運悪く、すべて叶《かな》わず。

だが、陸も取り立てて不満は漏らさなかった。なにせスクランブル発進は年に千回を超える。加熱する脅威と牽制《けんせい》の応酬は、先を考える暇を与えてはくれない。育成に莫大な費用が掛かる戦闘機パイロットの減員が認められない現状も肌身にしみていた。

そんななか、陸のいる小松基地周辺で不審な事件が頻発した。

防空識別圏内に、度々不審な気球が現れては消えるのだ。他国の観測機器かなにかだろうと目されてはいたが、不意に現れては領空を掠《かす》めるように去っていくそれは、対処にあたる隊員らに心労を与えるには充分な脅威だった。

「いったいなにが目的なんだ」

陸の仕える上官も、苦虫を嚙《か》み潰したような表情を幾度となく浮かべた。

事態が急展開を迎えたのは、晩夏のある日のことだった。

その日、不審な気球は防空識別圏を突っきり、そのまま日本の領空内に侵入。微弱な電波を発しながら日本海上を漂い続けた。立ち去らない気球に対し、撃墜を下令された陸は該当空域へ急行。速やかに安全保障上の危険を排除した。

しかし、戻って来た陸《りく》を待っていたのは賞賛の声ではなかった。

『国民を危険に晒《さら》した自衛隊の判断は不適切。撃墜したパイロットの処遇を問う』

まさかと思った。実際、その後の調査でも危険な物質など含まれていなかったし、撃ち落とした場所も海上で、市民に被害はでなかった。それどころか、あのまま領空内に居座られた方が、のちの安全保障で後れを取る恐れすらあった。

それでも、ネット記事は閲覧数稼ぎのため、好き勝手なことを書いた。

上空で破壊するのは早計だった。

気球に危険なものが入っていた可能性もある。

他国のモノに火器を向けるとは何事か。

火器使用を含め検討する余地があったのではないか。

しまいには、『防衛費増額を狙った防衛省の自作自演』とのたまう始末だ。

そんなはずない。あり得るはずがない。

諸々の騒ぎが収まるまでの間、陸はフライトを禁止された。不条理だと思ったが、陸上での訓練や勉強に邁進《まいしん》する日々を送った。不満も零《こぼ》さなかった。命令が下され、陸もその命令の意図や、為すべき正義に納得したから撃墜に向かった。間違っていることなんて、なにひとつなかった。己が信じる正しさを成し遂げれば、正しい未来が訪れるはずだと信じていた。

ゆえに、防衛省がなんの前触れもなく、当該パイロットを罷免《ひめん》する旨を発表した時、陸の頭には驚きよりも疑問が湧いてでた。

――なんで俺が辞めなくちゃいけないんだ？

けれど何度考えても、答えはでなかった。

「なぜ星板《ほしいた》が辞めなければならない！」

当時、陸を買っていた航空隊員たちから、強い反対の声があがるまで時間を要さなかった。人望の厚い守屋《もりや》三佐主導のもと、全国の基地から多くの嘆願書が集められた。

だが結局、陸の飛行要員復帰は叶《かな》わなかった。

どうやら隣国との関係を優先した外務省から防衛省への圧力があったらしいと知ったのは、嘆願書が集め終えられたあとのことだった。数日後、難航していたはずの隣国とのＡＩ分野の協力協定が奇跡的にまとまったとの報道を受け、陸は絶句した。

それは知ったところでどうすることもできない、雲上の政治戦の結末だった。

翼をもがれた陸には、折衷案《せっちゅうあん》として航空総隊以外への職種転換も提示された。だが、ここに至って宇宙作戦群は予算が削られ、増員を受け入れることが叶わなかった。

その後すぐに浜松の教材整備隊が受け入れを表明するも、内示を受けた陸はそれを固辞。退職の意向を示した。

イタリアでの訓練から、わずか二年。

二〇二五年三月末日付での退職となった。

〈2025年7月6日　日曜日　夕〉

夏の午後五時半は、足取りが重くなる。熱を吸ったアスファルトが、歩みを遅くする。休日ということも相まってか、渋谷駅からは絶え間なく人が吐き出されていた。神宮通りは熱気で目もくらむほどだ。

「あちぃな、ちくしょう」

星板陸《ほしいたりく》が渋谷のハローワークに通うのは、これが二度目だ。かつて自分が文字通り必死の想いで守っていた国民たちは、今日も危機感など皆無といった表情で通りを歩いている。それも元同僚らが空を守り続けているおかげなのだと考えると、誇らしくもあり、悔しくもある。

往来から視線を逸《そ》らし、蒸した空気に息を吐いた。カラスが一羽、夕焼けの空に軌跡を描いている。なめらかな飛行に見惚《みと》れていると、太股《ふともも》の辺りでスマホが震えた。

「ああ、じいちゃんか」

取り上げたスマホから、祖父のしわがれた声がした。

「平気平気。心配すんな。再就職なんて楽勝だって。というかじいちゃん、これ家電からかけてるだろ、ケータイはどうした？　なくしたぁ？　これで何度目だよ。——え、六の七がクリアできない？　話をすり替えんなって。ああ、わかった。近いうち行くから。うん。だから、仕事なんて簡単に見つかるって」

無意識のうちに、見栄を張る自分に辟易《へきえき》する。

再就職の目途は、いまだに経っていない。それを育ての親である祖父に言う勇気を、いまの陸は持ち合わせていなかった。

「ちゃんと冷房つけて、塩分と水分とれよ。今年も暑いらしいから。うん。いいよ。電話なんていつでもできるんだから。――じゃあまたな」

無理に話を切り、通話を終えた。

信号で立ち止まった折に、握ったままのスマホで就活サイトを開いた。陸がエントリーしているのは、もっぱら宇宙開発関連企業ばかりだが、宇宙関連の仕事はそもそも枠が少なく、理系院卒がメインとなる。そのため高校を卒業し、航空学生として自衛隊に進んだ陸のような人間は、応募要件にそぐわない場合が多い。

それでも陸は仕事選びを妥協しなかった。絶対に自分は宇宙にたどり着く。なにせ自分は音速を超える機体を意のままに操っていたのだ。それに比べれば一日や一週間単位で動く人生という乗り物はかくも遅く、操れない道理がない。

――そうだ。俺は絶対に夢を叶《かな》える。こんなところで立ち止まりゃしねえ。

信号が赤から青へ変わった。陸はその何気ない事象にも吉兆を見つけて自信を得る。青にならない信号はない。俺の人生は今が赤信号なだけ。すぐに前へと進む時が来る。渋谷駅前のスクランブル交差点から流れてくる人の波に逆らいながら、陸は視線を高く保ち続けた。

「あー、もう。楽観的な考えのバカばっか」

ふと、陸《りく》の心を読んだかのような声が耳を叩いた。

陸は声の方へ視線を振った。頭頂部にひとつ結われたお団子が、人混みの中でぴょこぴょこと揺れていた。ドロップショルダーのシャツに、丈の短いパンツで、キャンバススニーカーを履いている。背丈から見てもまだ中学生か、いいとこ高校生だろう。背負ったリュックの大きさが、その体躯《たいく》の小ささを強調しているようにも見えた。

「別にあんたに言ってるんじゃない。周りの人間に言ったの。というか、私、病院に急がないとだから。いまから送る写真はそっちでうまいこと解析と共有しておいて——はあ？　あんたねぇ、スペースガード協会を名乗るなら、私に頼らなくてもそのくらいやってよ。ほんと使えない」

少女は、スクランブル交差点のど真ん中に立ち、手にしたタブレットにぶつぶつと何事かを呟《つぶや》いていた。奇異な目で見る人もいるが、誰も足を止めない。ちらりとも見ない人も多い。大都会渋谷の、それもスクランブル交差点では独り言を漏らす輩《やから》は特段めずらしいものでもないのだろう。

彼女はタブレットの背面を空に向けると、かしゃり、写真を一枚撮った。

「だーかーらー、病院に行くの。そう、姉の検診。何度も言わせないでよ」

それによく見れば、耳にはワイヤレスイヤホンがはめ込まれている。

どうやら、ハンズフリー通話をしているようだ。

「私は周りのバカたちみたいに、だらだらと呑気《のんき》に生きてないの。早く病院に行って、私の家族だけでも安全を確保しないと……って、まずい。ノイズが増えてきた。そろそろ切れるかも——あ、くそっ、言ったそばから」

少女は画面の暗転したタブレットに、ちっと舌を打ち鳴らす。

——変わった子だな。

思いつつも、陸《りく》も他の歩行者同様、彼女に声を掛けることはない。

「だからもっと早く連絡よこせって……ああ、もうっ」

ぷつぷつと落とされる呟《つぶや》きには、たしかな苛立《いらだ》ちが滲《にじ》んでいた。なにをそんなに怒っているのか。どんなお子さまなのか。その顔くらいは拝んでやろう。邪《よこしま》な気持ちで視線を向けると、陸はその横顔に言葉を失った。

見覚えがあったのだ。

それは遠い過去の、しかし忘れがたき思い出だった。

中学校の正門。薄暗い昇降口。夕陽の射し込む放課後の教室。「陸くん、あのね」と、笑った彼女の声音まで——。

渋谷の真ん中で空を睨《にら》む少女は、初恋の女性の面影を濃く滲ませていた。

陸はその場に立ち尽くした。動けなかった。

ついに信号が点滅をはじめた。少女は「もうっ」と焦《じ》れたように呟き、渋谷駅の東側、宮益《みやます》坂《ざか》方面へと走っていった。

気がつけば、陸は少女を追いかけていた。髪の長さや服装の趣味。細かなところは違うけれど、たしかに彼女に似ている少女を追わずにはいられなかった。

ＪＲ渋谷駅の高架下に延びる歩道を少女は駆けた。逃げていくその背は低く、すぐに人波に紛れてしまう。元自衛官の陸であっても、人混みでの追いかけっこともなれば体格の差で不利になる。なんでこんなに人が多いんだ。と毒づきたくもなったが、今日が日曜日であることを思い出し、舌打ちだけで済ませることにした。

高架下を抜け、宮益坂下の交差点まできたところで、陸は少女を見失った。首を回し、周囲を確認すると、信号が目に入る。停止を促《うなが》す赤光に足が止まった。

——そうだ。追いかけてどうするんだよ。声でもかけるのか？

後ろ暗い感情が湧いて出る。

——三十手前の無職の男が見知らぬ十代の女の子に？　それじゃまるで……。

「……不審者みてえだ」

悶々《もんもん》と考えている間に信号の色がすっと変わった。人の塊《かたまり》がどっと動き出し、陸の身体も必然流される。ちらり、また少女の横顔が見えてしまうと、陸の脚は勝手に動き出していた。

陸は直感にひたむきな己の身心をはじめて怨《うら》んだ。

少女は渋谷ヒカリエの一階エントランスで立ち止まった。彼女の目の前には、髪の短い女性がひとり立っていた。

少女は遠目からでもわかるくらいの身振り手振りで、その女性になにかを訴えていた。陸《りく》はゆっくりと歩幅を狭めつつ、額の汗を手の甲で拭《ぬぐ》った。天井から噴《ふ》き出す冷房の風が、陸を押し返すようだった。

「金《きん》ちゃんこそ、空の写真撮れたの？」

髪の短い女性が、少女に問う。

「うん。そっちはもう平気。だからはやく、病院行こ」

「そうね。急ぎたいのはやまやまなんだけど」

「だけど、じゃないの！　いま行くの！」

お団子髪の少女は、渋る女性の手を引いて歩き出そうとした。そうして一歩踏み出してから、すぐに脚を止めた。きょろきょろと周囲を睨《にら》み、「あれ、孔明《こうめい》さんは？　なんでいないの？」と訝《いぶか》し気な表情を浮かべる。

「あー、なんかトイレ行くって……」

「もうっ！　あの人、ほんと間が悪い――っ！」

少女が地団駄を踏む。髪の短い女性は「すぐに戻ってくるよ」と苦笑する。

一方、陸はその場に立ち竦《すく》んだままでいた。ふたりが並ぶ光景をただ見つめ、ついには「浅《あさ》野《の》……？」とか細く呟《つぶや》いていた。

呟いてからは早かった。止まったはずの陸の歩みは、すぐに再開された。

すれ違う人々の顔など、陸の興味の埒外《らちがい》だった。

陸はただ一点を見つめていた。セピア色ではない、彼女の顔を。

「浅野」再度呟く。髪の短い女性が振り向いた。

彼女は陸と目が合うと、「もしかして」と口を丸く開けた。

「陸、くん……？」

問われ、陸は無言で顎《あご》を引いた。

そこに立っていたのは、紛れもなく陸の初恋の女性だった。

●

陸が彼女と——浅野水星《マーキュリー》と出逢ったのは中学校の入学式だ。

当時、水泳教室に通っていた陸は、塩素の影響で髪が薄茶に脱色されていた。黒髪ばかりの新入生の中で、陸が悪目立ちをしていたことは否めない。入学式直後に生活指導の教師に呼び止められたのは、認めがたいが、必然だったのかもしれない。

「だからぁ、プールの塩素焼けだって」

「そんなこと言って、本当は染めてきたんじゃないのか？」

「なんでわざわざそんなことすんだよ」

陸《りく》は教師に食って掛かった。実際、不当な言いがかりではあったし、誰かが一言「陸の言っていることは本当だ」と助太刀すれば解決する、くだらない言い争いだった。

けれど、同じ小学校から上がって来た友人らは、怒られる陸を遠くから面白がったり、初日から教師に目をつけられることを恐れて見て見ぬふりをしたりと、わざわざ口を挟むようなまねはしなかった。

陸は薄情なやつらに心の中で舌を出しつつ、「面倒事は極力避けるよな」と、どこか達観した想いを抱えていた。逆の立場だったら、自分もそうするに違いない。

「あ、あのっ、先生」

ゆえに、割って入ってきた声には驚いた。振り返ると、そこには胸に花のコサージュをつけた新入生が立っていた。髪の短い、目鼻立ちのくっきりとした女の子だった。

「あの、この人、本当に水泳やってるんです。私の妹が、その、駅前のスイミングスクールに……」

突然現れた彼女は、顔を背けると、そこで不意に言葉を切った。彼女の視線の先には通り過ぎる生徒たちの姿がある。彼らは口々に「うわ、初日からかよ」とか「目立ちすぎだろ」などと囁《ささや》いては、くすくすと笑い合っている。

「スイミング、スクールに……」

彼女は威勢を失い、おもむろに俯《うつむ》いた。声の端も掠《かす》れて頼りない。不自然に揺れる視線が、語った言葉の信憑性《しんぴょうせい》を貶《おとし》めるかのようだった。

なにしに出てきたんだよ。陸も苦笑しかけた。周囲を窺《うかが》うくらい気弱なら、大人しく無視しておけばよかったのに。

「どうしたんだ、はっきり言いなさい」

教師が凄《すご》むと、少女はぐっと目を瞑《つぶ》ってしまった。

ああ、泣くな。と陸は直感した。この子は泣く。間違いない。

それから、一秒、二秒。どれほど待っただろう。

陸が口を開く寸前、彼女が不意に顔を上げた。

「この人、本当に水泳やってるんです」

それは先ほどよりも芯の通った声だった。大きく見開かれた彼女の瞳には、情けない涙ではなく、固い決意が浮かんでいた。

「私の妹が、駅前のスイミングスクールに通ってて、話を聞いていたので、だから私、知ってるんです。この人の話は本当です」

「……そうなのか？」

ぶすりと顔を歪めた教師が、陸を睨《にら》む。

陸《りく》はどう答えるべきか迷った。隣で唇を引き締めている少女のことを、陸は一片も知りはしなかったのだ。それでも、見ず知らずの陸を助けようとしてくれた少女の厚意は間違いなく眩《まぶ》しく、温かで、無下にするには上等すぎる代物だった。

「……だから、そうだって言ってんだろ」

「わかった。念のためあとで親御さんにも確認する。それと、態度にも気をつけろ」

バツが悪そうにため息を吐き捨て、教師は去っていった。

陸はその背が廊下の角に消えるのを見送ってから、顔を横に向けた。

「わりぃ、助かった。ありが——」

思わず言い淀《よど》んだのは、女子生徒が眉間《みけん》に皺《しわ》を寄せたまま硬直していたからだ。

「……おまえ、眉間がすごいことになってんぞ」

「あ——ご、ごめんなさい。私、緊張すると、顔に力はいっちゃって」

「へえ、そっか」

陸は、自身の苛立《いらだ》ちがふっと霧散したのを感じた。顔をこわばらせてまで助けてくれた恩人を前にして、教師への怒りを継続させるのは難しくさえあった。

「なあ」

「……へ？　なに？」

「おまえの妹、水泳やってんの？」

「あ、ううん。妹はいるんだけど、すごく年離れてて、まだベビーベッドのうえ」

「はあ？　じゃあ、さっきのあれって、嘘《うそ》？」

「嘘……っていうか、なんだろ」

戸惑う陸を前に、彼女は指先を弄ぶ。

「さっきね、前を歩いてた男の子が、あいつ、本当に地毛なのにって笑ってて。でも面倒だから無視しようぜって言ってて。それも、わかるんだけど、でも、なんか、納得できなくて。だから……」

「それで、助けてくれたのか」

「助けるっていうか、その、私の勝手なあれなんだけど、中学に上がったら、ちゃんと自分の気持ちに正直に生きようって、俯《うつむ》いてばかりじゃだめだって決めてたから、それで……うん。それだけ」

「……それだけ？」

「うん。それだけ。ちょっと変わってるくらい、別にいいじゃんね」

そう言って、彼女は笑った。眉間にはまだ緊張の跡が残っていた。

クラスに戻ってすぐに、自己紹介が行われた。彼女と陸は同じクラスだった。

彼女は教師に促《うなが》されるままに席を立つと、やけに深い呼吸をしてから、声を発した。

「浅野《あさの》水星《マーキュリー》です。水星と書いてマーキュリーと読みます。親が好きなアニメからとった名前で、少し変わってるんですけど、ちょっと恥ずかしいので、みんなには苗字でとか、水《すい》ちゃんとか呼んでもらえると嬉しいです」

準備してきたのか、それとも小学生の頃から学年が変わるごとに言っていたからなのか、彼女は笑みを湛えたまま、よどみなく言った。まるで触れる隙を与えないかのような、隙のない自己紹介だった。

だが、やはりと言うべきか、教室は色めきだった。既に淡い好意を抱いていた陸《りく》でさえ、例外ではなかった。実際、めずらしい名前だ。大人であっても、無反応で流すことは難しいかもしれない。よもや中学生が無視するなんてことはできなかった。

そうして中学生時代が幕を開けた。浅野水星は、整った容姿や、人当たりの良さからか、ひどいいじめこそは受けなかったものの、日常的に茶化されたり、冗談を言われたりしていた。男子生徒からは、下心や好意の滲《にじ》んだからかいもあった。水星はそれらを笑顔でいなしたり、自分からわざと話題に乗っかることでやり過ごしていた。

「もー、みんなやめてよー」

そう言って、何度でもごまかした。言い返すことも、怒ることも、泣くこともない。ただ逆らうことなく口の端に笑みを浮かべ、にこにこと会話が終わるのを待つのが彼女の処世術だった。

しかし、陸は彼女の笑みの裏側に複雑な感情が隠れていることを見抜いていた。あるいは陸だけではなかったのかもしれないが、陸は自分だけが水星の孤独に気づいているのだと信じて疑わなかった。

「てかさぁ、水ちゃんって親にも水ちゃんって呼ばせんの？」

その健気《けなげ》な姿が、一部の生徒の嗜虐心を刺激していることも。

「あ、うん。そうだよ」

「ふぅん」

「……変、かな」

「変じゃないけど、なんか、ねえ？」

殴るでもない。貶《けな》すでもない。

無形の加害が教室内には蔓延《はびこ》っていた。

「だったらはじめから、名前、水《すい》で良かったじゃんって」

「てか、マーキュリーなんだから、略すならマーじゃない？」

「それだ。マーちゃん。ね、うちらマーちゃんて呼んでいい？」

「……うん。いいよ」

そうした光景に歯噛《が》みしつつ、陸は陸で余計な軋轢《あつれき》を生みたくはない気持ちがあって、口を噤《つぐ》んだまま過ごしていた。水星を贔屓《ひいき》すれば、自分までもがからかいの対象になってしまう。

星板陸《ほしいたりく》は浅野《あさの》水星が好き。たとえそれが真実であっても、他者から斜めに発せられてしまえば、陸は意固地になって否定せざるを得ない。胸の内に隠した好意をそのまま世界に晒《さら》すには、当時の陸はまだ幼すぎた。

胸に抱いた淡い恋心が大切だからこそ、陸は水星を救えずにいた。

だからこそ、「なんでそんなこと言われてへらへらしてるんだよ」と水星に身勝手に苛立《いらだ》つ日もたしかにあった。水星がちゃんと周囲に指摘してくれれば、陸がわざわざ悩む必要はなくなる。行き場のない苛立ちばかりが募《つの》った。

一年が経った。ふたりは学年が上がっても同じクラスになった。それなのに、ふたりの仲に進展はない。なにかあってもいいだろ。自分から動かないくせに、そんなことばかりを考えている陸のもとに夏がやってきた。夏祭りのチラシが、やけに自分を急《せ》かすようで、陸は先手を打って男友達数名を祭りに誘った。水星を誘う勇気がないのではなく、既に予定があるから誘わなかったのだと言い訳するように。

だというのに、夏祭りでは浴衣姿の水星とばったり出くわした。どうやら水星も女友達と回っているらしい。女子グループと男子グループでじゃれるような悪口を交わすなか、その時、水星は陸にだけこっそりと耳打ちをした。

「遅くなったけど、また同じクラスになれたね」

悪戯《いたずら》に笑った彼女の表情は、けれど妙に強張《こわば》っていて、赤らんでいて、それが祭りの熱に当てられたせいだとか、屋台の提灯《ちょうちん》が照らしたからだとは、陸には到底思えなかった。

「陸、浅野となんか話してたよな？」

女子グループと別れたあと、男友達たちに脇を小突かれた。その詮索がなんだかくすぐったくて、陸はわざと素っ気なく「別に」とあしらってみたりもした。

「というかおまえら全員、浅野のこと意識しすぎじゃね？」

勝ち誇るように軽口を叩く。男友達全員が、必死になって否定した。


夏休みが明け、陸と水星はよく話す間柄になる。この頃の陸は、寝ても覚めても締まりのない表情をしていた。このまま三年になってもクラスが替わらなければいい。欲を言えば高校も同じところに。惚《ほう》けた考えは自制が利かない。

そんな穏やかな日常に亀裂が入ったのは、中学二年の十月、体育祭の自主練習の時間だった。その日はクラスごとの創作ダンスの合わせをしており、監視役の教師が職員室に戻ったタイミングで、女子生徒ら数人が隠し持っていたスマホを手に水星のもとへ駆けていくのが見えた。

――なんだろ。

嫌な予感がした。陸は友人らと雑談に興じるふりをして、横目で様子を観察した。どうやら数年前から流行っている、歌や踊りを投稿するSNSに、むりやり水星の踊る姿をアップロードしようとしているらしい。

「マーちゃん、ソロのとこだけでいいからさ。踊ってよ」

「え、でも……」

「いいじゃん。アイドルみたいな名前してるんだし──みんなも見たいよね？」

底意地の悪い声につられるままに、他の生徒も幾人か駆け寄っていく。

彼らは軽薄な声で水星を囃《はや》し立て続けた。

水星の唇が、わずかに震えていた。陸《りく》はその様子に自然と拳《こぶし》を握りしめ、苛立《いらだ》ちが過ぎるのをただひたすらに待った。まだ陸には、水星の名誉のために自身の学校生活を投げ打つ覚悟ができていなかった。

しかし、覚悟はできずとも、その時はやってくる。

「ほら、ノリわるいって」

「マーちゃん、笑顔笑顔」

「もう……みんな、やめてよ」

水星はいつもみたいに曖昧《あいまい》に笑うと、下唇をきゅっと嚙《か》み締め、押し黙った。

目の周りはひどく強張《こわば》っている。呼吸も浅い。今にも決壊しそうな彼女の横顔に、陸は思わず駆け出していた。

「ちょっと、星板《ほしいた》どいて。カメラの前立たないでよ」

「どかねえよ」

口を尖《とが》らせる女子生徒を睨《にら》みつけたまま、陸は低い声を出した。

「星板、まじだるいから。いいからどいて」

「そうだぞ、陸。おまえが踊っても再生数伸びねえって」

隣の男子生徒も便乗してくる。陸はちっと舌を鳴らした。

「福本《ふくもと》、てめえの彼女の躾《しつけ》くらいちゃんとしとけよ」

「はあ？　陸、おまえ、何言ってんだよ」

「この趣味のわりぃ嫌がらせをやめさせろって言ってんだよ」

陸は男子生徒に詰め寄り、胸倉を摑《つか》んだ。カメラを構えていた女子生徒が目を丸くする。「おいおい陸、熱くなんなって」周囲の生徒が慌てて止めに入った。遠巻きに様子を見ている生徒たちも「先生呼びに行こ」と囁《ささや》き合っている。陸自身も、なんでここでと思った。怒るべき点や、指摘するべき時は、以前にもあったはずだ。

けれど、今だった。そこに確固たる理由なんてない。

「なあ陸、冗談に決まってんだろ。まじになるなよ」

「冗談？　冗談で人に嫌な想いさせていいのか。そりゃ知らなかった」

ほとんど八つ当たりだった。この男子生徒だけが悪いわけじゃない。ただ他に、陸の怒りを受け止められる人間がいなかっただけなのだ。後退《あとずさ》った女子生徒も、遠巻きに陸《りく》を眺める同級生も、今まで口を噤《つぐ》み続けた過去の陸自身も、今の陸の怒りを受け止めるには、あまりにも距離が遠すぎた。偶然目の前にいたのが、彼だったのだ。

陸は微《かす》かな罪悪感を覚えながらも、脚を素早く払った。

「すまねえ。冗談で足払いしただけなんだ、許してくれ」

陸はわざと薄く笑った。

尻もちをついた男子生徒は、案の定、「陸、てめえ」と殴りかかってくる。

必然、喧嘩《けんか》になった。駆けつけた教師に力ずくで止められるまで、陸は一度も相手から目を離さなかった。近くにいるはずの水星と目を合わせたくない。その一心だった。彼女がどんな目で陸を見ているか知りたくなくて、もし暴力に訴えた陸を恐れていたり、蔑《さげす》んでいたりしたら、陸は身体よりも先に心が壊れてしまうと直感していた。

職員室に連れていかれる間も、水星の姿は探さないようにした。関係のない女子が「怖かった」と泣いていたり、真面目な男子が陸を暴れ馬でも見るような目をしているのが、なんだかおかしかった。

クラスメイトとの距離が、たしかに開いた瞬間だった。

その日の放課後、陸が下駄箱の前に立っていると、背に声がかかった。ゆっくりと振り返る。

彼女が立っていた。彼女は両手に握った三五〇㎖の青い缶を胸の前に掲げ、眉間《みけん》に皺《しわ》を寄せていた。

「二本買っちゃったんだけど、飲まない？」

陸は無言で頷《うなず》いていた。断る力も残っていなかった。

示し合わせたように通学路から少し離れた公園に向かった。道中、会話はない。園内の東屋に着くと、並んでベンチに腰掛けた。

「陸くん、炭酸でよかった？」

「ああ、ふつうの飲み物より好き」

「おいしいよね。コーラ」

「うまい」

「血、もう止まった？」

「まあ。出血ってのは、だいたい三分もすればとまるから」

「そっか」

「うん。そう」

微かに夏の香りが残る空気を吸うと、鼻の奥にまだ血のにおいがあることに気がついた。言いはしない。同情や心配もしてほしくない。肌を撫《な》でる風は薄っすらとつめたくて、頭上ではムクドリがけたたましく鳴いていた。陸は紡《つむ》ぐべき言葉を見つけられなくて、公園をまだらに汚す黄色い落ち葉を無意識に数えてしまっていた。

——ねえ、私ね。

隣から声が聞こえた気がした。

地面を見つめていた陸《りく》は、「え？」と彼女の落とした言葉を慌てて探した。

「浅野《あさの》、なんか言った？」

「ううん。なんでもない」

缶のペプシコーラを掌《てのひら》で転がしながら、水星は静かにはにかむ。

「私は大丈夫だから、陸くん、もう危ないことしないでね」

「わかった」

「絶対にね。暴力はダメだから」

「おう」

会話がおぼつかない。沈黙が訪れてしまうのが嫌で、陸は「なんか腹減ったな」とか「今日はスイミング休もうかな」と、わざと明るい声で喋《しゃべ》り続けた。

「そういえば、陸くんは高校でもスイミング続けるの？」

「どうだろう。高校入ったらやめるかな。必要な基礎泳力は養えたし。英語の勉強に時間割くかも」

「基礎泳力？　英語の勉強もするの？」

問われ、陸はこめかみを掻《か》いた。

自分でも卑怯《ひきょう》な言い方をしたなと思う。

訊《き》いてほしかったのだ。「なんで？」と。

言いたかったのだ。「実は俺」と、自分の夢を。

「俺、宇宙飛行士になりたいんだ」

打ち明ければ、彼女との関係が、なにか特別なものになると感じたから。

「だから英語は必須だし、選抜試験では泳ぎの試験もあるんだ。それで……」

「宇宙、飛行士……」

口をぽかんと開ける水星に、陸の顔は熱くなった。

これまで誰にも言ったことはなかった。言葉にすれば陳腐な夢だと知っていた。いずれ色褪《あ》せ、記憶の引き出しからも捨てられてしまう、子どもじみた夢だと。

「俺、憧れてるんだ。そういう、なんつーか、立派な人間に……だってほら、宇宙飛行士って人類の代表だろ？　ヒーローみたいっていうかさ……」

自ずと口が回る。羞恥《しゅうち》だけではない、彼女の下す決断が怖かった。彼女の答えが、この夢の行く末を決めてしまう。彼女が「さすがに無理だよ」と笑うなら、本当に無理になってしまう。そうした実感があった。

この時の陸にとって、彼女の意志が、世界の意志だった。だから、彼女の答えに自信の将来を委ねる行為は、至極《しごく》当然だと思えた。卑怯《ひきょう》だとは微塵《みじん》も思わなかった。

「……なれないと思うか？」

「ううん。なんか納得しちゃった」

「納得？」

「うん。さっきもヒーローみたいだったし。ちょっと荒っぽかったけど」

「それは……すまん」

「いいの。それに、なんだろ。陸《りく》くんなら、本当になっちゃいそうだよね」

水星はそう言って笑った。陸は、胸に湧き出た想いを気取られたくなくて、「俺もそう思う」とおどけて返した。

この時、夢が目標になったのだと、陸は後に思い至る。精緻《せいち》さに欠ける、大きいだけの子どもの落書きが、陸の人生の目標になったのだ。

夕暮れの中をふたりで歩いて帰った。国道沿いの道を同じ歩調でゆっくりと。

青い缶に冷えた彼女の掌《てのひら》を、そっと握れたらよかったのに。

淡い後悔だけが、遅れてやってきた。


中学三年に上がると、ふたりは別々のクラスになり、受験も相まって、直接話す時間は極端に減った。かわりにメールのやりとりが増えた。たまに一緒に帰ったりもした。自分たちは付き合っているのか、と直接確認したことはない。確認すれば、この関係が終わってしまう予感があった。

季節は廻《まわ》り、陸は横浜市内の高校へ、水星は都内の私立校へ進学する。

陸はスイミングスクールを辞め、高校の水泳部に所属した。強豪でもなく、弱小でもない部活は退屈だったが、別に泳ぎが今以上にうまくなりたいわけでもない。

それでも、自由参加の朝練に毎日参加するのにはわけがあった。

最寄り駅のホームには、早朝、都内の高校へ向かうため電車を待つ水星の姿がある。各駅停車を待つ陸と、特急に乗り込む水星。数分足らずの他愛のない会話が陸にとっての楽しみだった。

高校三年生になり、部活を引退しても陸は早朝のホームに立っていた。「早起きの癖が抜けなくてさ」と言うと、水星は「良いことだよ」と笑ってくれた。

朝の短い時間が、別々の道を歩んだふたりを繋《つな》いでいた。

高校卒業後、陸は航空学生として自衛隊に入隊。山口県で二年を過ごす。

最初は頻繁にメールのやりとりをしていた。こんな訓練をした。また成績トップだった。俺はやっぱりすごいのかもしれない。そんなことを話した。

水星の方も、日常の些細《ささい》なことを伝えてくれた。陸くんはやっぱりすごいね。私は将来、国家公務員になろうかと思ってるの。科学技術の振興に携わりたいから、文科省か総務省で働きたいな。

「それか、ＪＡＸＡとかもいいかなぁ」

送られてきた文面に、陸《りく》は笑みを零《こぼ》すことさえあった。

いつしか互いに自分のことで忙しくなり、メールのやりとりは徐々に減っていっても、陸は焦《あせ》らなかった。どれだけ距離が開こうと、どれだけ遠くに離れ離れになろうとも、水星は自分のことを忘れないという驕《おご》りもあった。

それから渋谷で再会するに至るまで、直接会ったのは、結局一度きりだ。

「り、陸くん」

冬晴れの午後だった。成人式の会場外で、高校の同級生に囲まれていた陸は、かけられた声に一瞬反応しそびれた。

「陸くん」続けて呼ばれ、ようやく振り返った。

「浅野《あさの》、か？」

「うんっ。私」

陸は高校の同期たちからそっと離れ、水星と向かい合った。

眉間《みけん》に皺《しわ》を寄せた彼女は、愛おしいほど懐かしく、しかし振袖を纏《まと》ったその美しさは、気後れしてしまうほど洗練されていた。

「陸くん、元気してた？」

「まあ、ぼちぼち」

　他愛のない近況報告をするなか、陸は居心地の悪さを感じていた。なかなか目を合わせることができない。うまく話せている気がしない。ずっと一緒にいたいはずなのに、いまは一緒にいたくない。もっと立派な自分になってから、再会したかった。

　身勝手な苛立《いらだ》ちを覚える自分に、呆《あき》れさえした。

「そうだ。陸くん、その……荷物、届いた？」

「荷物？　なんだ、それ」

　思い当たる節もなく、陸は眉をひそめる。

　水星の顔が静かに曇った。

「いや、違うんだ。すまん。最近、訓練が忙しくてさ、なかなか自由な時間なくて」

「そう、だよね。忙しいよね」

「メールも、だから返せてねえっつうか。いや、ほんとは返したいんだけど、なんか適当な文送るのもなんかなって。で、考えてたら時間なくてというか……」

　精いっぱい、取り繕う。実際、嘘《うそ》ではなかった。

　水星が読むメールの先には、いつだって理想の星板陸《ほしいたりく》がいてほしかった。飛行準備過程の座学が難しいだとか、会えなくて寂しいだとか。そうした気弱な文面は送りたくなかった。立派な自分を見せ続けることがなにより大切なのだと、当時の陸は信じていた。

「浅野《あさの》は？　えーっと、そうだ。公務員試験の勉強、順調か？」

「まあ、うん、かな。このまえ予備校に通いはじめたの」

「大学生も、予備校通うのか」

「うん。公務員試験とか、国家資格取る人とかはわりと」

「そっか。大学のこととか、就活のこととか、俺、わかんねえからさ」

言いつつ、頭を掻《か》いた。過ごしている環境が違うだけで、こうも会話は難しく、苦しいものになる。


——遠いな。

陸《りく》は不意に、そんなことを思ってしまった。

「おーい、陸、飲み行かねえの？」

俯《うつむ》く陸の背に声がかかる。陸は無意識に胸をなでおろしていた。

「ああ、わりぃ。いま行く——ごめん、浅野。俺、そろそろ行かなきゃ」

「え……あ、そう、だよね。じゃあ、明日は時間あったり、する……？」

「明日は……早朝の便で戻るんだ。いま訓練が大事なところでさ」

「そっか……うん。頑張って」

「おう。絶対パイロットになって、宇宙飛行士になるから」

「そうだね。なれるよ、陸くんなら」

頷《うなず》きだけを残し、陸は去った。きっと背後で手を振ってくれている彼女のことを振り返らないのは、この先、いくらでも見る機会は来ると思ったからだ。今じゃない。ここじゃない。もっと立派になってから、その振られた手に応えればいい。

あの時、あんなに近くにいたのに握れなかった手を、まだ握れると信じていた。また近づいた時。今度再会した時。陸にとって、水星との距離は宇宙への距離とほとんど同じだった。いずれたどり着く、けれど今ではない、近くて遠い場所。

だから、夢を叶《かな》えさえすれば、宇宙飛行士にさえなれば、自分は水星と結ばれる。そんなことを夢想していた。水星は、ゴールラインで待っているはずだった。

なんの約束もないまま、それでも水星は自分を待っていてくれるという、無根拠な確信が陸を動かし続けた。いつしか水星の顔を頻繁に思い出さなくなり、他の女性に目移りすることがあっても、心の奥にこびりついたあの約束が時たま顔を出し、陸の心を奮い立たせた。

——夢を叶えて、胸を張れる自分になれたら、水星を迎えにいこう。

それがひどく自己本位な願望であることを、陸は今の今まで見落としていた。

●

「ほんと久しぶり！　元気にしてた？」

大人になった水星が咲くような笑顔を見せる。

陸《りく》は「まあ、ぼちぼち」と曖昧《あいまい》に頷《うなず》くほかない。

彼女の腹部はぽっこりと膨《ふく》らんでいた。締め付けの少ない紺色のロングスカートに、チュニック丈の白いブラウス。彼女は、子を身ごもっているのがひと目でわかる服を身に纏《まと》っており、陸は、だから彼女の顔すらまともに見られずにいる。

当然だ。あれから約十年、何の連絡もしていない。水星が誰かと一緒にいる決意を固めていてもしかたがない。陸は今になって気づく。自分はどうしようもなくばかだった。後悔はまたしても遅れてやってくる。あの時から、何も変わっていない。

「水姉、この人、誰?」

水星の隣に立つ少女が、陸を不躾《ぶしつけ》に指さす。「金《きん》ちゃんは会うの初めてだよね。中学の同級生で」と、今度は水星が陸に目配せした。

陸は咄嗟《とっさ》に口を開く。

「あぁ、えーっと、星板陸《ほしいた》だ。お姉さんの同級生で、なんかまあ、よろしく」

改めて向き合うと、目の前の少女はたしかに水星の妹だった。髪をかきあげるしぐさや、すっと通った鼻筋。透き通るような瞳。少女を構成するあちこちから姉の面影が見て取れる。

外見を撫《な》でるように視線を動かしてから、陸は内心ため息を吐いた。

彼女の面影を探してしまう自分が、女々しくて嫌になる。

「へえ、あなたが――……私は浅野金星《あさのヴィーナス》。申し訳ないですけど、いま、あなたにかまっている暇ないので。これで」

そう言い捨てた金星が、姉の手を引いて歩きはじめる。

「ちょっと、金ちゃん。そんな言い方、だめ」

「緊急事態なんだから、しかたないでしょ」

「もう……――陸くん、この子ね、陸くんと同じで、宇宙飛行士目指してるの」

「……へえ、そうなのか」

陸は目を丸くした。その動揺は、彼女の妹が宇宙飛行士を目指していること以上に、彼女が自分の夢を覚えていることに起因するものだった。

「いまそれ関係ないでしょ。というか、この人と一緒にしないで」

「こらっ。またそういう言い方する」

「だって事実だし。それより、早く病院に行かないと」

「でも、まだ孔ちゃんが来てないし……」

口を尖《とが》らせる金星を、水星が慣れた様子でたしなめる。

二人の声がそっくりで、陸はまた内心ため息を吐いた。

「病院って……日曜の、この時間にか?」

「そうなの。ちょっとね」

水星がお腹をさする。

「ああ、子どもか……というか、浅野《あさの》、結婚してたんだな。その……」

「うん。ちょうど二年前に。お腹の子はもう臨月なんだけど、なんかすごい大きい子らしくて、今日から広尾の病院で管理入院。予定日はまだ先なんだけどね」

「水姉！　立ち話とかいいから、早く行こうってば！　もう時間ない！」

「だから、孔ちゃんが戻ってくるまではダメ。勝手にいなくなったら、孔ちゃんも困るでしょ？」

「別にいい。あの人ならひとりでも来れるし。それよりも水姉が心配なの、私は」

「はいはい。ありがとね――ごめんね、陸《りく》くん、見苦しいとこ見せちゃって」

「いや、いいんだ。でもそうか、二年前に……」

言って、陸は記憶の澱《おり》をかき分ける。

二年前。それは陸がイタリアで訓練をしている時期と重なっていた。

「そう。職場で出逢った人なの」

水星は慈愛に満ちた手つきでお腹をさすりながら、馴れ初めを語りはじめた。役所に勤めている時に出逢い、二年の交際を経て結婚。今は産休中で、落ち着いたら水星も職場復帰するのだという。

「陸くんは、今もパイロットだよね。今日はお休み？」

「ああ、それは……」

「水ちゃん、ごめん。混んでて遅れちゃった」

陸が口ごもっていると、水星の背後から男の声がした。

「もー、だからお茶飲み過ぎないでって言ったじゃん」

「だって暑かったから……――あれ？　この人は……」

現れた男は陸を認めると、わずかに眉根を寄せた。

「ほら。前に話した。中学の同級生で、すごい人」

「ああ、パイロットの」

男は慌てて襟を正し、「田村孔明《たむらこうめい》と申します」と会釈した。

陸もつられるように腰を曲げ、「どうも、星板陸《ほしいた》です」と慇懃《いんぎん》に返す。

「今さっき偶然会ったの。成人式以来だからびっくりしちゃった」

「へえ、じゃあ八年ぶりだね」

孔明は丸っこい顔をくしゃりと歪めて、水星に微笑んだ。

陸とはまるきり逆の男だ。だらしない身体というわけでもないが、鍛えて引き締まっているともいえない。陸にしてみればださい身体だ。それでも目尻による優しげな皺《しわ》や、穏やかな口調は、陸の目にも好意的に映る。映るからこそ、胸が痛んだ。

陸が水星に見合うためにとしてきた努力は、結局のところ独りよがりなもので、水星が求めたパートナーは、夢に向かってがむしゃらに走る陸《りく》のような男ではなく、寄り添ってくれる孔《こう》明《めい》のような男だったことを、まざまざと見せつけられてしまった。

「そうそう。孔《こう》ちゃんもね、学生の頃は天文学部だったの。星が好きだから、陸くんとも話が合うと思う」

話を振られ、陸は「そうなんですか」と社交辞令の笑みを浮かべる。孔明も曖昧《あいまい》な笑みで「いや、ほんの趣味ですよ」と顔の前で手を扇いだ。

「ふたりともっ！」

金星の声が会話を遮《さえぎ》る。

「お喋《しゃべ》りしてる暇なんてないでしょ？　早く安全な場所まで行かないと！」

「金ちゃん、せめて写真くらい撮らせてよ。再会記念に」

「あー、もうっ！　じゃあ、早く済ませちゃおう」

少し背伸びをして、金星がタブレットを掲げる。通りにいる人に頼めばいいのに、と陸が思う間もなく、シャッターが切られた。

「はい。撮れた。水姉、これでいい？」

「うん。よく撮れてる」

画面の中の写真に頷《うなず》いて、水星はにこりと微笑む。陸はそれが見ていられなくて、その幸せを認めたくなくて、「じゃあ、俺ももう行くよ」と、出し抜けに手を振った。

「あ、ごめんね、忙しかったよね。じゃあ、またね。陸くん」

「ああ、その……またな。身体、大事にしろよ」

言って、踵《きびす》を返す。素っ気ない返事になったのは、水星をなんと呼んでいいのかわからなくなったからだった。今まで浅野《あさの》と呼んでいた彼女を、今さら下の名前で呼ぶことなんてできない。かといって、新しい苗字で呼ぶ度胸もない。あんなに近くにいた彼女を呼ぶことすら難しくなるなんて、陸は夢想だにしなかった。

陸は結局、振り返らずにその場を後にした。背後では、きっと水星が手を振っている。遠い。そう感じた。埋められない距離が身につまされた。


行く当てもない渋谷の街を、陸は孤独に歩いた。誰が悪いわけでもない。水星も、孔明も、陸も。それぞれがそれぞれの幸せを追い求めた結果の必然だった。

現実は必然の積み重ねでできている。それは陸の信条であり、そう信じていたからこそ、陸は血の滲《にじ》む努力を続けられた。行動が必然を生むのなら、夢が必然の結実なら、どんなに辛い訓練にも耐えられた。

――くそ。くそ。くそ。なんだよ。こんな格好悪かったのかよ、俺って。

それでも、いまだけは胸が痛む。刺すような痛みに思考は四方に散り、五感だけが漠然と機能していた。人混み。車。電車。街灯。ビル。普段は後景に過ぎない街の景色と喧騒《けんそう》が、陸の

身体を慰めるように撫《な》でていく。

──なんで、なんであんなことしか言えねえんだよ。

喉の奥に詰まっているなにかを吐き出したくて、ため息を吐いた。

ふと顔を上げる。ビジョンモニターで微笑むアイドルと目が合った。ピンク色の街宣車が歌を流しながら、陸《りく》の前を駆けていく。流行りのスイーツを持った女子高生たちが、街宣車のＰＲソングを真似て笑う。コスプレをした観光客が、車高の低いストリートカートを操りながら、高い声を上げていた。

陸の吐いたため息は、スクランブル交差点の喧騒《けんそう》に飲まれて、たちまち消えた。

──うるせー街だな、ほんと。

気がつけば、陸は小さく笑っていた。感傷に浸るには、この街はいささか明るすぎた。普段は煩《わずら》わしいだけの他人の声すら、今はどうしてか心地よい。無音の中にいれば、陸は後悔や憐《れん》憫《びん》、自己嫌悪に呑《の》まれてしまっただろう。

陸は賑《にぎ》やかな街に感謝した。

明るくて、無遠慮で、感傷なんて許さない渋谷の街並みが、

途端に、黒く染まった。

ほんの一瞬の出来事だった。ばつんっと鈍い音が鳴ったかと思うと、信号機含め、周囲の照明すべてが輝きを失った。

「——停電……？」

陸《りく》は意想外に混乱した。沈みかけの夕陽だけが頼りなく明かりを零《こぼ》し、各所からは車の衝突音や、叫び声が突沸《とっぷつ》した。逃げ惑う人々を諌《いさ》めるような、警官の怒号も響く。

「車、止まって！　そこの人、車道に出ない！」

その声の緊迫感に、陸の脳裏に、もう一つの可能性がよぎる。

もしや、テロ——……

——いやまさか、そんなわけねえ。

不穏な考えを頭の片隅に追いやり、陸は辺りを見渡した。

渋谷駅前のスクランブル交差点は、ひどい混乱に陥っていた。ビジョンモニターからはアイドルも消え、信号機すら黒一色に染まっている。ピンク色の街宣車は車道に乗り上げ、女子高生らが叫びながら逃げている。乗り捨てられたストリートカートが道を塞《ふさ》ぎ、トラックがクラクションを鳴らしていた。

「くそっ、なんだよこれ。マイケル・ベイがゲリラ撮影でもしてるのか？」

スマホを取り出し、白く眩《まぶ》しい画面を睨《にら》む。何か情報が欲しかった。電波も立っている。しかし通信を行おうとすると、すべてが不通を告げた。ニュースサイトも、ＳＮＳも、なにもかもが陸のスマホとの繋《つな》がりを否定している。

――ここがニューヨークならハリウッド映画の冒頭だ。いったい何が起きて……。

頭を掻《か》いて、ちっと舌を打ち鳴らした。いつもはうるさいだけのアプリの通知も、ここぞとばかりに沈黙を貫いている。耳を引っ掻くのは、背後からふいに聞こえた悲鳴のみ。陸は反射で振り向いた。バイクがこちらを目掛けて走っていた。

「っぶねえ!」

陸はすんでのところで横に跳んだ。

次の瞬間、衝突音がして、バイクは横転した。

咄嗟《とっさ》に受け身をとって事なきを得た陸の周りには、尻もちをついて腰を抜かしたり、転んで擦《す》りむいた人が大勢いた。幸いにも撥《は》ねられた者はいないようだが、軽微な怪我を負った人は無数にうかがえる。

「大丈夫か。おい!」

陸は横転したバイクに駆け寄った。呻《うめ》き声を上げる運転手は若い男だ。歳は二十代前半か。派手に転びはしたものの、幸いかすり傷程度で目立った外傷はない。近くには四角いデリバリーバッグが転がっていた。

「血は出てねえな。どこか痛むところはねえか? 骨が折れてるかもしれねえ」

「大丈夫です。痛みはないので……それより、配達……料理が……」

「ばか野郎！　こんな時に何言ってんだ！　待ってろ。救急車を呼ぶから」

スマホを取り出し、緊急通報の画面を開く。

「くそっ……これも停電の影響か!?」

１１９番を押すも、繋《つな》がらない。不通を告げるだけだ。

見渡せば、この衝突事故はなにも自分の半径数メートルに限ったことではないことに気がついた。あたりでは多くの車が玉突き事故を起こしており、その余波は歩道にまで及んでいる。痛みを訴える叫びや、恐怖を発散する泣き声が街を包んでいた。

まさに悪夢のような光景だった。今の渋谷で、普通に立っている方が奇跡のようにすら思えた。ほとんどの人間が転んだり、倒れたり――……

「……浅野《あさの》」

不意に、水星の膨《ふく》らんだお腹が陸《りく》の脳裏をよぎった。

「すまねえ、兄ちゃん！　行くところができた。見たところでかい怪我はないようだし、病院には自分の足で行ってくれ。この調子じゃ救急車は望めないからな――あ、バイクは置いていけよ。あと、間違ってもこんな状況で配達を優先なんかするな！」

「は、はい」

男が頷《うなず》くの見るや否や、陸は走り出していた。

――浅野っ！

陸は人の波を縫うように駆けた。身重の水星が人に押されたりでもしたらどうする。転ばなくとも、病院にたどり着けないとしたらどうする。それだけではない。水星は管理入院すると言っていた。つまり、怪我をせずとも、病院に行かないとまずい状況にあることにはかわりないのだ。

陸は唇をきゅっと嚙《か》み締めた。今走っても、意味はないのかもしれない。そもそも、家族でもない自分が行ったところで、なにになるというのだ。彼女には立派なパートナーがいる。家族がいる。俺なんか、必要ない。

それでも強く思ってしまうのだ。

なんとかして、彼女を無事に病院まで送り届けねば——。

理屈はなかった。感情が陸の身体を動かしていた。

スクランブル交差点の真ん中では、パニック状態の人々がぶつかり合い、停車した車が煙を吐いていた。灯りを失った信号は頼りにならず、車道を渡るのはほとんど博打《ばくち》のようなものだった。そんな人々を嘲《あざわら》笑うかのように、太陽は地平線にずぶずぶと沈んでいく。

たった数秒で、火を吹き消すように、完全な暗闇《くらやみ》が訪れた。

「きゃあ！」

あたりから一斉に悲鳴が上がった。

それからすぐに人々は押し黙り、しまいには畏怖《いふ》の吐息を漏らしていた。

街にいる全員が空を見上げていた。見上げざるを得なかった。火急の用で駆けていた陸《りく》すら立ち止まり、空の異変に視線を奪われた。

「なに、あれ」

誰かが、か細い声を漏らす。信じられない光景だった。東京の空が紅く染まり、ゆらゆらと波打っている。人工的な赤ではない。まるで空が割れて血を噴《ふ》いたかのような、生々しい真紅の帯が人々の頭上に広がっていた。

「なんで、なんで――」

超常的な紅光に、陸の喉はこくりと鳴る。

「なんで、東京の空にオーロラが出てるんだよ……っ」

○

渋谷駅前は不気味な静けさに包まれていた。誰しもが空を見上げ、息を呑《の》んでいる。その横顔はうっすらと紅く色づいている。暗転したビジョンモニターや、割れた車の窓ガラス、高層ビルの壁面にさえ、紅い光は反射していた。

「あり得ねえ」

陸は小さく呟《つぶや》いた。こんなこと、起こるはずがない。それもそのはずだ。オーロラは極光、つまり天体の極域近辺で見られる大気の発光現象。低緯度に位置する日本の、それも東京のど真ん中で見られるものではそうそうない。

——パニックムービーの導入じゃねえんだぞ！

空を仕事場にしてきた陸だからこそ、理解できずにいた。

帯状に揺れる紅い光がオーロラだとは、到底信じられない。

それこそ非現実的なほどに強力な太陽嵐が生じない限りは——……

「うわっ！　なにあれ！」

周囲が次々に声を上げた。ゆらゆらと緩慢に揺れていた紅い光は、不意に動きを止め、次の瞬間には東京の空全体を包み込んだ。

それはまさに、オーロラの起こす大爆発《ブレイクアップ》にほかならなかった。

「やっぱり、オーロラなのか……？」

——だとすれば、なぜ東京で。

陸の頭に不穏な可能性が浮かんでは消える。

プラズマ兵器。天変地異。この世の終わり……。

「くそっ。せめて走りながら考えろよ、俺ッ！」

陸は再び地面を蹴った。

大停電に見舞われた渋谷駅前は、ほとんど暗闇《くらやみ》と大差ない。白い月光と紅い極光に淡く照らされているばかりだ。それでも陸《りく》が迷わず走れたのは、人々が握り締めたスマホの明かりを道標にしているからにほかならない。

たった一五〇年前は、日本に街灯は存在しなかった。だというのに、今の人々は灯りなしには街を歩けない。人々は通話機能を失ったスマートフォンを、松明《たいまつ》のように握り締めながら、「なんで」「どうして」と不安を露《あら》わに右往左往している。

「意味わかんない！　電波立ってるのに電話かからないんだけど！」

情報社会への苛立《いらだ》ちが叫びになり、渋谷の谷底に木霊《こだま》した。

それに呼応するように、痛いほど眩《まぶ》しい光が差した。

今度は何事かと叫ぶ人々の顔が、克明に照らし出される。

まるで文明が咆哮《ほうこう》したようなその輝きは、人々の視線を一点に惹きつけた。

「ヒカリエだ！」

周囲から安堵《あんど》の声が湧き上がる。人々は光に集《つど》う羽虫のように、予備電源を作動させた巨大商業施設――渋谷ヒカリエに飛びこんでいく。

陸は彼らの背に向かって、大きく声を張った。

「おい！　そんな一気に駆け込むんじゃねえ！」

しかし、人の流れは止まらない。ヒカリエにはまだ水星がいるかもしれないのだ。パニックになった人々が飛び込めば、水星が転倒する可能性は高くなってしまう。

陸は舌をひとつ鳴らし、渋谷ヒカリエへと駆けた。エントランスは逃げ出す人と駆け込む人が入り乱れている。まともに歩ける状態ですらない。

「くそっ」

屈強な身体で人波をかき分け、陸は前へと進んだ。

ようやく建物内部までたどり着くと、視界の端に、倒れた老婦の姿が映った。

老婦は床に伏したまま、胸を押さえてうずくまっている。陸の立つ位置から二〇m《メートル》ほどか。行きかう者は誰も気に掛けない。いや、気づいてすらいない。

——くそっ！

この状況では数メートル進むのも骨だ。助けに行くとなれば、必然タイムロスになる。陸にとって大切な人は水星だ。目の前の老婦ではない。ここで時間を浪費している場合ではないのだ。わかっている。

けれど、自衛隊仕込みの身体は勝手に動いていた。

「おまえら、道開けろ！」

陸は倒れている老人をめがけ、人垣を掻《か》き分けた。

「大丈夫ですか!?」

手を差し伸べると、老婦はか細く息を漏らし、頭をもたげた。陸はしわがれた掌《てのひら》をしっかりと摑《つか》み、老婦を庇《かば》うように身を寄せる。老婆は「胸が、急に……」と力なく零《こぼ》す。老婆の手提げバッグにはヘルプマークがぶら下がっていた。

陸《りく》の脳裏に、地磁気でペースメーカーが狂うシーンがよぎる。

——焦《あせ》るな。『アルマゲドン2009』で描かれたアレは性質《たち》の悪い嘘《フィクション》だ。

陸はひとつ呼吸を挟み、「とりあえず、端へ行きましょう」と老婦の肩を抱いて、エントランスの端へ向かう。

「これは……一体なにがあったんですか？」

歩きながら、老婦が陸に訊ねた。

「……理由はわかりませんが、大きな停電みたいですね」

陸はわざと濁した。脳内の可能性を話しても混乱するだけだろうし、なによりまだ確定したわけでもない。不測の事態において、噂《うわさ》が力を持ちすぎることを陸はよく知っている。伝わる途中でどうねじれるかもわからず、それはのちに誰かの命を奪う可能性すらある。陸は今、自分の考えや言葉に責任が持てなかった。

少し行くと、警備員の姿があった。雪崩《なだ》れ込む人々を制御できずに、途方にくれている。陸は老婦を警備員の元へと連れて行くことにした。

「あの」別れる前に、老婦に訊ねる。「ここで妊婦を見ませんでしたか？　白いブラウスを着た……」

陸の言葉に、老婦はしばし考えてから、首を右に向けた。

「……それなら宮益坂《みやますざか》を上がっていくの見ました。小柄な女の子と、男の人に連れられて。すごい苦しそうでしたけど、あの人、あなたの知り合いなの？」

「まあ、知り合い、ですね。情報ありがとうございます。――さ、あとはこの警備員さんに従ってください。そのうち、この混乱も落ち着くはずですから」

陸は老婦を警備員に預けてから、ビルの谷間に延びる宮益坂を駆けた。水星の姿はまだ見えない。どれほど遠くにあるかのさえわからない。乱れた人の波をなんとか躱《かわ》して前へ進んでいると、頭上から唸《うな》るような轟音がした。

見上げれば、大きな影がオーロラの下を滑っている。それが旅客機だと気づくや否や、陸は身震いした。翼端や尾翼の航空灯すら光っていない。なんとか滑空しているが、もうじき落ちるだろうことは想像に難くない。きっと電気系統がやられたのだと陸は看取《かんしゅ》した。

他にも気づいた人がいるらしい。悲鳴はあちこちから聞こえた。

逃げ惑う人々の顔の中には、ほのかに高揚しているものもあった。「やばくね？　これやばくね？」と仲間内で騒ぎ、カメラを回している若い男女の姿。頭上でなびく真紅のオーロラ。けたたましく鳴り続ける車のクラクション。灯りの落ちた渋谷の混乱に、彼らは退屈な日常の崩壊と、刺激に満ちた非日常を感じ取っているらしかった。

――平和ぼけ野郎どもがッ！

自然災害だけじゃない、テロの可能性だってあるというのに、なんでそうも笑っていられるのだろう。陸《りく》は苛立《いらだ》ちつつ、息を切らして歩を進めた。いまは彼らに説教をくれてやる時間も惜しかった。

しばらく行くと、坂の途中にある御嶽《みたけ》神社に着いた。鳥居の下にお団子頭のシルエットが揺れている。妹の金星に違いない。確信し、咄嗟《とっさ》に駆け寄った。

近付くと、縁石に座り込む水星の姿が見えた。

「おい、浅野《あさの》、大丈夫か!?」

「ちょっ、大きな声出さないで！」

妹の金星に制され、陸は為す術なく後退《あとずさ》る。所在なげに横に視線を振ると、スマホを必死で操作する孔明《こうめい》と目が合った。

「予定日よりだいぶ早くて、救急車を呼ぼうにも、スマホが繋《つな》がらないし。公衆電話も近くになくて……」

焦《じ》れた様子で、現状の説明を並べ立てる孔明に、陸は微《かす》かな苛立ちを覚える。

──繋がらないスマホをいじるよりやることがあるだろ。

慌てるだけで頼りない孔明に、陸の眉根はきつく寄った。

「水姉、平気？　少し横になる？」

「うん。座ってるよりかは……」

「じゃあ、私の鞄《かばん》を枕にして、ちょっと横になろうか」

ハンカチを姉の額に当てつつ、金星が柔らかい声を出す。水星はたしかめるようにゆっくりと呼吸してから、「ありがとう」と吐き出した。

「でも、私は大丈夫。赤ちゃんが無事なら。私は大丈夫だから」

耳に届く彼女の変わらない優しさに、陸は自身の鼓動が速くなるのを感じた。

――なにをすればいい、俺は。

水星は広尾の病院に行くと言っていた。渋谷から広尾までが遠くないことはわかるが、陸は都内の地理に疎《うと》い。石川の小松《こまつ》基地から関東に戻って来てまだ日が浅いのだ。それでなくても神奈川県南部の生まれで、東京には縁もゆかりもない。最短ルートはおろか、人を運んで歩ける現実的な距離なのかも判断できない。

「あの、病院まではどれくらいの距離が」

隣の孔明に訊ねる。

「だいたい、二km《キロメートル》くらいです」

孔明は額の汗を拭《ぬぐ》いながら答えた。

――二kmか。

陸は口の中で呟《つぶや》いた。運べない距離じゃない。

この状況ではタクシーはもとより、救急車すらあてにならない。座して待つよりも、水星の身心に余裕のあるこの時に動いた方が良い。

陸《りく》は覚悟を決めると、彼らに背を向けた。

「ここで待っててください。担架の代わりになるものを運んできます」

短い言葉を孔明《こうめい》に託し、暗闇《くらやみ》の宮益坂《みやますざか》を駆け下りる。

坂の途中にヒカリエの入り口を見つけ、飛び込んだ。アパレルショップを探すと、幸いすぐに見つかった。入店すると店の奥から「すみません。今停電中でして」と店員の弁明が聞こえたが、陸は躊躇《ためら》わず暗い店内に視線を這《は》わせた。

夏だから厚手の生地のモノがない。陸は暗闇で品物を物色するのを早々に諦め、店員の立つカウンターへ駆け寄った。

「急患だ。厚手の上着を二枚。それと服を掛けてるパイプを二本譲ってくれ」

一万札を二枚、レジに叩きつける。

「釣りは募金箱に突っ込んでおいてくれていい」

店員は無言でこくこくと頷《うなず》くと、バックヤードに引っ込んでいった。

店員から受け取った売れ残りの春物アウター二着と、服掛け棒二本を担ぎ、陸は宮益坂を再び駆けあがる。

「くそっ、くそっ」

乾いた口から、短い言葉が衝《つ》いて出た。なにに苛立《いらだ》っているのか、自分でもはっきりとはわかっていなかった。おそらくは前しか見てこなかった自分に。優しそうで頼りなさげな孔明に。今でも心惹かれる水星に。再会のきっかけを生んだ金星に。それらすべてに向けた言葉に違いない。

醜い感情に負けそうな自分が許せなかった。

陸が頭の中で描いた夢はいまや幻で、手にするのは困難な未来になっている。陸はなにもかも投げ捨てて自己実現に努めてきた。そうして完成した自分の隣には水星がいて、目が合えば笑い合うような、そんな関係になるのだと信じていた。

現実は、そうじゃない。

結婚を知り、子どもを授かった水星に、陸はまだ一度も祝いの言葉を言えていない。言い損ねた「好き」という言葉がいまなお喉に蓋をしている。おめでとう。たった五文字の祝いの言葉を言ってあげられない自分が、ひどくあさましく感じられた。

「手を貸してくれ、担架を作る」

路地に戻った陸は、汗を拭《ぬぐ》うこともそこそこに、二本の服掛け棒を平行に地面に置いた。ボタンを掛けたアウターをピンと広げ、両袖にパイプに通す。反対側に立った孔明に上着を一枚投げ渡し、同じ作業をするように指示した。

「っし。これで完成だ。えーっと……浅野《あさの》妹、姉ちゃん乗せるぞ。手伝ってくれ」

呼びかけるも、反応がない。

陸《りく》の呼びかけを無視した金星は、水星の横に座ったまま空を見上げている。

「おい！　聞いてんのか！　姉ちゃん運ぶぞ！」

「き、聞いてる！　言われなくてもわかってるからっ！」

我《われ》に返った金星は空から視線を切り、担架に横たわるよう水星に促《うなが》した。

水星が無事担架に乗ったことを確認すると、一行は、金星を先導役にして、脚部側を持つ孔《こう》明《めい》、頭部側を持つ陸という並びで広尾へ足先を向けた。

——絶対無事に、水星を病院まで送り届けてみせる。

その想いを胸に、陸は一歩を踏み出した。

街はなおも暗い。四人の頭上には、見慣れぬ星がひとつ輝いている。

〈2025年7月6日　日曜日　夜〉

「どいて！　道開けて！」

先頭を走る金星が声を上げた。闇に沈んだ街中は見通しが悪い。それでなくても日曜夜の渋谷駅近辺はどこも混み合っている。道端に座り込む人や、突然飛び出してくる人影もちらほらある。状況も状況だ。予期せぬ行動を起こす者も少なくない。それらすべてにぶつからないように担架を運ぶのは、元自衛官の陸にしてみても、そうそう楽な仕事ではなかった。

路肩に都営バスが止まっていた。この調子では、メトロ含め、電車も全滅だろう。公共交通機関だけでなく、医療機関や官公庁も機能が大幅に制限されていることが容易に想像できた。駅前だけでも怪我人が多数いたことを考えると、陸は眩暈《めまい》がした。

駅から遠ざかるにつれ、視界はさらに暗くなった。人口密集地帯を抜けると、松明《たいまつ》代わりのスマホの光が減ってしまうのだ。背後にそびえる渋谷ヒカリエは、いまだ灯台のように煌々《こうこう》と輝いてはいるが、それも距離が離れれば心もとない。

周囲を照らすほどの予備電源を備えた施設は、渋谷にあってさえ、そう多くはない。非常灯や避難経路の照明、経済的に価値のある設備、それらを保守するだけの予備電源しか有していないのが商業施設の現実だ。

そのなかにあって、殊勝にも街を照らす存在があった。

コンビニだ。店内から漏れる明かりが、人々を勇気づけていた。

渋谷二丁目交差点にあるコンビニには、多くの人が集《つど》っていた。店内では、緑色の制服を纏《まと》った店員が対応に右往左往している。大手チェーンのコンビニエンスストアは、無停電電源装置《UPS》という停電用の発電機を備えている店舗が多い。短期間の停電であれば、通常と変わらぬ店舗運営を続けることが出来るのだ。

——自衛隊の災害派遣が始まるまでなら、充分に持つか。

陸《りく》はわずかに安堵《あんど》した。都内には七千を超えるコンビニがある。そのすべてが災害対応に備えているわけではないだろうが、食料や飲料、衛生用品を備えた簡易避難所にはなり得るポテンシャルを有している。

警察や消防、自衛隊。公共の救助が来るまでの時間稼ぎの多くは、民間の商業施設に委ねられている現実がある。地方であれば、大型ショッピングセンターがその責を担うことになっている場合が多い。そうでなければ、災害発生時に市民全員を受け止めることなど到底不可能だ。

「こっち！　ぐずぐずしないで！」

金星に先導され、陸と孔明《こうめい》はともに顎《あご》を引いた。

六本木通りを東進した一行は、青山トンネルへ進入した。歩道は人がすれ違うのもやっとなほど狭く、照明も落ちているため、とにかく歩きづらい。すし詰めになった車道から何事かを叫ぶ声も聞こえる。早くトンネルを抜けてしまいたいが、陸のペースだけで進むことはできない。

前を行く孔明が肩で息をしているのがわかる。担架を揺らさないように細心の注意を払いながら走るのは、この状況下でなくても体力をひどく消耗する。それでも弱音を漏らさず走り続けるのは、水星とお腹の子を助けたい一心だろう。陸は出逢ってからはじめて田村《たむら》孔明という男に好感を抱いた。できるだけ負担の少ないペースを保つよう、陸も細心の注意を払い続けた。

「ストップ！　止まって！」

青山トンネルを抜け、渋谷四丁目交差点に差し掛かったところで金星が急停止した。

孔明と陸も担架を揺らさないよう、じわりと歩調を緩《ゆる》める。

「大通りはもうダメ。馬鹿が道を潰しちゃってる。住宅街を行きましょう」

こっち！　と、金星は手に持ったスマホで周囲を照らしながら言った。背面のライトから放たれる白い光が道の先を頼りなく照らしていた。金星の背を追う陸の視界に、横転したトラックが映った。世界が暗闇《くらやみ》に包まれて以降、そこかしこから鳴り続けていたため感覚が麻痺していたが、甲高く響き渡るクラクションは運転手の苛立《いらだ》ちだけではなく、交通事故の発生も伝えていたのだ。

「そこの車両動かないで！　ここはいま通行止めだから！」

横転したトラックの隣では、最寄りの常盤松交番から出張ってきた警官が交通整理を行っていた。赤く光る蛍光棒片手に声を張り上げ、言うことを聞かずに進もうとする車の前に立ちはだかる。

「停電が復旧するまで車両は停止して――え？　向こうでは邪魔になるからどけって言われた？　どっちなんだって言われても……とりあえず、止まって！」

無線も死んでいるのだろう。うまく統率が取れていない。警官と運転手らは大声を張り上げ、動く動かないとやりあっている。

耳をすませば、淀《よど》んだ喧騒《けんそう》のなかにサイレンも交じっているのがわかった。音を追うように首を回すと、消防の赤い光がオフィスビルの壁面を這《は》うように駆けているのが見える。消防車の向かう先には、鋭い黄光が揺らめいていた。

「そんな……火事まで」

肩を上下させながら、孔明《こうめい》がぽつりと呟《つぶや》いた。

通りに立ち並ぶ電柱から、先の光る糸が垂れさがっている。電線が焼き切れていた。渋谷駅前は電線の地下埋設が進んでいるから、陸《りく》も今まで気がつかなかった。

――くそっ、まじかよ……。

都内に電柱が何本生えているかは知らないが、そのどれもが発火したのであれば、周囲に火が燃え移っても不思議ではない。加えてこの状況下なら、ぼや騒ぎでも都市型火災に発展する恐れは充分にある。

そうなってしまえば、これから向かう病院だって安全かは怪しい。

「こりゃ映画でも、『ディープインパクト』や『デイ・アフター・トゥモロー』の類だな……」

呟き、陸は唇を嚙《か》んだ。「自然が牙を剝《む》くタイプのパニック映画だ」

そう、これはおそらく太陽フレアに起因する自然災害だ。空を仕事場にしてきた陸にはわかる。低緯度の日本にこれだけはっきりとしたオーロラが発生していることから、その可能性は非常に高い。

前例がないわけではない。日本でのオーロラは、二〇一五年にも、北海道で観測されている。だが、それも肉眼で観測できる規模ではなかった。東京で、肉眼観測ができるほどの太陽嵐が起きたのだとしたら、未曾有《みぞう》の規模というほかない。

学生時代から航空気象を学んできている陸は、地球大気の成分や、宇宙天気、太陽の活動には一般人よりも詳しい自負がある。座学のトップは同期の寺井《てらい》に譲ったが、陸も悪かったわけではない。宇宙飛行士を目指しているのだから当然といえば当然だ。

その陸の豊富な知識が、「ありえない」と告げている。太陽嵐はたしかに航空宇宙分野においては脅威だが、地上の生活を一息で吹き飛ばすような現象ではない。仮に地球が脆弱《ぜいじゃく》な磁場と大気しか有しておらず、太陽嵐に対して無防備なのだとすれば、そもそも現代文明はここまで発展していない。

ゆえに、もし太陽嵐がこの状況を生み出したとすれば、陸には打てる手段が思い浮かばなかった。水星を運び込んだ病院が免震構造で、避雷針を有していて、消火栓設備が完璧《かんぺき》だったとしても、宇宙から無際限に降り注ぐプラズマは防ぎようがない。

電気も通信も失った暗闇《くらやみ》のなかで水星がお産をすることになるのは、ほとんど確定事項のようにも思えた。

「とにかく行きましょう。足を止めてる暇なんかない」

金星の言うとおり、しかしいまは行くしかないのだ。

短期間の停電であってほしい。すぐに復旧する事態であってほしい。

そう願うも、頭上になびく紅いオーロラが陸《りく》の楽観を嘲笑《あざわら》う。唯一の救いは、遠くに見える病院のシルエットが、徐々に大きさを増すことのみだった。

○

ようやくたどり着いた広尾の医療センターは、どんよりと薄暗い。照明は動線を確保する必要最低限だけが灯され、残りの電力は医療機器に回されている。待合室の冷房も切られているのか、エントランスを抜けると、むっとした空気が顔を撫《な》でた。

「外来は今後、一時待機！　スペースいくつか確保して！　処置室に！　傷病者もっと来ると思うから！」

「そこの研修医ふたり！　トリアージ！　突っ立ってないで赤の応援！」

「手空いてる人！　手空いてる人！　簡易ベッドとテント運んで！　救急車の退出路は塞《ふさ》がな

いように、外にも設営！」

医師と看護師の怒号がひっきりなしに響いていた。

院内設備は予備電源で動いているみたいだが、連続稼働には限りがあることを陸は知っている。どれだけ大規模なものでも、もって数日。電源が切れれば人工呼吸器などに頼る患者の命にかかわってくる。

看護師たちもそれを察しているのか、不安を隠しきれていない様子で仕事にあたっていた。それでも患者の安全を慮《おもんぱか》り、安心させようと動く姿にはプロの凄《すご》みを見出《みいだ》さずにいられない。陸は災害救援自販機《ベンダー》からペットボトルを三本取り出しながら、看護師らに胸中で敬礼をした。

「孔明《こうめい》さん、喉、渇いてないですか？」

「ああ、ありがとうございます。いくらですか？」

待合室のベンチに戻った陸がペットボトルを差し出すと、孔明は咄嗟《とっさ》に財布《さいふ》を取り出した。

「いえ、無料だったので。お代は大丈夫ですよ」

「そうですか。なら、遠慮なく」

孔明は額の汗を拭《ぬぐ》ってから、ようやく水を受け取った。

水星を産婦人科に受け入れてもらってから、すでに十数分が経過していた。待合室は近隣の人々が押し寄せているためかひどく混雑しており、夏の不快感に喘《あえ》ぐ子どもがそこかしこに見受けられる。「お母さん、動画見れないんだけど」半そでの少年がスマホを覗きながら口を尖《とが》らせている。

——さて、どうするか。

陸《りく》は水を呷《あお》りながら考える。

このまま水星の出産が終わるまでここで待つのか?

ほかになにかできることがあるんじゃないのか?

たとえば町に戻って、人命救助をするとか……。

ちらちらと視線を散らして考える。壮年の男性が自販機についたハンドルを回している姿が視界の端に映る。さきほど陸も使ったハンドル充電式の災害救援自販機《ベンダー》だ。ハンドルを回して発電できるあの型式なら、スマートフォンやラジオの充電もできる。

——やっぱり下手《へた》に動くより、ここを拠点に復旧を待った方がいいか……。

何度もたどり着いた結論に、再びたどり着く。待機時間は自慢の体力を活かして看護師らを手伝うこともできる。陸は元自衛官だが、現役の予備自衛官でもある。災害時には進んで周囲を手助けする任を担っているのだ。

——そうだ。ここに残ってやれることは、たくさんある。

頭ではわかっている。自分に言い聞かせるように、ここに残る理由を考えているのは、水星の傍にいたいからだ。ここにいれば水星に万が一の事態が起こった場合も手助けができる。それが本心なのだ。

隣にいる男を信用できず、まだ対抗心を燃やしている。

そんな自分が無様で、未練がましくて、うんざりする。

――とりあえずは物資運搬でも手伝うか。

陸が細く息を吐くと、暗がりから「田村《たむら》さん、書類がまだ」と声がした。

「ああ、はい。いま行きます」

気づいた孔明《こうめい》が慌てて駆けていく。

陸はその頼りない背に目を眇《すが》めてから、自分も腰を上げた。

「さて、俺もやることやるかな、浅野《あさの》妹は――」

探すも、金星の姿は近くにない。急いで首を回すと、窓にべったりと張り付く彼女の姿が見えた。タブレットで空の写真を撮っているようだ。たしかに都内でオーロラはめずらしい。おおかた通信が回復したらSNSにアップするべく準備でもしているのだろうが、姉の状況を考えると随分と気楽な妹だと陸は呆《あき》れた。

――もっとやることがあるだろうに。

陸は頭を掻《か》きながらも、その背に近づいた。

金星の視界に入るよう、窓の縁にペットボトルを置く。

「ほら、水だ」

「……ん、どうも」

金星は一瞬だけ振り向くと、それだけ言って、また写真撮影に没頭し始めた。

──どうもって……ま、そういう年頃か。

首筋を撫《な》で、陸《りく》はその場をあとにした。

そのまま二階へ向かった。ナースステーションに用があったのだ。

「あの、自分予備自衛官なんですけど、なにか手伝えることありますか?」

ズボンのポケットから予備自衛官手帳を取り出し、年配の看護師に声をかける。年配の看護師は「ああ」とすぐに合点してくれた。ハローワークで提示するかもしれないと念のため持ってきたのが役に立った。

「遠慮なく仰ってください。体力には自信がありますんで」

「でしたら、地下の倉庫にある保存水を運ぶのを手伝っていただけますか?」

もちろん。陸は頷《うなず》き、看護師とともに地下倉庫に向かった。

○

地下倉庫はひんやりとしていて、涼しい。

「発電機はどれくらいの規模なんですか?」

陸は無意識に、首筋の冷えた汗を掌《てのひら》で拭《ぬぐ》っていた。

首に下げられた〈ＳＴＡＦＦ〉のタグがかさりと揺れた。

「ここにあるもので院内設備の七割強がカバーできます。空調などに制限は設けますが、燃料備蓄もありますので、発電機は外部からの補給なしで四日ほど持つ想定です」

「すごいですね。燃料備蓄まであるなんて」

「はい。ここは都指定の災害拠点病院ですので」

「なるほど」呟《つぶや》き、静かに合点する。

広大な地下倉庫には、発電機だけでなく受水槽も巨大なものがあった。見たところ一〇〇㎥《立方メートル》サイズ——一〇〇ℓ《リットル》のものが二槽。この規模の病院でも節水すれば二日は持つはずだ。透析治療に必要な水や、シャワーや飲食に関する水はここから供給されるだろう。

また、排水系はおそらく雨水などの再利用水を使用するはずなので、トイレなどは受水槽の残量は気にせず使用可能に違いない。

さすがは災害拠点病院と言うべきか。自前のインフラがあるだけで安心感が違う。一般家庭や他施設ではこうもいかないだろう。下水も上水も、本来は水道局のポンプ頼り。そのポンプは電気駆動なので、停電時には死んでしまうのが常なのだ。

「星板《ほしいた》さん、ここに置いてある保存水を二階のナースステーションまで運んでいただけますか？エレベーターが止まっているので、階段をご使用いただくことになるんですけども……」

「全然平気ですよ、これくらい」

「運び終えたら、ナースステーションまできてくださると助かります」

「わかりました」

「お願いします」短く会釈して、看護師は去っていく。

忙しいなかでも指示が的確だ。さきほどちらりと見た程度だが、緊急医療対応にもそつがない。予備自衛官といってすぐに勘づくところからみても、おそらく災害対応訓練や、多数傷病者の受入訓練も受けているのだろう。他の医療従事者や患者が混乱しないように、突然の援助者への〈ＳＴＡＦＦ〉タグの着用徹底をしているのも、信頼がおける。

日本屈指の災害拠点病院を選んだ田村《たむら》夫妻の慧眼《けいがん》はたしかなものだ。もしこれが他の病院だったらと思うと――そもそも中小規模の病院はこれだけの傷病者を受け入れないだろうが――ぞっとする。

「よし、やるか」

陸《りく》は一箱十二kg《キログラム》あるダンボールを抱え、階段を上った。

何度往復しただろうか、かなりの数の備蓄飲料水を二階まで運び上げたところで、視界の端で影がふらりと揺れるのが見えた。

振り向くと、先ほどの年配の看護師が手招きしていた。

「星板《ほしいた》さん、すみません。今度はテントの設営を手伝って欲しいんです」

「ああ、それならお任せください」

デスクで作業をする看護師を見つめながら、陸は頷《うなず》いた。

「ありがとうございます。設営用の資材は地下の受水槽の横にありますから、申し訳ないですけど、もう一度地下から運んでいただけますか」

「わかりました。で、数はどれくらいでしょう？」

陸に指示を出した看護師は、デスクに放り出された図面を睨《にら》み、何かを確認していた。彼女は途端に目を眇《すが》めると、近くでパソコンの動作確認をしていた若い男性職員のひとりに声を掛けた。

「テントはここに書いてある数で足りるの？」

訊ねられた男性職員は、困ったように眉根を寄せる。

「いまのところは——でも雨が降ったらわからないです」

「じゃあ天気調べて！　それくらい言われる前にやる！」

「それができないから困ってるんです！」

男性職員が険のある声を発した。彼は目の前のパソコンで調べることも、手元のスマートフォンを握ることもしなかった。あれほど人々から信用を集めていた情報通信端末は、すでに頼れるものではない。なにせ、ネットに繋《つな》がらないのだ。

「とりあえずいまは、最悪を考えて動きましょう」

陸《りく》が言った。

「テントやベッドは出せるだけ出して設営を。僕も手伝います。それと冷蔵庫も使用台数を絞って。全台稼働すると電力が持たないかもしれませんから。特に職員用のやつは極力使用を控えること。夜食用の冷凍食品もいまのうちに暗所に移して自然解凍。腐りはじめるのが早いやつから食べるようにしてください。電力は常に医療用冷蔵庫が最優先って、これは言われなくても大丈夫ですよね」

最後に軽くおどけて、空気を弛緩《しかん》させようと努める。

今、統率や協調が乱れるのが一番まずい。陸はそれを肌感で察知していた。

「すみません。取り乱してしまって」

バツが悪そうに、看護師が俯《うつむ》く。

「いえ、誰しも災害時は焦《あせ》りますから」

「ありがとうございます。それにしても……これから、どうなるんでしょう」

至極《しごく》まっとうな不安だった。先の見えない災害時に、平静を保つのは不可能に近い。それも今回はほとんど未知の災害だ。地面が揺れることも、風雨が吹き荒ぶことも、豪雪が街を覆《おお》ったでもない。ただ日常から、電子機器が奪われたのだ。

「すぐに帰宅困難者への支援もはじまりますよ。災害対策基本法に則った初期対応は速さが命ですから。すぐに俺の古巣が助けにきます。ご安心を」

陸が微笑みかけると、年配の看護師はにこりと笑みを零《こぼ》した。

そう。だから大丈夫。陸は自分にも言い聞かせた。無線通信は太陽フレアの影響で閉ざされているが、固定回線までは死んでいないはずだ。自治体や省庁内の連携に回線リソースを割けば、災害大国ゆえの手際の良さを国民に示すことは容易《たやす》くできるはずだ。

「じゃあ、俺はテントを運んできますね」

まずは俺が示さねば。

陸は改めて地下倉庫へ足先を向けた。

○

テントの資材を運ぶため、陸はひとまず一階へと戻った。

待合室は先ほどよりも混雑している。ベンチやソファはほとんどが埋まり、倉庫から引っ張り出されたパイプ椅子が壁際に並べられていた。とりあえず避難してきた人も多いのだろう。このままいけば局所的な医療崩壊を起こす危険性すらある。

だからといって、避難してきた人を責められる道理もない。突然の大規模停電に見舞われたら、人は不安から逃れるように明かりのある所へ集《つど》う。ヒカリエ、コンビニ、それもより信頼のおける病院や、各種公共機関へと足が向くのも当然だ。

——しかしこの混みようじゃ、一度混乱が起きたら収めるのが大変だぞ。

陸《りく》が懸念に目を眇《すが》めた途端、穏やかでない言葉が耳を打った。

「これ、テロらしいよ」

「え、そうなの？」

その囁《ささや》きに、陸は思わず足を止め、辺りを見渡す。

「そうそう、電子テロ。なんか、ＥＭＰ兵器っていうやばいの使われたんだって」

「えー、こわ」

「ね、やばいよね」

発信源は若いカップルだった。彼らは故意なのか、無意識なのか、周囲に聞こえるような声量で話している。もちろん、そんな事実はない。だいたいネットが止まっている今、どうやって情報を入手したというのだ。

——おいおい。いまの状況じゃあ、その冗談は洒落《しゃれ》になんねえぞ。

陸は憤《いきどお》りの果てに、拳《こぶし》を握った。

少し考えればわかる。これはデマだ。けれどこの状況、わずかな不安は人々に伝播して大きなうねりとなる。「ねえ、テロなんだって」「ほんとに？」周囲の人たちもざわつきはじめた。

人の口に戸は立てられぬというが、徐々に恐怖が連鎖していくのが手に取るようにわかる。

──どうする。注意するか？

陸が思案していると、背後から鋭い声が飛んだ。

「そんなわけないでしょッ！」

根拠のない噂《うわさ》に怒声を向けたのは、水星の妹、金星だった。

「これがテロ？　ふざけるのもいい加減にして。いい？　ＥＭＰ兵器の使用は論理的に考えられないの。なぜって、今のところ電磁パルスを特定地域に確実に照射するには、高度数一〇km《キロメートル》以上の高層大気圏での高高度核爆発しか方法はないから」

かつかつと足音を鳴らし、金星は発信源のカップルへ歩み寄る。

「それともなに？　どこかの国が核を使ったとでも？　はっ、それこそ悪い冗談ね。少し考えればわかることよ。それこそあり得ない話だって」

カップルの前に立つと、物凄《すご》い剣幕で睨《にら》みつけた。

「ばかなあなたたちに教えてあげる。電磁パルスは敵基地をピンポイントに攻撃する戦術兵器じゃなくて、敵国の通信やエネルギーとか、インフラを広範囲で破壊して都市能力を奪う戦略兵器なの。使用すれば絶対にバレるし、日本を含めた近隣諸国との全面戦争になる。だから、わざわざ電磁パルスの照射のために核を打つなら、敵国に壊滅的な被害をもたらすべく、低空で爆破する通常運用を選ぶ可能性が高──」

滔々《とうとう》と語る金星を、陸は咄嗟《とっさ》に引き剝《は》がした。

「ちょっとなに――っ」

「地下に行くからライトがいる。そのタブレットで照らしてくれ」

「自分のスマホ使えばいいでしょ!?」

「両手で荷物を運ぶから使えないんだよ」

金星の手を引き、陸《りく》は歩きはじめた。金星は「まだ全部言い終わってない！」だとか「誤情報が広まったらどうするの！」やら喚《わめ》いたが、陸は気にせず倉庫へ向かった。


「……別にライトなくたって見えるじゃない」

金星は不貞腐《ふてくさ》れた態度を隠すこともなく、声音を尖《とが》らせる。

タブレットの背面ライトが、ふたりの足元を照らしていた。

「でも頭を冷やすのにはちょうどいいだろ。ここは涼しいしな」

「なに？　私が暴走してたとでも？」

「違うのか？　知識が豊富なのは結構だが、あんなに捲《まく》し立てる必要はなかったんじゃないかと俺は思うけどね」

「バカは懇切丁寧《ていねい》に言ってあげないとわかんないでしょ。まあ、言ってもわからないかもしれないけどね。デマが広がる可能性が下がるなら、私はなんでもいいし」

「たしかに、あの場でデマを抑え込んだのは良い判断だ。でもな、あれ以上あのカップルを追い詰めれば、おまえは反感を買っていた。そして反感を買ったやつの言うことは、たとえ真実であっても受け入れてもらえない」

「それは聞き手がガキだからでしょ」

そこまで言ってから金星はふぅーと細く息を吐き出した。続けて小さな声で「まあ、たしかに私も大人気《おとなげ》なかったかもしれないけど」と肩を竦《すく》める。

——おまえも子どもだろうが。

思うも、陸も言葉にはしなかった。背伸びをしたい年頃なのだと呑《の》み込んだ。

階段を下り終え、ふたりは地下倉庫を歩いた。先ほど保存水を運びに出入りしていた陸は、迷わず受水槽横の資材置場に向かうことができた。

「へえ、すごい備蓄」辺りを見渡していた金星が感嘆の息を漏らした。「予想以上。正直もう少しダメなもんだと思ってた」

「おまえの姉ちゃんも安心だな。よかったな。ここが災害に強い病院で」

「当たり前でしょ。私がここを選んだんだから」

「おまえが？」

「そうよ。私が水姉にこの病院を勧めたの。他の病院じゃ設備面に不安があったから」

金星は倉庫内を見渡しながら続けた。

「でも、正直このままだとここも危ない。ここでダメとなると、あとは都庁のシェルター？

それだと医療面が不安か――……あーもう、ほんとなんで今日に限って……」

「なんだよ、危ないって。停電のことなら心配すんな。ここには発電機だって――」

「違う。停電は想定の範囲内。もっとやばいことが起きてるの」

「もっとやばいこと?」

話半分に聞きながら、陸《りく》は設営資材に巻かれたロープを解く。

肩越しに見えた金星のタブレットには、夜空の写真が表示されていた。

「なあ、その写真、さっき渋谷で撮ってたやつか?」

「ああ、なんだ、見てたの。そう。これは協力者への共有用。天文マニアとかが集まる海外の掲示板でやりとりしてるの。それぞれが住む国の空の写真を送り合ったりして、今どうなってるかって。スクランブル交差点が渋谷駅近辺で一番空が広いから、わざわざお姉ちゃんから一瞬離れて――ああそうだ。孔明《こうめい》さんにお姉ちゃんをひとり残してトイレに行くなって言うの忘れてた」

ぶつぶつ言いながら、金星はタブレットの操作を続ける。陸がちらりと盗み見た画面には、英語でやり取りしている形跡があった。

「すごいな。その歳で海外の友人とやりとりなんて」

「このくらい普通じゃない? でも、今はもうダメ。通信が死んじゃってるから、書き込みも読み込みもできやしない」

「じゃあ、その写真も送れないのか」

「そういうこと。まあでも、オフラインでも動くアプリはいくらでもあるし。今までの蓄積データから可能な範囲で解析を進めないと」

「なるほど。天文マニアにとっては今日の出来事は最高の研究対象ってわけか」

「かもね。私は天文マニアってわけじゃないから知らないけど」

タブレットを睨《にら》んだまま金星が言い捨てる。陸の方を一瞥《いちべつ》もせずに。

その態度が陸の癪《しゃく》に障った。「なあ、浅野妹《あさの》」と呆《あき》れた声で呼び掛ける。

金星はついに振り向いたが、「浅野妹？」と零《こぼ》した顔には、不快感を示す皺《しわ》がはっきりと浮かんでいた。

「ねえ、さっきから気になってたんだけど、その呼び方やめてくれる？　おまえとか、浅野妹とか。記憶違いでなければ、私、あなたに名前教えたはずだけど」

言葉尻に滲《にじ》んだ怒りの濃さに、陸は思わずたじろいだ。姉とはまるで違う性格だ。説教をするつもりが、一瞬にして逆の立場になっていた。

「悪かったよ。その……友達にはなんて呼ばれてんだ？」

ひとつ息を挟み、陸は訊ねた。

しかし、金星は視線を逸《そ》らしたまま答えない。

「なあ、なに黙ってるんだよ。それくらい教えてくれてもいいだろ」

「……別に、金星《ヴィーナス》が呼びづらいなら、金星《きんせい》でもいい。そう呼ぶ人もいるっちゃいるし。あ、でも金《きん》ちゃんはだめ。あれは水姉だから特別に許してるだけだから」

「わかったよ。なら、そうだな。金星《きんせい》って呼んでもいいか？」

「いいって言ったでしょ。何回許可取るのよ。あと、勘違いしないで欲しいけど、私はこの名前気に入ってるから。名は体を表すって言うでしょ？　でも、その呼び方を強要するつもりもないってだけ」

言い捨て、金星はまたタブレットに視線を戻した。

気まずい時間が訪れた。陸《りく》はテントの資材をまとめながら、横目で金星を観察していた。タブレットの画面には英数字の羅列が躍っている。金星はそれらの上にすいすいと指を滑らせては、難しい表情を浮かべていた。

忙《せわ》しない様子に陸は一瞬ためらうが、結局は口を開いてしまった。

「なあ……金星。話しかけてもいいか？」

「どうぞ。マルチタスクは得意だから」

画面に目を落としたまま、金星が応える。

背伸びした物言いに首回りが痒《かゆ》くなるが、陸は構わず続けた。

「金星は、いまなにをそんなに必死に計算してるんだ？」

「孔明《こうめい》さんと合流したら話す予定だからちょっと待ってて。私、手間は少なくする主義なの」

「……あ、そ」

なんとも素っ気ない答えだ。陸は肩透かしを食らった気分になるが、呑《の》み込むことにした。こういう性格の子なのだ。指摘してもしかたがない。

陸は独り合点し、運べるだけの資材を肩に抱えて歩きはじめた。

「話は終わり？」

「え、ああ……わるい。終わった」

「別に謝らなくていいけど。じゃあ、今度は私から質問いい？」

背後からの問い掛けに、陸の身は一瞬強張《こわば》った。金星から陸へ訊《き》きたいことなど、到底思いつかない。あるとすれば彼女の姉であり、陸の同級生である水星にまつわる話だろう。穏やかでない。もし、金星の勘が鋭く、水星への想いを見透かされていたら……胸の奥のかさぶたを剝《は》がされたりしたら、たまらない。

陸は身構えたまま「なんだ？」と唾《つば》を呑んだ。

「あなた、パイロットって本当？」

「……なんだよ、そんなことかよ。本当だよ、本当」

「へえ。戦闘機のパイロットって、基本地方勤務よね？　そんな簡単に東京まで遠出できるものなの？」

「……明確な理由を申請すりゃ平気なんだよ」

「ふーん。なんて申請したの？」

「なんてって。そんなの簡単だ。帰省しますってな。それだけだ」

「お盆でもなく、いま帰省？」

「そりゃ、家庭の事情ってもんがあるし」

「家庭の事情があるなら、実家に居なきゃおかしいわよね？　あなたの実家は私の実家の近所。つまり横須賀の方でしょ？　私が水姉の妹だって忘れたの？　くだらない嘘《うそ》なんか吐いてないで、なんで渋谷をぶらぶらしてたか教えてもらえる？」

「別におかしくないだろ。帰省して、渋谷まで遊びにくるくらい――」

そこまで言って、陸《りく》は口を噤《つぐ》んだ。金星の鋭い目が陸を射抜いていた。

ここでいくら否定したところで、彼女は欲しい答えを陸から引き出すまで問答を繰り返すだろう。観念すると同時に、口からため息がまろび出た。

「……わかったわかった。正直に言うよ。やめたんだ、数か月前にな」

「やめた？　責任負わされて、首切られたの間違いでしょ」

「おまえ……なんでそれを知って……」

「[空自パイロット、気球撃墜の責任負わされ罷免《ひめん》か]ってね、ちょっと前にニュースになってたから――あ、水姉には見せてないから安心して。たぶんショック受けて、うじうじ落ち込むし、あの人」

陸は言葉を失った。

目の前の少女は、陸の過去を知っていたのだ。

「でも、笑えるわね。水姉を捨ててまで手にした夢もダメだったんだ」

「……は？」

「やっぱり私、間違ってなかった。今日会って確信したわ。あなたみたいな自分勝手でおめでたい夢追い男に、姉は任せられない。優柔不断で頼りないけど、まだ孔明《こうめい》さんの方がマシ」

金星は短く笑った。「よかった、姉があなたを選ばなくて」

「……おい、さすがに言っていいことと悪いことがあるだろ」

「私は事実を言ってるだけ。言われて悪いようなことしたのは、どっち？」

金星は陸を見つめたまま怯《ひる》まなかった。

「あなた、部隊のエースだったらしいわね。ネットで見た。でも、結局責任負わされて切られたんでしょ？　どれだけ凄《すご》かったか知らないけど、それって結局行動が間違ってた——つまり失敗したってことなんじゃないの？」

「間違ってたかは知らねえ。でもな、大切なもんかなぐり捨ててでも、なにかを守らなきゃいけない時はあるだろうが」

「その漠然としたなにかを守ったから、姉を捨ててまで摑《つか》もうとした夢すらダメになったんじゃないの？」

陸《りく》は拳《こぶし》を握り、自制した。ACM《空中戦》の前に挑発されることは日常茶飯事だ。マインドコントロールの術は知っている。それに相手は子どもだ。本気になる必要ない。

自身に言い聞かせ、陸は肩の資材を担ぎ直した。

「楽しい雑談はこのへんにしとこう。いまは有事なんだ——ほら、とっとと行くぞ」

「なに、もう言い返さないの？　私の声、聞こえないふり？」

「ああ、聞こえちゃいねえよ。俺は俺の優秀さを信じてる。安い挑発も、ありふれた罵倒《ばとう》も聞いちゃいない。なんせ俺は音よりも速い生き物だからな」

「なにそれ。戦闘機乗りだったのは前の話でしょ」

「うるせえ」

「ほら、聞こえてるじゃない」

「聞こえてねえ」

「あっそ。聞こえてないなら、じゃあ勝手に言うけどね。私はそのほかをすべてほったらしにした誰かさんとは違うから。誰かさんみたいに夢ばっかり追いかけて、大切なものを失くしたりしないから」

非常灯の鈍い光が金星の顔を照らしていた。どうしてこの少女は、こうも身勝手な物言いをするのだろう。まるで自分が世界の中心かのような態度だと陸は思った。

「大切なものを放っておいて、その体たらくとか、ほんとあり得ない」

「……なあ、なんでそんなに突っかかってくるんだよ。俺、なんかしたか？」

「別に。ただ、私は――っ」

「星板《ほしいた》さん、金星ちゃん」

階段を上り、待合室に着くと、受付から孔明《こうめい》が駆けてきた。

「すみません。お待たせしてしまって。手続きに手間取っちゃって……」

「ああ、いえ。大丈夫ですよ」

「私も気にしてない。それよりちょうどいい。ふたりに言っておきたいことがあるの」

そこに座って。言いながら、金星もベンチに座り込む。

孔明と陸は、自ずと顔を見合わせた。

「ちょっと待ってくれ。まずはテント建てないと――」

「時間がないの。いま聞いて」

力強い眼差しは陸と孔明に拒絶を許さなかった。

それから金星が語ったことは、まるで映画のあらすじのような奇抜さで、東京を照らすオーロラなんて目じゃないほど、現実感のない話だった。

○

「ちょっと待て、一旦整理させてくれ」

陸《りく》は額に手を当てた。隣の孔明《こうめい》もなにひとつ呑《の》み込めていない様子だった。

金星の語った話は、それほどまでに突飛なものだったのだ。

陸はなんとか平静を装い、金星の目を見て言った。

「東京に星が落ちるって、一体どういうことだ？」

「前提から話しましょう。まず、この停電は太陽嵐によって生じたもの。それはＯＫ？」

陸は首を縦に振る。隣で孔明も顎《あご》を引いた。

この状況が太陽フレアに生じたもの。そう勘づいていたのは、どうやら陸だけではなかったらしい。陰謀論的な解釈に呑まれている者がおらず、まずはほっとした。

「ＯＫ。少しは話が通じそうで助かる」

金星も満足したように頷《うなず》きを返す。「それじゃあ、これを見て」と、続けざまに、今度はタブレットに数枚の画像を表示した。

「二日前、太陽の表面で大規模な太陽フレアが発生した。それに伴って、電磁波、粒子線、粒子を含んだ太陽風が爆発的に放出されたの――これが太陽嵐」

図を指し示しながら説明を行う。だが、その程度のことは陸も航空学生時代に学んだから知っている。太陽嵐は三つの波に分けられるのだ。

第一波は、電磁波――電波バースト。

これは地球まで約八分で到達し、デリンジャー現象と呼ばれる地球上や地球近傍での電波障害を引き起こす。人工衛星、飛行機の無線など、多くの通信システムが使用できなくなってしまう。

次にくるのが、地球まで数時間で到達する放射線——高エネルギー粒子。

宇宙飛行士や高高度を飛行する航空機は被爆の危険に曝《さら》されるため、到達する前に避難が必要になる。逃げ場のないＩＳＳ《国際宇宙ステーション》では、船外活動を即時中断し、船内の比較的遮蔽《しゃへい》の厚い場所に隠れることになっている。

最後に来るのがプラズマ——コロナ質量放出《CME》。

二、三日で地球に到達するこのコロナ質量放出《CME》こそが最も危険とされている。ＣＭＥは磁気圏内に強力な電気エネルギーを生成し、このエネルギーが原因となって発生した誘導電流が地表に降り注ぐと、停電や電力システムの破壊を招くのだ。

「本来なら」金星が咳払いを挟んで言った。「第一波の電波バーストが観測された時点で各国は第三波——つまりコロナ質量放出《CME》に対する準備をはじめるの。発電所を停止して送電をストップしたり、高圧変電設備を保護したりね。じゃないと、大都市を中心に電力網が破壊されちゃって、莫大な経済的損失を招くことになるから」

陸も同意の相槌《あいづち》を打つ。ここまでは理解の範疇《はんちゅう》だ。

「でも、今回はこの第一波が想定をはるかに超えるほど強力で、ＮＡＳＡの観測衛星《ACE》をはじめとした多くの監視衛星が情報を送る前に通信を途絶してしまった。――で、結果的にこれが人類にとって致命的な隙になった」

　金星の言う〝隙〟の意味が汲み取れず、陸《りく》はつい目を眇《すが》めた。

「さっきも言ったけど、本来なら国単位でＣＭＥに対する準備をしなきゃならないの。だからＮＡＳＡやＮＯＡＡ《アメリカ海洋大気庁》をはじめとした研究機関は、観測衛星《ACE》の通信途絶の原因に強すぎる太陽嵐の影響を挙げて大統領や政治家に訴えた。ＣＭＥが来ますよー、電気を停めないとまずいですよーってね。けれど、結局停電は起こってしまった。なぜなら、大統領がこう言ったから――通信途絶はただの衛星の故障で、強力な太陽嵐なんて起こっていないし、太陽嵐だとしても許容範囲内の微弱なものだってね」

　なんでこんな楽観的な結論が選ばれてしまったと思う？

　金星は視線を孔明《こうめい》に定めた。促《うなが》された孔明が口を開く。

「それは、もし太陽嵐が誤情報だったら――つまり本当にただの観測衛星《ACE》の故障だったら、送電網の停止は、ただの経済的損失にしかならないから」

「そう。各国はリスクが取れなかった。人類は経済活動を優先して太陽嵐の直撃可能性から目を逸《そ》らしたの。まあ特に最近は国際情勢も厳しいし、わずかな経済的ダメージが命取りになるから理屈はわかるんだけどね――わずかって言っても、大きな町の発電所を停めれば数十億じゃきかない額が動くし」

言って、金星は肩を竦《すく》める。

「で、そうして高を括《くく》った結果、準備もままならない間に時間は流れて、二日後の今日、ついにコロナ質量放出《CME》が地球に直撃した。〝キャリントン・イベント〟や、〝ケベックの大停電〟を過去にするほどの、強力な太陽嵐がね」

金星の鋭い視線に、陸はついに生唾《つば》を飲み込んだ。

キャリントン・イベントとは、一八五九年に発生した大規模な太陽嵐の通称だ。当時、市中では電報システムが停止したり、電信用鉄塔が火花を放ったり、電報用紙が自然発火するといった現象が報告されたという。ハワイやカリブ海沿岸等、世界中でオーロラが観測され、ロッキー山脈では明るさのために鉱山夫が朝と勘違いして起きて朝食の支度を始めたという逸話が残っていると、航空学生時代に教官から教わったことがある。

ケベックの大停電も同様に知っている。一九八九年、強力な太陽嵐がカナダのケベック州全域を九時間もの間停電させ、数百億の損害を出したという。被害規模は六百万人。復興に要した時間は数か月に及ぶ。

それらの大災害が過去になる。金星はそう言うのだ。

「おいおいちょっと待て。カナダを襲った太陽フレアで、たしかＸ１５クラス相当。キャリントン・イベントは実測こそできてないが、およそＸ４５クラス程度だと言われてる。数十以上の人工衛星や惑星探査機を一瞬にしておしゃかにしたそれらより、今回のやつは強いっていうのかよ」

陸《りく》が問う。

金星は「そう」と静かに頷《うなず》いた。

「マサチューセッツにあるヘイスタック観測所が予期していた今回の太陽フレアは、推定クラスX50を超える人類史でも最強のもの。宇宙気象学者の間では、何年も前から警鐘が鳴らされていたこの災害の名は――ヘイスタック・イベント」

金星がタブレットの画面を撫《な》でる。英語の学術論文が表示された。『Haystack Event』の題字に、『Super Solar Storm』の文字列。それらはたしかに、この災害が予見されていたことを示していた。

「いや、やっぱちょっと待て」

陸は呑《の》み込み切れず、話を遮《さえぎ》った。

「そんなに強い太陽嵐なら、衛星がぶっ壊れる前――つまり第一波が到達する前にもっとニュースになっててもいいはずだ。こう、政府機関が声明を出すとか」

「出してたわよ。誰も信じなかったけど。――ね、孔明《こうめい》さん」

「……まあ、そうだね」

先ほどからひどく物わかりのいい孔明に、陸はたまらず「田村《たむら》さんの仕事って」と訊ねていた。孔明は誇ることもなく、ただ淡々と「総務省の国際戦略局で働いています」と答えた。

「なるほど。どおりで……」

それで合点がいった。国際戦略局といえば、日本の情報通信技術《ICT》を取りまとめる組織だ。それこそ、データ流通を支える次世代光ネットワーク技術、ひいては宇宙通信技術などの研究開発・実証を推し進めている情報通信の要所。

孔明は、そこに勤めているのだという。

情報通信に詳しくないはずがない。

「二〇一二年にも」孔明が吐き出すように言った。「太陽嵐は騒ぎになりましたけど、結局あれは地球を掠《かす》めるだけに終わって……だから研究者以外の大多数が太陽嵐を侮《あなど》っている節は否めないです。特に二日前の第一波到達時、日本は夜だったから、なおさら危機感は薄かったのかも……」

二日前——第一波の電波バーストによる通信障害は日本ではたいして話題にならなかったが、それは日本をはじめとするアジア太平洋地域が夜だっただけに過ぎないことに、陸はいまさら気づかされた。太陽嵐はその性質上、太陽に面している昼間の方が影響は大きい。

もろに直撃した北米圏の権力者たちが、経済的リスクを懸念し、通信障害を大々的に取り上げないようメディアに情報統制を求めたのなら、日本がなおさら後れをとったのも容易に想像がつく。もちろん科学者たちは危機感を抱いただろうが、世論は科学者の鶴の一声で形成されるものではない。無関心が蔓延《まんえん》した日本ではなおさらだ。

「私は手を尽くした。日本スペースガード協会に連絡したり、共同で啓蒙動画を作ったり、それをネットに流したり、署名だってたくさん集めた。なのに――っ」

金星は言葉を切ると、唇を噛《か》み締めた。

陸《りく》はその真剣さに、安易な返答ができずにいる。

「僕も一応手伝いというか……太陽フレアに備えて防災システムの改善と、対策費用の増額をするよう、特命防災担当大臣宛にオンライン署名も集めて送ったりもしたんです。受け取っては、もらえたんですが……」

「前例がないからって結局、なあなあにされただけじゃない！」

金星がふんっと鼻を鳴らす。「これだから役人って嫌い！」

自身も役人である孔明《こうめい》は、バツが悪そうに頭を掻《か》いた。

「まあ……そうだね。一応政府側の言い訳としては、日本はカナダと違って一〇〇〇km《キロメートル》に及ぶ長距離送電線がないから、ケベックのようなことは起こらない――日本の送電線は最長でも二〇〇km《キロメートル》程度だしね。あと、電圧を一定に保つ調相設備の保護装置にも高調波対策は施されていて、磁気緯度もカナダより低いから、磁気嵐の影響も当然減る。だから、全系崩壊のリスクは限りなく低いという判断で……」

「で、結果は？　見事に停電してるじゃない」

金星が呆《あき》れたように笑う。孔明は肩を竦《すく》めた。

「ま、いまさら孔明さんを責めてもしかたないけどね。総務省はなんだかんだ動いてたし。あと、気象庁、国交省、NICT《情報通信研究機構》やJAXAもね。でも、何度も何度も提言したのに、対策予算も人員も増えなかった。世間だって、誰も耳を貸さないし……」

金星の声がついに震えた。

「せめてものってことで、総務省や気象庁がホームページに対応マニュアルを掲載したって、誰も見に来ない。学校でも教えない。みんな有名人のゴシップやSNSの流行に夢中になって、どうせこの日常は続くんだって勝手に思って……！」

——どうせこの日常は続くんだって勝手に思って。

その言葉は、陸の胸に突き刺さった。元自衛官の陸にも身に覚えがあったのだ。危ないのだと、危機はすぐそこまで迫ってきているのだと、どれだけ叫んでも、危機感を伝えても、誰も耳を貸さない。不断の努力のうえに平和が築かれていることを、多くの人間は気づこうとしない。

「金星、もう一度聞かせてくれ。最初に言っていたことを」

陸はゆっくりとした口調で話の筋を戻した。今回のヘイスタック・イベントも、きっとそうした国民の無関心や、政治的怠慢が生んだ間隙を縫うような危機なのだ。

だが、それでもまだ信じられないこともある。

最初に金星が陸たちに告げた緊急事態は、そうした政治的な危機ではなかった。

「本当なのか？　東京に、人工衛星が落ちてくるなんて」

　東京に星が落ちる。彼女はたしかにそう言ったのだ。

　陸《りく》と孔明《こうめい》は不意に顔を見合わせた。互いの表情には「さすがにそれは」という侮《あなど》りが浮かんでいた。いや、浮かべざるを得なかった。なにせ、それを知ったところでなにもできないことを大人ふたりは知っている。

「それこそ、前例も聞いたことないよ」

　孔明が呟《つぶや》く。「僕だって事態の深刻さはわかっているつもりだよ。でも――」

「前例がないは、あり得ないじゃない！　それに二〇〇〇年には、日本の人工衛星《あすか》が太陽フレアの影響で制御を失って実際に墜落してる！　あるの！　前例も！」

「わかってる。わかってるから、金星ちゃん、落ち着いて……」

「落ち着いてなんていられる!?　大気で守られている地上で、この規模の停電が起きるのよ!?　大気のない宇宙空間で、直接フレアを浴びた衛星が落ちてくるなんて、ちょっと想像したらわかるじゃない！」

「そうなんだけど……」

「ねえ、ここまで話してきて、今もまだ私の言葉を信じられない根拠を教えてよ。やっぱり、大人の話じゃないと聞けないってわけ？」

「そういうわけじゃ……ただ、証拠が……」

「違うでしょ。私が子どもだからでしょ。はっきり言いなさいよ」

金星が語気を荒らげる。「どうせ、子どもの妄言だとでも思ってるんでしょ」

その瞳には、悔しさなんて言葉で括《くく》れない、熱のこもった感情が滲《にじ》んでいた。

陸は思わず自身を恥じた。年齢や、その人の属性で、言葉の信頼性を決めてしまう自分は、なんて浅はかだろう。子どもだからと侮られる悔しさや憤《いきどお》りは、陸だって知っているはずだ。大人に自分の言葉を軽んじられる経験は本当に悔しかったはずなのに、どうして自分が大人になったら忘れてしまうのだろう。

「すまん、今のはこっちが悪かった。だろ、孔明さん」

「ええ、ですね……ごめん。金星ちゃん」

「わかればいいけど。いや、よくないけど……」

金星は腕を組み、そっぽを向いた。

「頼む、金星。詳しく聞かせてくれ。衛星は、本当に落ちてくるのか？」

陸は金星を見据えて言った。ちゃんと訊《き》かなければならないと強く思った。どんな話であっても、相手が伝えたいと言葉を紡《つむ》ぐなら、受け手は真摯《しんし》に耳を傾けるべきだ。寺井《てらい》と過ごして得た教訓を、大切なことを、この数年で忘れてしまっていた。

「……さっきも言ったけど、私、前からいろいろ動いてたの」

金星は、タブレット視線を落としていった。

「ヘイスタック・イベントに向けて、なにかできることはないかって。海外の掲示板で天文マニアとか、軍事アナリストとか、宇宙気象学を学んでる大学院生とかとも議論してて——もちろん匿名だから、みんな自称だけど、知識や熱量はたしかだった」

ふたりの前にタブレットを差し出し、金星は画面に指を滑らせる。

陸《りく》と孔明《こうめい》は流れる画面から、議論の内容をざっと追っていった。画面上部にはオフラインの表記があるが、議論のログは残っていた。画面に表示された［Venus］というハンドルネームは、文字どおり金星だろう。

「この書き込みまでが、いま私たちがしたような、ヘイスタック・イベントの規模や、起こりうる危機、その対処法についての話。そして事態が急変したのが、ここ。ＣＭＥが地球に到達する直前にフロリダの技術者から書き込みがあったの」

金星が画面の一点を指さした。

細い指先に当てられたのは、［Harry］という人物の書き込みだった。

07/6/25(sat)14:45:15
［Harry］：a satellite flyover Singapore looks weird.《シンガポール上空の衛星の様子がおかしい》

「シンガポール上空の衛星……？」

陸が呟《つぶや》く。

「ええ、そう。続きを見て」

金星が画面をスクロールする。

[A.J.]：≫Harry Be specific.《具体的に言えよ》

[Harry]：I mean《つまり》 OOC.《制御不能状態ってこと》 probably《たぶん》 that gonna fall.《落ちてくる》

[Venus]：r u srs?《まじで？》 When n Where?《いつどこに？》

[A.J.]：Don't《おい》 feed the troll.《荒らしにかまうなよ》

[Harry]：I need a minute to verify that real quick.《ちょっとだけ確認の時間がほしい》

[A.J.]：Don't《おい》 be so dramatic.《おいそんなもったいぶるなよ》

「このあと、天文学、物理学、航空宇宙工学の有識者たちが掲示板に集まってきて、光度とか軌道の情報から衛星を特定することもできたの。落下中の人工衛星は——」

金星の爪先が、ひとつの書き込みを指した。

[Harry]：No doubt,《間違いない》 this is《これは》 USA-268.《USA-268だ》

チャットログに残る英数字の羅列は、一見してありふれたものに思える。

けれどそれは、陸《りく》から言葉を奪うのに十分な脅威を孕《はら》んでいた。

「このHarry《ハリー》って人がフロリダにある宇宙開発企業の現役技術者で、人工衛星の予想される動きや、想定される仕様なんかをまとめて送ってくれた。私は日本の空の写真が欲しいって言われたから急いでスクランブル交差点まで走って、写真を撮ったの——ほら、これ」

金星が差し出した写真には、不自然に光る星がひとつあった。

陸ははやる心臓をなだめつつ、それを見つめる。

「こっちは三日前の東京の空。私の知り合い、日本スペースガード協会の人が偶然撮影していたから、比較用に並べてみたの」

数日前に撮影された東京の夜空と、先ほど金星が撮った夜空の比較図がでている。

一目瞭然だった。金星の指す星は、たしかに不自然な輝きを放っていた。

——まさか、そんなわけはねえ。

陸は信じたくない現実に目を瞑《つぶ》る。

それが空虚な逃避と知っていながら、せずにはいられなかった。

国防を生業《なりわい》にしていた陸にとって、いや、日本にとってそれは紛れもなく悪夢だった。ややもすれば、本物の星が落ちてくる方が日本にとってはありがたかったかもしれない。

——嘘《うそ》だと言ってくれ。

まさか、米国の軍事衛星が、東京に墜ちてくるなんて。

○

USA-268——通称〈メンター７〉は直径１００ｍ《メートル》超のアンテナを有する、米国屈指の偵察衛星《スパイ》だ。軍事アナリストや天文マニアによれば、普段はシンガポール上空で静止しており、近隣諸国の通信を盗み聞きしていると噂《うわさ》されている。

打上記録こそ残っているものの、その任務と能力は高度な軍事機密であり、北アメリカ航空宇宙防衛司令部《NORAD》の衛星公開リストにも掲載されていなければ、製造会社含め一切の情報が公表されていない、不可侵の軍事衛星。

その衛星が——。

「落ちてくるのか、ここに……」

狼狽《うろた》える陸と孔明《こうめい》に、金星は軌道計算の結果を見せる。その結果にふたりは絶句した。無数に表示された衛星の落下予測地点は、神奈川県北域から東京都南域に集中していたのだ。

「そう。メンター７は太陽嵐を受けて回路が焼き切れてるのか、静止座標を維持できないみたい。最後に確認できた時点で、東経一一〇度、北緯一〇度——ベトナム近海まで移動しちゃってる」

「ベトナム……シンガポールから北東に移動したのか」

「うん。機体制御用のスラスターが誤作動を起こしてるのか、片側しか機能してないのか、詳しくはわからないけど、じりじりと北東方向に流れてる。このルートで流されながら高度を下げれば、台湾上空を通過して、東京直撃コースね」

金星の話が陸《りく》の頭にはまるで入ってこない。なにせ、前例となる大気観測衛星《UARS》とは規模が違う。大気観測衛星《UARS》の大きさは全長一〇・六m《メートル》、直径四・五m《メートル》で、重さが六・五t《トン》。大気圏突入の際には、最大一五一kg《キログラム》の部品を含め計約五〇〇km《キロメートル》の破片二十六個が地上に落下したとされるが、メンター7の規模はその何倍もある。

その意味が陸にもわからないわけではない。

メンター7を含む米国第二世代防諜衛星は、詳細こそ公表されていないが、当時の国家偵察局長が「世界でもっとも大きな人工衛星を打ち上げた」と、その諜報性能を誇示した記録が残っているほどの巨体なのだ。

「最新の情報が欲しいけど、今はダメね。スレッドも更新できないし。最後に投稿された書き込みによると、米国防総省からの発表もなにもなし。すでに地上からのコマンドも受け付けないみたいだからそのうち落ちる――って、ねえ、聞いてる？」

「え、ああ……で、そのうちっていつなんだ？」

咎《とが》めるような声に、陸は慌てて聞き返した。

しかし、聞き返したところでどうすればいい。

同盟国の軍事機密の塊《かたまり》に対して、いったい日本《俺たち》になにができるというのだ。

「私の手持ちの情報だと、今から十六時間とちょっと」

「十六時間……」

「でも、多少は前後するかもね。だから早急に対策が必要——でしょう、孔明《こうめい》さん」

「僕は衛星の専門家ではないから正確なことは言えないけど……そうだね。たしかに状況だけ見ると、落ちてこないとは言い切れないから、対策は必要かも……」

役人らしい煮え切らない回答だ。

業を煮やした金星が孔明に詰め寄った。

「ねえ、孔明さんのコネとかでなんとかできない？　孔明さんのお父さんのコネでもいいんだけど。とにかく、どうにかしてこの状況を誰か偉い人に伝えないと」

孔明はコネという言葉に渋面を浮かべ、口ごもった。

「ちょっと待ってくれよ」その隙に陸が口を挟む。「普通、人工衛星は大気で燃えるように調整されているはずだろ。いわゆるデブリ回避行動《マヌーバ》だ。なんでそいつだけが都内めがけて落ちてくる計算になるんだよ。おかしくねえか？」

「私もそれは疑問に思ってる。でも、ある程度の質量を持つ人工衛星なら、あり得ない話でもない。いくら耐宇宙環境設計がなされてたって、落ちるものは落ちるの。ＮＡＳＡのＵＡＲＳ《ユアーズ》

だって、陸地にいくつか落下したでしょ」

陸《りく》は再び記憶の引き出しを漁《あさ》った。たしかにそうだ。十四年前、太平洋に落下するとされていたNASAの大気観測衛星《UARS》の破片が、カナダのカルガリー州に墜落した例がある。

「私だって腑に落ちてない点はある。重要な人工衛星なら、それこそ太陽フレアが嘘《うそ》だって諭されたって、念のため搭載機器の電源をOFFして、安全モードに移行するだろうし。けど、いくら想像を膨《ふく》らませても真実はわからない。確実なのは、落ちてくるってことだけ。なら、どうにかしてあの衛星をなんとかする術を考えないと――」

「あの衛星の危険性はわかった。けどな、なんとかするって一体なにするつもりだよ」

「なにって……たとえば、持ち主に教えるとか」

「自国の軍事衛星の異常行動だ。俺たちに教えられんでも知ってるはずさ」

陸の指摘に、金星は顔をむすっと歪めた。

「でも、じゃあ、なんで知っててそのまま放置してるのって話。アマチュアたちに気づかれる前に、なにか手を施すはずでしょう」

指摘を返され、陸は額を掻《か》く。

そう。そこだ。陸も疑問に思っていた。メンター7の持ち主である米国は、この事態を知っていなければおかしい。それなのに、掲示板によると数時間前時点で米国防総省からの発表もなにもないのだという。

――軍事衛星の異常行動なんて、隠し通せるもんじゃねえ。

仮にだんまりを決め込んだとして、それが他国に知られれば一大事だ。同盟国は不信を募《つの》らせ、敵対国は非難の声を上げるだろう。それでなくとも、メンター7が偵察を行っている南シナ海近辺は、アジア太平洋安全保障のホットスポットだ。迂闊《うかつ》な動きひとつが国家の命運を左右すると言ってもいい。

――じゃあ、なんで。

陸は邪推する。ネットが死んでるいま、これを機に、こっそり処分するつもりなんじゃないのか？　理由はわからないが、なにかメンター7を落下させた方が都合のいい政治的な背景があるんじゃないのか……？

たとえば、メンター7の墜落を引き金に、なにか米国に利するものが――。

「逆に言えば、安心ってことなんじゃないかな」

陸の思考を断つように、孔明《こうめい》が呟《つぶや》いた。

「安心って、どういうこと」すかさず金星が嚙《か》みつく。

「つまり、なにもしないってことは、落ちてこないってことなのかも」

曖昧《あいまい》に笑ってごまかす孔明の姿に、陸の焦燥《しょうそう》はすっと冷めた。もっともらしい論理に基づいた日和見主義な消極的姿勢は、まさに絵に描いたようなお役人だ。

「ごめん。金星ちゃんを疑ってるわけじゃないんだ。ただ、事実として、被害の出る確率が低いのなら、まずは消極的対応を練るべきかなって……」

「被害の出る確率が低い？　本当にそう？　ちゃんと頭で考えてから口開いて！」

官僚然とした孔明《こうめい》に、金星が吠《ほ》えた。

「NASAは当時、大気観測衛星《UARS》が地球上の誰かに当たる確率は三二〇〇分の一と発表した。宝くじで一等が当たるのは一〇〇〇万分の一。雷が人に落ちる確率は一〇〇万分の一。それと比べてもずいぶんと高い。でもね、今回のメンター落下によって、日本の誰かに当たる確率は二四〇〇分の一。これはNASA謹製の〈Debris Assessment Software〉っていう衛星落下の計算ソフトを使ったから確かな数字」

「いや、だけど……」

孔明の頑《かたく》なな態度に、金星はついに「はぁ」と大きな息を吐いた。

「孔明さん、そこにいる陸《りく》さんの話をしましょうか」

急に話を振られた陸は、「俺？」と自身を指さす。

「ある統計によると、人が一生のうちに少しでも接点のある人と出会う確率は三万人と言われているの。それを日本人口一億二千万人に置き換えたら、私たちが出逢う確率は人口比で見た時、約四〇〇〇分の一。でも。今日はそれが起きた。どう？　二四〇〇分の一は、これでもまだ低いって言える？」

孔明は顎《あご》をぽりぽりと掻《か》き、「その理屈は前提条件が……」と曖昧《あいまい》に口ごもった。

そして、しばし沈黙した。これ以上の議論は――金星の性格を考慮したうえで、無駄だと考えたのだろう。

押し黙る孔明に代わり、陸が話を引き受けた。

「わかった。被害が出るかもしれないって事実は受け止めたよ。ただ問題はどうするかだ。今はどうかわからないが、数時間前の時点で持ち主がだんまりを決め込んでるなら、ＪＡＸＡや外務省、その他国内の官公庁にも手出しできる代物じゃない」

「だから、それを考えましょうって言ってるの。夜だからって、脳みそサボってんじゃないの？　ほら、孔明さんも黙ってないでなんか案出す！」

逃げを許さない金星が、孔明に指先を向ける。振られた孔明は思案顔を浮かべたかと思うと、「…………撃ち落とす、とか？」と、ぎこちなく微笑したまま、首を傾《かし》げた。

――おまっ、ばか言うんじゃねえよ。

陸は辟易《へきえき》した。つまらないジョークだ。撃墜なんてできるわけない。あんたにも、それがわからないわけないだろ。そう言いたくなる気持ちをぐっとこらえる。

「撃墜、ね。たしかに座して待つべきではない、か」

「おいおいおい、待て待て。撃墜？　正気か？　そっちこそ脳みそ寝てんだろ」

「正気も正気。ねえ、陸さんは仮にも元自衛官なんでしょ？　近所に地対空ミサイル《SAM》とかないわけ？」

「もちろんあるさ。日本は島国だからな、ミサイル防衛には力を入れてる。メンター7が高度一万m《メートル》まで落ちてきてくれれば自動警戒管制《JADGE》システムに引っかかって迎撃の可否が問われる。だが、問われるだけだ」

「問われるだけって、高度一万m《メートル》なんてぐずぐずしてたらすぐ地表なのに!?　そんなのポンっと一発撃ち落とせば――！」

「ばか言うな！　ミサイル一発撃つのにどれだけの政治的な判断が必要だと思ってる。しかも目標が目標だ。米国の軍事衛星をそう簡単に撃ち落とせるわけないだろ！」

「なんでよ、自分の国を守るためじゃない！」

「自分の国を守るためだ！　いいか、ここは日本だ！　地政学的に最悪の場所に浮かぶ島国が後ろ盾をなくしたら、東京が危ない云々じゃすまないんだよ！」

「じゃあ、落ちてくるのを指をくわえて見てろっていうの!?」

「違う！　俺たちの独断でやれば、同盟関係にひびが入るって言ってんだ！　やるにしても、まずはしかるべき場所にお伺いを立てねえとって言ってんだよ！」

元自衛官《俺》にこんなこと言わせるなよ！

呟《つぶや》き、陸《りく》は頭を乱暴に掻《か》き上げた。本当に、こんなことは言いたくはなかった。気球を撃ち落としたあの一件から、陸の頭にはリスクばかりが浮かぶ。何度振り払い、前向きに考えようとしてもうまくいかない。

陸の声量に驚いたのか、金星もしばし口を噤《つぐ》んだ。

しかし、さすがの才女。「じゃあ」と、次の提案を繰り出してくる。

「じゃあ、米国大使館に駆け込んで衛星攻撃兵器《ASAT》とか使うように具申するのは？　私たちが落とすのがダメなのなら、向こうの兵器でなら問題ないでしょ？」

「それもダメだ。金星も宇宙が好きならわかるだろ。衛星を軌道上で破壊してみろ。ケスラーシンドロームが起きて、宇宙開発が全部ストップしちまう。それに、日本と米国は三年前に衛星攻撃兵器《ASAT》の実験や使用をしないと国連に約束してる。これを破れば、ばかでかい国際問題になる。それこそ、衛星が落ちてくる比じゃねえ」

事実、衛星を破壊する行為は、ジュネーブ軍縮会議から禁止の論調が強い。それは政治的な駆け引きももちろんだが、破壊した衛星が衝突を繰り返し、宇宙ゴミ《スペースデブリ》が地球を覆《おお》ってしまうケスラーシンドロームを防ぐためでもあるのだ。

それでも金星は「ならこれは！」と頑《かたく》なに姿勢を崩さない。

子どもだからと言って切り捨ててしまうのがいかに楽な行為なのか、陸は今にして思い知った。金星の提言は間違ってはいない。自分の身に降りかかる災厄を振り払うのに、なぜ隣人の顔色を窺《うかが》わねばならないのか。考えてみれば、そのとおりだ。

そうした純粋な正義感や信念を、かつては自分も持っていたはずだった。いや、今ですら持ちうると信じていた。世界はこうできているからしかたないという諦めに甘え、自分の胸の奥にある正しさを信じられなくなったのは、いつからだっただろう。

「えーっと、衛星攻撃兵器《ASAT》がダメなら、落下してきたところを地対空ミサイルで……」

「えーっと、じゃない。とりあえず俺の古巣に連絡だけ入れる。落下範囲が絞れてるなら、避難誘導を請け負ってくれるかもしれない。とりあえずはそれでいいだろ？　ネットが死んでても固定回線ならまだ通じるだろうし、現職の判断に任せた方が確実だ」

陸《りく》は待合室の端に見つけた公衆電話に足先を向けた。金星の掲げる正義は、今の陸には正面から否定することも、斜めからこき下ろすこともできないほど眩《まぶ》しい。

逃げるしかなかった。

「……くそっ、公衆電話は優先回線じゃねえのかよ」

財布《さいふ》から取り出した十円玉を投入し、小松《こまつ》基地の番号をプッシュするも一向に繋《つな》がらない。

苛立《いらだ》ちながら何度もコールする。

虚《むな》しいアナウンスが返ってくるのみだ。

「公的機関は外部からの固定回線接続を制限しているんだと思います。今は各省庁間の連絡が最優先でしょうから」

背後からかけられた孔明《こうめい》の声に、陸は肩を竦《すく》めてみせる。言われてみれば、こんな時に些細《ささい》なクレームや状況確認で回線リソースが削られたらたまらないだろう。

「主要な医療機関には、こんな状況でも関係省庁と連絡がとれるように災害用専用回線が引いてあります。ここは大きい病院ですから、確実にあるでしょう。事情を話せば使わせてくれるかもしれません。それこそ、僕や父さんのコネを使ってとか——それでどうだろう。金星ちゃん」

孔明からの提案も加わり、金星は不承不承《ふしょうぶしょう》に頷《うなず》いた。

「納得はしてない。でも、方法がないんじゃ、諦めたふりをするほかないでしょ」

○

遅れていたテントの設営を終え、陸は再び待合室に戻った。辺りは依然騒々しいままだ。子どもの泣き声や、不安を含んだ囁《ささや》き。親しい者の安否を問う叫びと、淡々と繰り返される医者の答えが耳を打つ。

普段は人々を照らしている太陽が生み出した光景だとは、到底思えなかった。

「田村《たむら》さん、田村孔明さんいますか」

喧騒《けんそう》に紛れて看護師の声が陸の注意を引いた。

ちらりと視線を滑らせるも、孔明は気づいていない。陸は彼の肩を軽く叩いて「呼ばれてますよ」と看護師へと指先を向ける。孔明はようやく「ああ、はい」と立ち上がり、看護師に向かって手を挙げた。気づいた看護師が小走りで寄ってくる。

「奥さまの、水星さんのことで」

「やっぱり、危ないんですか……？」

孔明《こうめい》がめずらしく食い気味に返す。

看護師は汗ばんだ首を横に振って否定した。

「いえ、リスクは低いんです。ただ……」

看護師もこの状況に動転しているのか、単に相談用の個室が用意できないのか、水星の容態について、その場で説明をはじめた。

曰く、水星のお腹にいる胎児の推定体重は四〇〇〇g《グラム》越えの巨大児で、分娩に伴う多量出血のリスクが通常の新生児よりも高いのだという。管理入院が求められたのもそのためだ。現在は諸々の状況が重なった影響で輸血用の血液が不足しており、このままいけば、水星の分を確保できる保証がないらしい。

「水星さんは、使うかもわからない自分用の血液を残しておくくらいなら、今必要としている人に回して欲しいとおっしゃっていまして……実際この状況ですから重傷人もかなり多く……」

「そんなの、妻が出血しない前提の話じゃないですかっ！」

度々降りかかる困難に、穏やかな孔明の声もついに乱れた。陸《りく》はそれを非難することができない。自分も同じ立場なら、声を荒らげるだろう。

けれど今の陸は、その立場にいいない。

努めて冷静に、水星が安全に分娩できる術を模索する。

「あの。足りないのは、血液だけなんですよね」

ひとつの案が、頭に浮かんだ。

「なら、自衛隊が独自に輸血用の血液製剤の製造と備蓄を行っています。たとえば近くだと世田谷とか。そこから分けてもらうことはできないんですか？」

「はい。世田谷の自衛隊中央病院含め、都内の医療機関には院長から既にお願いをしてもらっています。ただやはり、この状況ですので……」

看護師が窓に視線を向ける。外は未だに暗く、病院の敷地だけが予備電源の恩恵にあずかって薄暗く発光しているばかりだ。どこもこのような状況だろう。他人を慮《おもんぱか》っている余裕はないのかもしれない。

陸は暗闇《くらやみ》を見据えて考えた。

もし、自衛隊中央病院が血液製剤の提供を拒んだら？

あるいは提供をよしとしても、交通網の麻痺で運搬が叶《かな》わなかったら？

考えて、目を瞑《つぶ》った。

看護師が言葉尻を濁した意味がよく理解できた。

「そう、ですよね……」

俯《うつむ》きながら、それでも陸は策を練る。

自分が世田谷まで走って取りに行くのはどうだ？　いや、そもそも東京は人口密集地帯だ。血液が足りなくなることは容易に想像できる。渡せるだけの血液製剤がないなかで、今から向かっても無駄足になるだろう。

都内には提供可能な余剰血液はないと考えた方がいい。この状況での安易な楽観は、文字通り命取りになる。他の可能性……たとえば他の自衛隊病院はどうだ。一番備蓄が多くて、近場で、可能性がありそうなところといえば、

陸《りく》は思わず顔を上げた。思い当たる場所がひとつだけあったのだ。

——あそこに行けば、もしかしたら……。

「すみません。私どもも尽力はしているのですが……」

目の前で看護師が頭を下げる。彼女の髪はひどく乱れ、指先は運んだ荷物の数だけ赤らんでいる。首筋には、拭《ぬぐ》う間もない汗が流れていた。

その姿を見ると、陸は頭に浮かんだ候補地すら振り払いたくなった。

仮に、陸が水星のためにこの病院を離れるという選択肢をとるというのなら、ここにある労働力は減る。水星ひとりを救うために、陸が出ていけば、先ほどのような荷運びも、テント設営も、人手が足りなくなる。それは看護師が疲れるというだけじゃない。看られる患者の数も減れば、助かる命の数も減る。決して大袈裟な話ではない。

——俺が浅野《あさの》を助けることで、見知らぬ誰かが命を落とすかもしれない。

理不尽な問いに、嚙《か》んだ奥歯が、鈍く痛んだ。

「出産予定時刻は？」

苦悶《くもん》する陸を尻目に、金星が訊ねる。

「まだ前駆陣痛なのでわかりませんが……このあとすぐ本陣痛に入る可能性もあります。本陣痛に入れば、初産ですから十二から十五時間程度かと。もちろん個人差はありますが……」

出血を起こしても、致死量の血液を流すまではある程度猶予がある。病院も輸血をまったくしないということはないだろう。いずれ足りなくなるにしても、それまでは処置を続けるはずだ。つまり、希望的な観測にはなるが、このあとすぐに水星の本陣痛が始まったとしても、タイムリミットは半日程度確保できる計算になる。

——なら、今から行けば間に合うかもしれない。

陸は再び奥歯を嚙み締めた。

——間に合うかもしれないけど……。

「ねえ、案があるなら言って」

陸の横顔を声が叩いた。

隣に立つ金星が、陸を見つめていた。

「あるんでしょ、水姉を救う秘策が」

「あるが、現実的じゃない」

「現実的じゃないって言葉を私は信じてない。その言葉がまかり通るなら、アポロ十一号は月まで行けてない。十六ビットのコンピューターじゃ無理だなんて、ばかみたいに退屈な言葉よ。違う?」

「それは……」

そうだ。と頷《うなず》き、一歩踏み出したかった。けれど、陸《りく》はできずにいた。

――選べというのか、いまここで。

自衛官として、ひとりの人間として、周囲の人と自分の特別な人、どちらを優先するのが正しいのか。自分に胸を張れる行動なのか。難問だった。人類にとっての偉大な飛躍には到底及ばない。そんな一歩が、ひとりの人間にとっての小さな一歩が、こうも重いものだとは。

「陸さんは、なにをばかみたいに悩んでるの?」

服の裾《すそ》を強く引っ張られ、陸の瞳が揺れた。

「陸さんさ、水姉を助ける術の見当がついてるんでしょ? なら、陸さんにしかできないことは、今ここで、それを行うことなんじゃないの?」

「いや、でも……困ってるのは俺たちだけじゃないだろ……」

「昨日今日あった人に優しくしてなにになるの? 見返りは気持ちいい感謝と薄っぺらい自己肯定感だけ。私はそんなことより水姉が大事。あなたと違ってね」

金星の言葉に、陸は拳《こぶし》を握り締める。

――大事じゃないわけないだろ。

この胸の内に渦巻く葛藤《かっとう》に、金星はなぜ気がついてくれない。

今、この場で、彼女の配偶者の前で、答えを強いるのは酷だとなぜわかってくれない。陸だって即答したかった。大事だと。行くに決まっていると。それでも言えない自分が憎くて、情けなくて、どうしようもないことを、なぜわかってくれない。

かつての陸なら即断できただろう。けれど、かつての陸も、かつての水星も、もうここにはいない。陸は今、誰かに訊ねたかった。かつて想っていた女性のために身を捧げ、一昼夜走り続ける覚悟はどこから見出《みいだ》せばいいのかと。想い人のために、多くの人を犠牲にしたという罪悪感に囚《とら》われながら、はるか遠くまで行くにはどうすればいい。

憤《いきどお》りが陸の呼吸をわずかに止めた。苦しさに顔が歪んだ。

一秒待ち、二秒待った。

陸はひとつ呼吸を挟んで、自然と出てくる言葉を待った。

「……横須賀だ」

吐き出してから、脱力した。

「都内からの調達が無理なら、隣県に足を伸ばすしかない。埼玉の入間基地も考えられるが、広尾からの距離で見たら神奈川の方がまだ近い。それに横須賀基地は単純にでかいうえ、医療面でも充実してる。米軍の備蓄だってあるはずだ。ここから一番近くて、血液製剤が手に入る可能性があるのは横須賀だ。横須賀しかない」

「なるほど。横須賀ね」

陸《りく》の言葉に、金星はしかと頷《うなず》いた。

「たしかにそうかも。横須賀も大きい街だけど、東京に比べたら人口は少ないし、自衛隊のお膝元だから災害への初期対応も早いだろうし、被害もそこまで大きくはなさそう――うん。いいじゃない」

金星は屈みこみ、靴ひもに指先を掛けた。

「おい、おまえまさか――っ」

「そのまさか。ちょっと横須賀まで行ってくる」

「今から横須賀に!? 金星ちゃん、ちょっとそれは……」

「孔明《こうめい》さんは水姉を見守ってて。行くのは私だけでいい。ちなみに、止めても無駄だから。今行くことで水姉が助かる確率が上がるなら、私は夜通しだって走るつもり」

紐を締め直した靴で、金星は一歩前へ踏み出す。

陸は咄嗟《とっさ》に身を動かし、その眼前に立ちはだかった。

「……なに？」

「夜通し走るなんて非効率的だ。他の手段を探した方がいい」

「他の手段なら走りながら考える。どう？ 効率的でしょ？」

「……ふざけてんのか？」

「至極《しごく》真面目。ただ手遅れになりたくないだけ」

わかったならどいて。

言い捨て、金星は陸の横を抜けていく。

「おい、待てって。ここから横須賀まで何キロあるか知ってるのか？　ざっくり見積もっても五十キロはある！　それにこれは片道のミッションじゃない！　行って帰ってこなくちゃならない！　この状況で、往復百キロの距離を本気で走るつもりかよ！」

「そうよ。わるい？」

「ああ、遠すぎる」

「あなたにとってはそうかもね。でも、私にとっては違う。私は、私の大切な人のためになら、たとえ何百、何千キロ離れてても、必ずたどり着く自信がある。あなたも早く自分の大切なもののために動けば？　ほら、外のテントが足りてないかもよ」

「この状況だ。口の悪さには目を瞑《つぶ》ってやる。ただな、なにかを成したいなら、せめて誰かを信じたり、協力を仰ぐくらいしろよ。じゃねえと、足元掬《すく》われるぞ」

「あなたは誰かを信じたことがあるの？」

「……っ」

その言葉に、陸は押し黙る。「ある」と言い切れない自分がもどかしかった。

「ないくせに、偉そうにしないでよ。というか、この問答も時間の無駄。私はね、あなたとは違うの。ひとつでもやらなければならないことがあるのなら、私はひとりでだってやりきってみせる。それが大切な人のためなら、なおさらね」

「……この期に及んで、その孤独主義はまずいんじゃねえか」

「そう？　まずいのは、いま動き出さないあなたの方だと思うけど」

「……さすがに怒るぞ」

「怒れば？　それで事態が好転するんならね」

鼻で笑い、金星は目を細める。

「そういうことだから、私はもう行く。孔明《こうめい》さん、あとはよろしくね」

「金星ちゃん、でも……」

「ああもうっ！　しゃきっとしてよ！　孔明さんには孔明さんにしかできないことがあるでしょ？　水姉のこともそうだけど、落ちてくる衛星は私たちには対処できない。国に任せるしかないの。つまり、私の言いたいこと、わかるでしょ？」

金星はきつく目を眇《すが》める。

陸《りく》がその肩を摑《つか》んだ。

「おい、ちょっと自分勝手すぎやしねえか？」

「自分勝手上等。だって、これは私の人生だもの」

金星は陸《りく》の手を振り払った。

「申し訳ないけど、あなたとはわかりあえない。自分の人生の舵取《かじと》りすらまともにできない人と一緒にいたら道に迷う。だから、ここからは別行動。さよなら」

「待てよ、少しくらいは俺の話を――っ！」

言いかけ、口を噤《つぐ》んだ。

寺井《てらい》の言葉が脳で鳴っていた。

――おまえは、私の声すら聞いちゃいない。

そうだ。金星はかつての俺なのだ。自分が世界の中心と信じて疑わず、己の判断に一点の曇りも見ることがない。才能がゆえの即断と、傲慢《ごうまん》さを有している。

ひとつ、陸と異なる点があるとすれば、金星はすでに自分にとっての大切なものを見抜いているということだ。たとえそれが他人からはエゴだと言われるようなものでも、揺るがない軸がある。家族、自分の夢。それらの大切さを知っている。

対して、今の自分はどうだ――……。

「ちょっと待て」

気がつけば、陸は手を伸ばしていた。

今ここで金星を行かせてしまえば、すべてを、自分すら見失ってしまう気がした。

「………俺も行く」

「はあ？」

「理由ならある。俺だって本気で浅野《あさの》を救いたい。それに血液製剤を持ってくることができれば、浅野以外も助けることができる。それは結果的に、病院と傷病者のためにもなる」

それはほとんど動き出す言い訳にすぎなかった。「だから、俺も横須賀まで行く」

「そう。結局あなたはそういう男なのね」

値踏みするような金星の視線が痛い。

陸は彼女の目を見られずにいた。

「まあいいわ。ついてくるなら、勝手にして」

金星は陸を置き去りに駆け出した。陸も急いでその背を追った。

陸はただ祈るほかなかった。水星を優先し、駆け出したこと。自分が今ここを去ることで、不幸になる人間がいないこと。言い訳にまみれたこの選択が、間違っていないこと。祈ることでしか前を向けない自分が情けなかった。

エントランスを出る。外は傷病者に溢《あふ》れていた。

七月のぬるい風が、陸の首筋を撫《な》でた。

□

待合室に残された孔明《こうめい》は、看護師にぎこちなく会釈をしてから、陣痛室のある二階へ向かった。病室以外の冷房が制限されているため、数段ものぼると首筋にじっとりとした汗をかく。顎下の雫《しずく》を拭《ぬぐ》うと嫌になった。思っていたより、肉がついている。

怠惰な身体がいつも以上に恥ずかしく思えるのは、きっと彼に出逢ったからだろう。パイロットだという彼の腹には、忙しさを言い分けに育んだ贅肉なんてありはしないはずだ。

わずかに上がった息を整えながら、ふと、二階の廊下の窓から駐車場を見下ろすと、軽トラックの荷台に乗り込むふたりの姿が見えた。どうやら、もう交通手段を手に入れたようだ。あいかわらず、あの義妹の行動力には舌を巻く。自分が彼女と同い年の頃は、親の言いなりだったというのに。

窓からふたりの姿を見下ろしてから、孔明は陣痛室へ足先を向けた。その背中に、後ろめたさがないと言えば嘘《うそ》になる。扉の取っ手に指先をかけながら、自分にはなにができるだろうかと考えた。

「水《すい》ちゃん、調子はどう?」

「うん。私は大丈夫。金ちゃんと陸《りく》くんは?　ふたりは平気そうだった?」

「ああ、平気だよ。疲れたみたいで、今は待合室で待ってもらってる」

孔明の嘘に、水星は「そう」と微笑んだ。

静かな時間が流れた。助産師の足音や、医師の声。分娩監視装置の立てる微《かす》かな電子音だけが、室内を満たしている。

「金星、ここのところずっと太陽の話してたでしょ？」

ふいに、水星がはにかんだ。

「私はちゃんとわかってあげられなかったけど、あなたならわかってあげられるところも多いと思うの」

「そうかな」

「そうよ。だから、金星の力になってあげて。あの子、頭はすっごくいいけど、誰かとなにかをするっていうの、少し苦手だし、向こう見ずなところもあるから」

「うん」

「言葉遣いも、最近ひどいし」

「……うん」

「せっかく寄ってきてくれる人も、あれじゃ逃げちゃうよね」

「ぼくは逃げないよ。あの子は、僕の家族でもあるんだ」

孔明の反論に、水星は「わっ、頼もしい」と楽しげに肩を揺らした。

「水ちゃん、なんか今日、ご機嫌だね。いつもよりお喋《しゃべ》りじゃない？」

「そりゃ、そうでしょ」

水星は笑いながら言った。「私、お母さんになるんだから」

束の間、孔明《こうめい》は言葉を失った。

彼に会ったから？　そう言おうとした自分が、ひどく情けなかった。

「ねえ、私、ご機嫌だから言うけどね。金ちゃんだけじゃなくて、他にも困っている人がいたら助けてあげてよ。あなたには、あなたにしかできないことがあるんだから」

ね？　と小首を傾《かし》げる様に、こんな時でも他人の心配かと、孔明はできすぎた妻が憎くなる。また、そんなことを考えてしまう自分の卑屈さにも嫌気が差した。

「でも、僕はほら、そんなにすごくないし……」

「でもじゃない。できるよ。嘘《うそ》じゃない」

微笑む水星に「なんで言い切れるのさ」と孔明は食ってかかる。

「だってあなたは今日、お父さんになるんだから」

水星の言葉に、孔明は再び口ごもった。

「そう、だね……ああ、そうだ。ちょっとふたりの様子を見てくるよ」

なんとか嘘で繕って、廊下に逃げた。

自分に自信がない。それは孔明の欠点だ。親や周囲に失望されないことに精いっぱいで、期待以上を志すことや、己の意志を貫き通すこととは無縁の人生を送って来た。それも当然のことだった。田村《たむら》孔明は、親があまりに偉大過ぎた。

どうせ親の威を借る坊ちゃんだから。家柄だけが取り柄の二世だから。ずっと言われてきた言葉が、今もまだ耳の奥で残響している。親の七光り。家柄だけの出来損ない。田村長官の息子さん。

だから、水星から「すごい同級生がいる」と聞かされて心底嫉妬《しっと》した。聞けば戦闘機パイロットだという。それは幼い孔明の憧れの職業だった。親にも、友人にも言うことはなかったけれど、幼い孔明は、たしかに空を駆けることに憧れを抱いていた。

けれど、「どうせ自分には無理だ」と諦めることで自衛ばかりして、一度も誰かに夢を伝えたり、なにか行動を起こすことすらなかった。

本気にならないことで、挫折《ざせつ》から逃げてきた。

そんな及び腰の自分にできることなんて……。

「ないよ。そんなの……」

窓の縁に身をもたれ、外の空気を吸う。

孔明だって、なにも手を講じなかったわけではない。金星が太陽フレアの危険性を語るずっと前、孔明も磁気嵐のリスクについて考え、省内で訴えたことがある。

年間八百億円もつぎ込まれている情報収集衛星の集めた観測データは秘密指定扱いで、処理できるのは衛星の運用を行っている内閣官房・内閣衛星情報センターの情報処理部門のみ。直接の画像データは内閣メンバーにも公開されていない。

これは情報収集衛星の取得したデータが十分に解析され活用されることなく、秘密指定の向こう側に溜め込まれ、隠蔽されていることを示唆《しさ》する。税金で集めた情報を活用できないばかりか、情報を死蔵させている。そのことを知っている人間すら、さほど多くない。

これは良くない。そう思い、上司に具申した。けれど何度訴えても、流されるばかり。挙句には、「あまり騒ぎ立てないでよ。田村《たむら》長官のご子息だからって、無茶が通ると思ったら大間違いだよ」と言われる始末。無力感を強めただけだった。

——やっぱ、ないよ。ぼくにできることなんて……

窓辺を離れ、暗い廊下を歩いた。至るところに人の影があった。怪我をしている人もいれば、元気そうな人もいる。その間隙を駆け回る看護師たちが、すれ違いざまに「そっち、鎮痛剤足りそう?」「わかんない。それより日勤も帰宅せずに待機って聞いた?」「聞いた。あと、透析は一回を三時間に短縮だって」と不安を零《こぼ》し合っている。

そこに、青い手術着を着た壮年の男が駆けてきた。

「オペのスケジュール調整と、外来への帰宅指示は終わった?」

息が弾んでいる。顔の皺《しわ》などを見るに、どうもベテランの医師らしい。

「術中の患者二名を除き、術前の人は等しく中止にしてあります。外来への帰宅指示も出しているんですが、交通手段がないから帰れないと、多くの人が残って……」

「外来の人にはもう一度強くお願いして。このままじゃスペース足りなくなるから。それと、自衛隊にも厚労省にも、まだ連絡が取れないの?」

「すみません……院長からも、お願いしてるのですが」

「頼むよ。このままだと、いずれ人手も物資も足りなくなる。食料や水分がもっても、医薬品が不足すれば俺たちは無力なんだ。少なくとも、外来や軽傷の患者に関しては、病院じゃなくて公民館とかに避難してもらわないと医療崩壊が起きる」

「………すみません。防災無線も繋《つな》がらなくて……」

「いや、そうだな。すまない。君たちに怒ってもしかたがないことだ……」

医師はため息を吐いた。「国が動かないといずれ限界がくる」

その顔には疲れと絶望が滲《にじ》んでいた。

支援の遅れは、固定回線の制限が遠因になっていると、孔明《こうめい》はすぐに気がついた。有事において、市民の気まぐれなクレームで回線リソースが割かれてはたまらない。ゆえに総務省が指定した優先回線以外は、災害等で電話が混み合うと、発信規制や接続規制といった通信制限をかける。大規模災害時は九割以上の制限が行われることもある。優先電話はこうした制限を受けずに発信や接続を行うことができるが、あくまで電話を「優先」扱いするものであって、必ず繋がることを保証するものではない。災害時の通信手段については、優先電話のみに頼ることなく、衛星電話、専用線、自営無線等の複数の通信システムの活用とあわせて運用されるのだが、そもそもその通信システムが軒並みダウンしている現状がある。

耳をすませば、廊下には声の形をした不安がいくつもころがっていた。

息子は平気なんですか――……。

夫は助かるんですよね――……。

ねえ、お父さん。お母さん、大丈夫かな――……。

大丈夫。大丈夫だ――……。

誰か、早く支援を。心の中で叫ぶが、それが単なる願望に過ぎないことに孔明《こうめい》は気づいている。信号も止まっている。交通整理をする警察も統率が取れていない。治安維持もままならないなかで、災害派遣が迅速に行えるとは思えない。

加えて、ここまでの規模の太陽嵐は事前想定に組み込まれていないだろうから、おそらく大規模停電と大地震の対応を加味した複合的対応になるだろう。つまりは、前例のない対応になる。これからの判断には常に重い責任がつきまとう。

その判断を下せる人間がいまこの国にいるのか、孔明には見当もつかない。自らの政治生命をなげうって、責任を取る覚悟がある人間が、はたしてこの国に存在しているのだろうか。

「お兄ちゃん、これからどうなるの?」

「心配すんな。誰か偉い人が、きっとどうにかしてくれるから」

孔明の背後で、幼い兄弟が寄り添い合っている。

――そんな人、どこにもいないよ。

脳裏によぎった考えに、孔明は唇を嚙《か》み締める。

しかし、はたして本当にそうだろうか。

偉くはないかもしれないけど、その誰かに、自分はなれないだろうか。

この兄弟だけじゃない。本当の自分を愛してくれた水星を、家柄を知らないまま交際を始めた彼女を、「あなたはあなたなんだから」と励ましてくれた最愛の人を守れるのは自分なんじゃないのか。

孔明は再び窓に寄った。外の空気が吸いたかった。

視界の端に、ひときわ眩《まぶ》しい星が瞬《またた》いている。それが落下中の人工衛星だと気づくのに、たいして時間は要さなかった。その星は先ほどよりも心なしか光度が高い。本当に落ちてきているのだ。孔明はぞっとした。

――でも、偉い人がなんとか……。

唾《つば》を呑《の》み込んで、振り向く。寄り添い合う幼い兄弟。疲弊した医療従事者。暗い廊下にひしめきあう人々。十数メートル先の扉の向こうには、愛すべき人がいる。

――ぼくに、できることなんて……。

気がつけば、駆け出していた。弱音は吐き出さずに呑み込んだ。生まれてくる子どものためにも、誇れる夫になるためにも、苦しくても、喉の奥に押し込んだ。

誰でもいい。自分でいい。役所に圧を掛けられる人間がいれば事態は好転するかもしれない。この病院だけじゃない。きっと多くの病院が困窮している。厚労省は事態が把握できずに、どこまで支援するか、誰が方針決めの責任を負うかを決めかねているに違いない。だったら、今、現場にいる孔明《こうめい》がおおまかな現状や指針を送り、責任も負うと伝えることが出来れば、みなそれを言い訳に重い腰を上げるのではないか。

「……大丈夫。やれる、やれるっ」

孔明は走りながら頬を叩いた。「やるんだ、今！」

ずっと前から気づいていたことがある。自分には戦闘機は操縦できないし、夜通し歩く体力もない。今からこの性格を変えることだってできない。

いつだって逃げたいと思っている。今だって思っている。

本音はそうじゃないと気づいていながら、楽な方に流れてしまう癖がある。

けれど、自分には、他の人にはない武器がある。それがたとえ自分が忌《い》み嫌うものでも、今は持てる武器で戦うしかない。他の誰でもない、家族のために。

――ぼくにできることは、そう多くない。

勢いのまま、階段を駆け下りる。

――だからその少しのことを、持てる武器で、今、全うするんだ。

運動不足の膝が軋《きし》み、顔が歪んだ。

――水ちゃんの傍にいること。横須賀基地へ血液製剤の根回しすること。

しかし、たるんだ身体を恥じる余裕はもうない。

——落ちてくる衛星を、どうにかすること。

親の七光りでいい。今は必要なのは、お役所を動かす力だ。

——やれるさ。だってぼくは、父親になるんだから！

「お忙しいところすみません！」

院内に設置された対策本部に駆け込むと、孔明は息も絶え絶えに叫んだ。

汗もそのままに名刺を配りはじめる。この期に及んで、恥も外聞もない。

「総務省の田村《たむら》と申します。親は財務省の長官で、各省庁にパイプがあります。状況改善のため、これから各所に交渉を行いたいと考えています。緊急回線を貸していただけるよう、院長に取り次ぎをお願いしたい」

毅然《きぜん》とした態度で言い放つ。

看護師たちも、首を横には振らなかった。

孔明はすぐに緊急電話のもとへ案内された。

緊急回線といえど、繋《つな》がるかは博打《ばくち》に他ならない。なぜなら、向こうが受電してくれなければならないからだ。「発信」は優先扱いされるが、技術的な点から優先電話への「着信」については通常電話と同じ扱いになる。つまり、攻めあるのみ。

孔明は深呼吸をしてから、番号を押し込んだ。軽快な発信音に胸がはやる。

だが、出ない。官邸に近い危機管理用宿舎に住まう同期は、すでに緊急参集に応じて家を空けているようだった。

——くそっ、次。

再び軽快な音が響く。

響いたまま、変わらない。

——こっちもダメか……。

諦めがよぎった途端、ぶつっと鈍い音がした。

「ぼくだ。田村《たむら》だ」

すぐに呼びかけた。「厚労省は現状をどれくらい把握している」

『田村か。すまん。どこまで把握できていないかさえ、把握しきれていない』

孔明《こうめい》の大学時代の同期は、すまなそうに言った。受話器の向こうからは騒々しい気配が漂っている。霞が関もてんやわんやのようだ。

取り急ぎ、孔明は自身が知り得る状況と、考え得る行動案を伝えた。

しかし同期の反応は芳しくない。スピーカーからため息が漏れる。

『わかった。こっちも対応は頑張るが……正直、上から圧力がないと大きくは動けない。田村もわかるだろ？』

「そうだね。うん。上にもなんとかして話を通しておく。それから、もうひとつ——今から言うことを、誇張してもいい、官僚連中に伝えてくれ。財務大臣の息子が協力者を募《つの》っている。

見返りは惜しまないと」

　孔明は捲《まく》し立てるように、落下してくる衛星の件を伝えた。「周りにも伝えてくれ。責任は、僕が取る」強く言い切ると、電話の向こうで、くすりと笑う気配がした。

「な、なんだよ、おかしいか」

『いや、別に。やっぱ子どもを持つと人は変わるんだなと思ってな』

　同期の言葉に、孔明の顔は熱くなった。

『田村、おまえの話はわかった。同期のよしみだ。こっちも忙しいが、俺の知り合い全員に伝えてやる。そこからねずみ算式に連絡が回れば、協力者は嫌でも集まるだろ』

「あ、ありがとう。この礼は必ず――」

『いらねえよ。出産祝いだ』

　同期の官僚はそう言い残すと、電話を切った。

　孔明は不通になった電話をしばし見つめてから、また電話帳を開いた。

　それからは、その繰り返しだった。各省の知り合いへ電話をかけては根回しをする。繋《つな》がらないやつは後回し。とにかく電話を掛け続けた。

「貫井《ぬきい》か、久しぶりだな。忙しいところ悪いが、国交省は防災ヘリの運行会社に専用の回線があるだろう。東京の空を飛ぶよう指示を出してくれないか。安全確認はそちらに任せる。市民が空を見て、救助が来たと安心できるようにしたい」

「高瀬《たかせ》先輩、お久しぶりです。警察庁から警視庁に繋《つな》いでほしいことがあります。はい。現場の人間に頭上にも注意しろと。なにか落ちてくるのかって？　いや、それは話せば長くなるのですが……」

「防衛省の笠木《かさぎ》さんですか。先日の防衛産業フォーラムでご挨拶させていただいた総務省の田《た》村《むら》です。はい、玄徳《げんとく》の息子の。いえ、実は少しそちらの耳に入れておきたいことがありまして……」

「ご無沙汰しております。田村玄徳の息子の孔明《こうめい》です。本日は折り入って先生にお願いがございます」

受話器を持ったまま下げ続けた頭が微《かす》かに痛んだ。喉も嗄《か》れ始めている。だが、この程度ではまだ足りない。この程度では権力《彼ら》を動かすことはできない。

量も、熱も、まだまだ足りない。

――まだほかに、ぼくにできることは……。

水を飲むために廊下へ出ると、窓の外に首都高渋谷線が見えた。病院から一km《キロメートル》圏内の近さの首都高渋谷線は車でぎゅうぎゅう詰めになっている。先ほどは妻を運ぶので必死で気づかなかったが、あんな状態になっていたのかと切に驚く。

ふと、孔明の頭にとある策が浮かんだ。

気づいてからは早かった。

「あの、すみません！」孔明は台車を押す看護師を呼び止めていた。

「は、はい」

「先ほどご挨拶させていただいた田村です。現在、都下の医療機関への支援を急ぐよう関係各省に働きかけています。代わりと言ってはなんですが……それをひとつお貸しいただけませんか」

孔明はおずおずと台車の上の機材を指さした。

その申し出を受けた看護師は、目を丸くした。


屋上に躍り出た孔明は、外柵の前で腰を下ろすと、額の汗を拭《ぬぐ》った。

「お、重かった……」

眼下の駐車場では、今まさに簡易救護室が設営されているところだった。孔明の前にあるのと同じ型の屋外用照明が、災禍《さいか》から病院へ逃げてきた人々を照らしていた。

「よしっ」

祈るように照明のスイッチを押し込んだ。

眩い光が、首都高渋谷線に伸びていく。

——一か八かだ。頼む。届いてくれ。

人の声は電力に左右されない原初の通信媒体だ。一度でも発火すれば通信の連鎖を止めることは難しく、現代ではインフォデミック《不正確な情報の急拡散》という危険性すら内包する情報兵器でもある。女子高生の噂《うわさ》話が、ひとつの銀行を倒産間際まで追い込んだことさえあるのだ。噂や与太話は、それほどまでに強力な力を有している。

だから、たったひとりでいい。伝わりさえすれば、きっと恐怖は伝播する。

――不正確でもいい。とにかくみんなが空を見上げれば、それでいい。

トンツートントンツーツーツー……。

孔明《こうめい》は光の明滅でモールス信号を送り続けた。

誰かがこの事態に気づき、声を上げることを願って。

LOOK《顔を》 UP《上げろ》. STAR《星が》 FALL《墜ちる》.

〈2025年7月7日　月曜日　未明〉

横須賀の自衛隊病院まで――残り五十km《キロメートル》
水星の出産予定時刻まで――残り十二時間
衛星の落下予想時刻まで――残り十六時間

病院を飛び出してすぐ、陸《りく》は愕然《がくぜん》とした。

オーロラの下で揺れる火災の光もそうだったが、駐車場に集《つど》う人の数の方が衝撃的だった。

駐車場には先ほど陸がテントを建てていた時より、多くの傷病者が集っていた。その多くが交通事故や火災に見舞われた人々なのだろう。ところどころに包帯を巻き、痛みに顔を歪めていた。

「一体、なにが起きてるの？　スマホも繋《つな》がらないし」

年配の女性が看護師に問うている。

「私どもも把握できていませんでして……」

「じゃあラジオは？　ラジオは繋がるんじゃないの？」

「申し訳ありません。スマホやテレビ同様、ラジオもダメでして……」

目に見えたように女性は落胆した。

会話を聞いていた周囲の人間も、これ見よがしに肩を落とした。

みな、情報を欲している。きっと、一言だけでいいのだ。「実は発電所に雷が落ちて」や、「台風の影響で送電線が切れて」とか。なんでもいい。それこそ先ほど金星が叱責《しっせき》した発言ではあるが、「テロが起きて」でもいいのかもしれない。

知らないという恐怖は、それら既知の恐怖に大きく勝る。

地面が揺れた訳でも、強い雨風が襲ったわけでもない。ただ光が奪われ、電子機器が動きを止めた。その不気味さは、災害大国に暮らすしたたかな国民の胸にさえ、静かな恐怖と焦《あせ》りを抱かせた。人々はいま、噂《うわさ》話に余念がない。日常へと戻る命綱を探し、情報の海を彷徨《さまよ》っているようだった。

「んで、どうする。とりあえずは歩いていくか?」

陸《りく》は遠くを睨《にら》んで言った。隣では金星がアキレス腱を伸ばしている。

「それもいいけど。先に足を見つけたい。この病院の敷地から一歩出たら、もう暗闇《くらやみ》の世界なんだもの」

それもそうか。顎《あご》を引き、陸も周囲に視線を散らした。正門、エントランス、駐車場。そこには自転車やバイク、四輪車、救急車が多く並んでいる。

しかし、よく考えれば不可解な光景だった。

出動していない救急車の数が多すぎるのだ。たしかにナビが使えないから、出動には時間がかかるだろう。そもそも被災者も通報ができないのだから、どこに向かえばいいのかという問題もある。それでも駐車場から出ない道理が陸にはわからない。一歩街に出れば、救助を必要とする人たちで溢《あふ》れかえっているはずだ。

現に消防車は出動しているし、今でも遠くからサイレンの音が響いている。

「なんで救急――」

「動かせないのよ」

陸の視線の意図を読んだのか、金星が先回りして言った。

「車は思っている以上にマイコン、つまり小さいコンピューターで動いてるの。自動ドアとか、冷暖房とか。それが地磁気誘導電流で故障したのね。まあ、車に限らず現代の機器はほとんどが電子制御だけど」

知らなかった？　金星はすっと指を伸ばし、正面の通りを示した。

たしかに車道にも、中途半端な位置で止まっている車が多く見受けられる。

「じゃあ、消防車が動くのは電気に強いからってわけか？」

「たぶんそう。可燃物はわずかな電気や火花でも引火するし、消防機材は絶縁保護が進んでるじゃない？　私は都市防災の専門家じゃないから詳しくはわからないけどね。

本当は医療機器も絶縁保護を進めるべきなんだろうけど、予算の問題もあるだろうし……ほら、あそこのＡＥＤなんかも結局使えなくなって捨てられてる。にわかには信じられないけど、トランジスタがショートしてヒューズが溶けたのかもね」

金星の語るとおり、エントランスにあるＡＥＤは箱から出されたまま、「使用不可」の紙が貼り付けられていた。起動しないから打ち捨てられたのだろうが、文明の利器のあまりの脆《もろ》さに眩暈《めまい》がする。

——本当に、ここを出ていいのだろうか。

陸《りく》の足取りは重くなった。病院の駐車場はほとんど野戦病院の様相を呈している。至る所に白布のテントが張られ、その下を看護師が駆けずり回る。院の正門からは軽傷重傷問わず、いまだに多くの怪我人が流入してきており、この規模の簡易救護所ではすぐに手が回らなくなることが予見された。

——わからねえ。

陸は胸中で再度唸《うな》った。自分の大切な人を救いたいからと、その他多くの人の苦しみに目を瞑《つむ》るのは正しい行為なのか。何度考えてもわからない。

それに、余った血液製剤を分けると言うが、それで横須賀の血液製剤が不足したら元も子もない。無論、水星の出産に間に合わない可能性だってある。無事に血液製剤を確保できたとしても、帰路もすんなり行くとは限らない。むしろ日が昇ることで、状況が悪化する場合も考えられる。日が昇れば人が動き出す。そうすれば二次災害の発生可能性は跳ね上がる。もちろん、陸や金星が途中でダウンする可能性だってある。なにせいまは夏だ。脱水、過労、熱中症。道中のリスクを挙げればきりがない。

そもそもたどり着けるかどうかすらわからないのだ。東京から横須賀への移動手段を考えてみても、災害発生に伴う都内の交通規制は容易に想像ができる。どこか通れる街道がないかと考えるが、陸には到底思いつかない。陸は元自衛官に違いないが、戦闘機パイロットという性質上、地方勤務が長い。都内の災害オペレーションに精通しているとは言えなかった。

――でも、行かねえと水星が……

悶々《もんもん》と悩む陸を尻目に、金星は黙々と駐車場内を練り歩いていた。だが、そう簡単に都合の良い足は見つからない。さすがに街に出て探した方がいいんじゃないか？　陸がそう提案しかけた頃、カチャカチャと金属の擦《こす》れる音がした。

「おい、金星、なにしてんだ」

「見てわかんない？」

駐車場の脇に並ぶ自転車を覗き込むように、金星が腰を屈めている。

「借りられそうな自転車探してるの」

「それは……まずいだろ。いくら緊急事態とはいえよ」

「緊急事態だからこそでしょ。自転車と私の姉、どっちが大事かなんて考えるまでもない」

「そういうことじゃない。俺はいま、人としての話をして――っ」

「わかったわかった。じゃあ車にしましょ。そっちの方が早いし」

金星は立ち上がりながら、これみよがしに息を吐いた。「でもね。そういう大義ばっかを優先してたら、大切なものは絶対に摑《つか》めないから」それはまるで陸《りく》の生き方を突くような物言いだった。

陸は思わず立ち止まり、拳《こぶし》を握った。

——なんだよ、こいつ。

深く息を吐いた。この状況、落ち着かなければいけないとわかっていた。

握り込んだ拳の内側に怒りをしまい込み、ひとり先を行く金星のあとを追って歩いた。少し行くと、軽トラックが停まっているのが見えた。

運転席から顔を出した女性と看護師が、何事かを話している。

「すみません。ここにもテントを張るのでお車を移動してもらえると……」

「ああ、ごめんごめん。すぐどかすよ」

「すみません。いろいろ援助いただきましたのに」

頭を下げる看護師に、古い軽トラックに乗った運転手は「気にしてないよ」と大袈裟に手を振った。車体に錆の入った古い軽トラックはエンジン音を響かせると、フロントライトで辺りを照らし、ゆっくりとタイヤを軋《きし》ませた。

「ちょっとまって！」

今にも走り出しそうな車体目掛けて、金星が駆け寄っていく。

「おおっ……あぶないじゃないの！　暗いんだから気をつけてくれなきゃ──」

「聞いて。急ぎで行きたいところがあるの」

どうやら金星はこの軽トラックに運んでもらうつもりらしい。

運転席の女性は赤いメッシュの入った短髪を掻《か》き上げて、目を細めている。訝《いぶか》しんでいるようだ。たしかにこの状況でいきなり声をかけられたらそうなるだろう。

だが、陸にしてみても疑問はある。

なぜこの古い軽トラックは、周囲の救急車を差し置いて動くのだろう。

陸の疑問を尻目に、金星は身振り手振りを交えながら、横須賀へいかねばならない旨を力説していた。「姉と甥《おい》が危ない。だから車に乗せて欲しい」強気の姿勢で頼む金星に、運転手もうんうんと頷《うなず》いてくれてはいるが、その表情はどうも晴れない。

「お嬢ちゃんの言い分はわかったけど、神奈川となると多摩川越えが鬼門だね。私も急ぎの荷物を運ぶ途中で停電食らってさ。とりあえず環七までは行ったんだけど、交通規制と渋滞がひどくて……ちょうど同業の知り合いを見かけたから状況を聞いたら、これ以上南には行けないって言うんだよ。そいつも人づてに聞いたらしいけどね。そんで、しかたないからここに物資の寄付がてら寄ったってわけ……」

「じゃあ、横須賀には行けないってこと？」

「そうねぇ……東京を出たいなら、ヘリか船しかないいんじゃない？」

言って、運転手は暗い空気を笑い飛ばす。けれど、金星はそれきり押し黙ってしまった。冗談を言ったつもりの運転者は、目の前の少女が沈黙したことに慌てたのだろう。「冗談だよ。冗談」と手振りつきで慰めているが、陸《りく》には金星が今なにを考え、沈黙しているのか、はっきりと理解できた。

金星は真剣に、ヘリか船を使っての東京脱出を考えている。

たしかにあり得ない選択肢ではない。ヘリは手配が難しいから除外するとしても、船は現実的に考えてアリだ。夜の海は普段から暗く、船乗りはその暗闇《くらやみ》を進むことに長けている。地上の道よりも混んでいないし、事故の可能性も少ない。

なによりすでに停電発生から一時間弱。日本の総人口の三割を抱える東京の救命機能の維持を優先した警視庁と国交省が、第一次交通規制を敷いていることは想像に難くない。一般道六路線と高速道路は既に緊急自動車専用路になっており、東京を囲むように延びる環状七号線は通行禁止に違いない。

そもそも日曜の夜だ。規制云々以前に、渋滞で進めないという物理的な障壁もある。となれば、徒歩、または自転車以外での地上脱出は困難であり、それらを選べば必然時間のロスになる。電車はもとより期待していない。

しかし、船となると、そもそも東京で乗れるところの目算が立たない。

「ところで」

掛けられた声に、陸の思考はぷつんと断たれた。

「後ろに立ったままのお兄さんはなに？　お嬢ちゃんとはどういう関係？」

「え、俺？　俺はこいつの――」

「姉の友人です！」

陸が口を開く前に、金星が言葉を被せた。流し目で「私が喋《しゃべ》るから余計な口出しをするな」という圧を送ってくる。実際、訝《いぶか》しまれている陸が関係を語ったところで、こじれるだけだろう。とはいえ、そんなに睨《にら》まなくてもとは思うが。

「ほんとぉ？　まさかだけど、誘拐とかじゃあないよね？」

「ほんとです。誘拐とかそんなんじゃない。姉妹揃《そろ》って陸さんとは仲良しで……ねえ？」

陸と金星はおもむろに顔を見合わせ、にこりと笑みを零《こぼ》した。それがぎこちなく映ったのか、運転者は値踏みするような視線をふたりに向けている。

陸は金星にだけ聞こえるよう、極めて小さな声で叫んだ。

「おい！　逆に怪しまれてんじゃねえか！」

「誤算だわ。あなたがそんな不審者に見えるなんて」

「俺のせいかよ！」

「そうでしょ！　私に怪しまれる要素なんてないんだから！　かわいいし！」

「いま容姿は関係ねえだろ！」

陸《りく》は肩をいからせながら、「あの写真見せろよ」と促《うなが》す。金星は一瞬思案顔を浮かべつつも、思い出したかのように「ああ、あれね」と自身のスマホを取り出した。

「ほら、これ。さっき撮ったの。これが私で、これがこの人。隣が私のお姉ちゃんで、その隣が旦那さん。病院にいるから証言してもらってもいい」

ヒカリエで撮った写真を見せると、運転者は弾かれるように渋面を解いた。「ま、本当は疑ってなかったけど」と、大笑いさえした。なんと調子のいい人だ。陸は嫌味のひとつでも吐きたくなったが、やっとつかんだ好機を逃さないように堪えた。

「ところで、船に乗るとしたら、どこか当てはあったりします？」

次いで、訊ねる。運転手は「そうねぇ」と首を捻《ひね》った。「まあ、あるっちゃあるけど」と呟《つぶや》く顔はどうにも気が進んでいない。

曰く、大井競馬場付近に小さな釣船屋があるという。考えてみれば、一般の客船はもう運行していないだろう。個人経営の釣り船であれば融通が利くかもしれない。

「こういうなにかあった時、絶対船を見に行く人だから、行けばいるとは思うんだけど……でもあそこの船長はいくぶん頑固な人だからねぇ、説得できるかどうか――」

運転手の顔には懸念が浮かんでいる。

「大丈夫！」

金星が身を乗り出し、運転手に強く縋《すが》った。

「とりあえず乗せてって。着いてからはこっちでなんとかするから！」

「おい、金星、頼み方ってもんが……」

たしなめる陸の脇腹に、細い肘が当てられる。

「あんたは黙ってて」

「まあまあ、喧嘩《けんか》しないでさ。お嬢ちゃんがそこまで言うなら、うん、いいよ。ちょうど会社の倉庫が鮫洲《さめず》の方にあるんだ。荷物も降ろさなきゃいけないし。荷台でよければ乗せていくよ」

運転席から腕を伸ばし、ドアに記された『韋駄天急便』のロゴをばんばんと叩く。

まさに渡りに船だ。金星の強引さがこの船を引き寄せたと言ってもいい。だが、陸は金星を素直に認められずにいた。他人からの悪印象を省みず、自分のエゴを通す金星のやり方は、陸の信条とは相容れない。

「私、岩田曜子《いわたようこ》。あなたたちは？」

「私は浅野金星《あさのヴィーナス》。金の星って書いてヴィーナスって読みます」

「俺は星板陸《ほしいた》です。突然こんなこと頼んじゃって、すんません」

「ううん。全然平気。じゃ、早速だけど荷台に乗って」

促され、ふたりは軽トラの後方に回り込む。

「ねえ」金星が陸の横顔に呟いた。「出先好調なわけだし。この勢いのまま横須賀基地に乗り込んで、ついでに衛星もどうにかできないか交渉しちゃいましょうよ」

「しちゃうわけねえだろ」

「なんでよ。事情を話して、ミサイルの一発でも拝借すれば――」

「ばか言うな。いいか、さっきも言ったけどな、ミサイル一発撃つのにどれだけ高度な政治的判断が必要だと思ってんだ。思いつきで撃っていい代物じゃねえんだよ」

「撃たないことで、衛星が街に落ちてきて、水姉が死ぬとしても？」

「……話を飛躍させるんじゃねえ」

陸《りく》は先に荷台に上ると、金星に手を差し伸べた。陸なりの歩み寄りだった。残念ながら、金星はそれを無視して、ひとりで荷台に飛び乗ってしまう。

陸は前途が思いやられた。この少女と、うまくやっていける気がしない。

「ふたりとも乗ったー？　そろそろ、行くよー」

「乗りました！　すみませんが、よろしくお願いします！」

陸の返事から数拍置いて、車体がぎしりと軋《きし》んだ。ゆっくりと前進していく。荷台に乗っているからか、路面からの振動が直接骨に伝わるようだ。

病院から離れると、すぐに暗闇《くらやみ》に呑《の》まれた。通りに出ても、荷台に会話はない。陸は沈黙に耐えかね、気になっていたことを口走った。

「つうかよぉ、なんでこの軽トラは動くんだ。こいつが絶縁保護されてるとは思えねえんだが」

「単純に古いから電子制御部分が少ないいんじゃない？　それに、これだけ錆びてたらね」

言いつつ、金星は車体をこんこんと叩いた。

鉄は錆びても表面だけで、下地である元の鉄の導電率は変わらない。しかし錆自体は絶縁体だ。酸化鉄には自由電子がないし、電気的にも中性になるから電気が通らない。酸化マグネシウム、酸化アルミニウムなどは天然の絶縁物だということを、陸は今更ながらに思い出した。

「なるほど。この会社の倉庫が海沿いだったのが功を奏したか。潮風さまさまだな」

笑いかけるも、金星からの返事はない。

陸は居心地が悪くなり、スマホを取り出した。

「ちっ、そうだ。繋《つな》がらねえんだった」

「……なにをいまさら。おおかた地図でも見ようとしたんでしょうけど、間抜けすぎ」

「ちげえよ。このトラックの荷物さ、大阪万博関係だろ。大阪はどうなってんのかなって思って調べようとしたんだ」

ふたりの周囲には荷物が不規則に並んでいた。箱の側面を見ると、『万博ロゴ入り除菌シートサマーバージョン見本』のラベルが貼られている。そう言えば、物資の寄付がてら病院に寄ったと言っていた。万博の関係者に配達する予定だったアルコール除菌シートを病院にいくつか提供したのかもしれない。

「そりゃ、万博どころじゃないでしょうね」

流れゆく街並みを睨《にら》み、金星が息を吐いた。

街は暗い。プラズマの放射を受け、今まで紡《つむ》いできた科学の糸が焼き切られてしまっている。建造物や多くの景色はそのままに、現代都市はただ機能を失った。崩れているわけでも、壊れているわけでもないのが、逆に不気味に映った。

「万博、まだ行ってないのに」

ぽつりと落とされた言葉に、陸《りく》も頷《うなず》く。頷くことしかできなかった。

しばらくの間、がたがたと揺られた。荷台から見る東京の景色は新鮮ではあったが、この状況というのがかなしい。思わず、視線を背けたくなる事故現場も目についた。

道中、陸は不思議な光を見た。広尾の病院の方で、白い閃光《せんこう》がパチパチと瞬《またた》いていた。その光の瞬きは規則性を有していて、陸はすぐにその意味に気がついた。

顔を上げろ。星が落ちる。そのメッセージはきっと彼の、孔明《こうめい》の仕業だ。

頼りない光の点滅にどれほどの影響力があるのかはわからない。だが、陸は彼の行動力に感心した。そういうことをする人物には見えなかった。隣に座る金星はタブレットで何事かを計算するばかりで、義兄の放った光には気づいていないようだった。

車は渋谷区を抜け、品川区へ向かっていた。順調だった。国道15号線では玉突き事故をいくつか見かけたが、運よく封鎖はされていない。

だが、品川駅周辺まで来ると、渋滞が急にひどくなった。

どうやら北品川の方で大きな火事があったらしい。黒い煙が上がっていた。

「これは渋いねぇ」

運転席の曜子《ようこ》が窓から身を乗り出して車道前方を睨《にら》む。そのまま「ねえちょっと」と隣に停まるトラックに声を掛けた。「これ、どのくらいで動くとか聞いてる？」

「さあな。でも見たまんまだよ。おたくも駅に搬入予定なら今夜の帰宅は諦めな」

髭を生やした運転手が、たばこを咥えたまま答えた。

「そっか。ありがと」と曜子も短く礼を言った。

陸は居ても立っても居られず、荷台に立ち、周囲を見渡した。遠くに激しい炎の気配があった。それだけじゃない。八ツ山橋の下を通る線路からも光が伸びていた。陸はさらに、ぐいと身を乗り出した。線路から品川駅へ続く行列が見える。ＪＲと京急の車両が緊急停止し、乗客が駅まで歩いているらしい。わかってはいたが、やはり電車には期待できない。先行き不透明な旅路に、思わず嘆息が漏れる。

「しゃーない。ちょっとばかし迂回《うかい》するよ」運転席の曜子が言った。

「いいけど、それで逆に遅れるなんてことはないの？」すかさず金星が訊ねる。

「さあね。でも、このまま一国《いちこく》を進んでたらいつ着くかわかんないし。旧海岸通りも期待できないから、海岸通りが空いていることを願うしかないでしょ」

曜子がじわりとアクセルを踏む。車はゆっくりと前に進み、新八《や》ツ山橋東詰《やまばしひがしつめ》の交差点を左折して地下道へ入っていく。幸いにも車道は塞《ふさ》がっていなかった。

品川駅を西へ抜けると、どこからか怒号が聞こえてくる。東京食肉市場だ。どうやら太陽嵐は予想以上に人類の生活を蹂躪《じゅうりん》したらしい。冷蔵肉や冷凍肉はもうダメだろう。陸《りく》は後方に消えていく食肉市場を見つめながら、これが世界各地で起こっているのかもしれないと考えると、暗澹《あんたん》たる気持ちになった。

車は楽水橋《らくすいばし》を渡った。川の向こうには、非常用電灯でぼんやりと輝く東京海洋大学のシルエットが浮かんでいる。川沿いに建つ都営団地のベランダから短冊を吊るした模造竹とともに、小さな人影が身を乗り出していた。その人影は、光の消えた街と、上空になびくオーロラを見てはしゃいでる。

「なにを呑気《のんき》に騒いでるんだか」金星が舌を鳴らした。「ちょっと頭を使えば、町の様子から今回の被害規模くらいわかるでしょうに。竹なんかも飾っちゃって。ほんと、ばかばっか」

「竹は別にいいだろうが。明日は七夕なんだ」

「関係ないでしょ。それに、私、七夕って嫌いなの。一年に一回しか会えない悲劇をさも美しいみたいに言っちゃってさ、あんなの、怠慢以外の何物でもないじゃない」

「怠慢て……」

「だってそうでしょ？　そんなに好きなら、十五光年くらいひとっ跳びする気概を見せなさいよって話。ほんと腹立つ。会えないことに酔っててんじゃないの？」

金星は言い捨てると、陸を睨《にら》んだ。瞳には敵意が滲《にじ》んでいた。

陸はなにも言い返さないまま、暗さに沈んだ町に顔を逃がした。会えないことに酔えないなら、『インターステラー』はどう観ればいいんだよ。言いかけた反論を呑《の》み込んだ。どうせこの少女とは、わかりあうことはできないのだ。

○

車は御楯橋《みたてばし》を渡り、天王洲《てんのうず》へ上陸した。臨海に聳《そび》えるタワーマンション。その土台を担う複合商業施設の影。避難灯の細い光が通りを照らしていた。

海岸沿いを走っていると、モノレールが立ち往生している姿をみかけた。

どうやら海上での緊急停止のため、脱出シューターが起動できないようだ。

「真下に救助船が来るまでは、あのまま車内待機ね。残念だけど」

目を眇《すが》め、金星がぽそりと呟《つぶや》く。

「さすがに線路を歩かせるわけにはいかねえもんなぁ、モノレールは……」

陸もこっそりと肩を落とした。

埋め立て地は、地震だけでなく、太陽嵐にも弱いらしい。

車はそのまま通りを南下し、天王洲大橋を越えていく。路肩の標識が品川区に進入したことを告げていた。目的地である勝島《かつしま》運河まであと数キロだ。

東京脱出が現実味を帯びたところで、周囲の車が減速しはじめた。

「警察も大変ねえ」

窓から身を乗り出して曜子《ようこ》が呟《つぶや》く。「ま、大人しく従っときますか」

どうやら天王洲《てんのうず》アイル駅前の交差点で警察官が交通整理が行われているらしい。手持ちの誘導灯でなんとか車の流れを正常化しようと試みる警察官を眺めながら、一行はぼうっと東の空を眺めて過ごした。

品川火力発電所から伸びる高い煙突。海沿いに立ち並ぶ赤と白のガントリークレーン。暗闇《くらやみ》に沈んだ臨海部の凸凹のシルエット。夜空になびく紅いオーロラ。

陸《りく》は潮風に浸り、耽《ふけ》った。幼い頃に見たような、ＳＦ映画の一幕のような光景だった。これが災害でなかったのなら、どれほど感動しただろう。

幻想的な光景を瞳の中心に据え、深く息を吸う。

次の瞬間、どんっ、と重たい炸裂《さくれつ》音が顔を叩いた。

「なんだ、一体——……」

陸は無意識に耳を撫《な》でた。交差点を徐行していた車も一様に停車し、運転手たちは車窓から身を乗り出していた。みな、京浜運河の向こうを見つめている。

どこからともなく「嘘《うそ》……」と、怯《おび》えた声がした。

「……燃えてる」

品川火力発電所の煙突が、黒煙を噴《ふ》いていた。

どうやら発電所で爆発が起こったらしい。事態を把握した車両が、我先にと一斉にアクセルを踏んだ。「急に動かないっ！」制止を求めた警察官の声もむなしく、交差点は一気に混乱の渦中に陥る。加速した車の一台が、陸たちの乗る軽トラの側面にぶつかった。「おい！　ぶつけたら謝んな！」去っていく車に曜子が叫ぶ。

「曜子さん！　それより早く！　私たちも早くここから逃げなくちゃ！」

「ちっ……わかってるよ。あのままだと、もっとでかい爆発起こすってんだろ」

しっかり摑《つか》まってなよ！　曜子の声から一拍遅れて軽トラが加速した。がくんっと車体が揺れる。陸と金星は振り落とされないよう、荷台側面のあおりを強く握った。

「発電所……なんでいまさら……っ」

川向こうで盛る炎に陸は混乱していた。「発電機がＣＭＥで焼けたのか⁉　にしてもこんな時間差で発火するなんて聞いたことねえぞ！」

太陽フレアの影響で火事が起きるなら、渋谷で見た電柱のように、過電流を受けた変圧器の発火が原因になる。そこに時間的な遅延は、ほとんどないはずなのだ。

「なんだよ、これっ！」

「もしかしたら、変電設備じゃなくて、廃熱ボイラーの給水ポンプが停止して空焚《だ》きを起こしたのかも」

「それで水管が焼損して、排熱が間に合わなくて火がついたって？　待てよ。普通はバーナーの運転中に異常が起きたら、感振装置とかで燃料ラインの遮断弁を閉止するはずだ。空焚《だ》きは起こらな——」

そこまで言ってから、陸《りく》は口に手を当てた。

「気づいた？　そう、今回は地震じゃないから感振装置も作動しなかった。運転員も降り注ぐプラズマや地磁気の乱れが見えるわけじゃない。人や機械が異常に気づく前に、保護装置が全部焼き切れたのよ」

滔々《とうとう》と語る金星の横顔から、陸は目が離せずにいる。

「なに見てんの。月に発電所作るってなった時に備えてるだけ。私はあなたと違って、行き当たりばったりで生きてないの。しっかり計画を練って動くタイプだから」

金星は鼻を鳴らすと、運転席に向かって声を張り上げた。

「曜子《ようこ》さん、あとどれくらいで着くの！」

「交通状況次第！　とはいえ、できるだけ飛ばすよ。この先、油槽所もあれば、京浜運河挟んで水素ステーションと変電所があるからね。なにかに巻き込まれたらたまったもんじゃ——」

曜子の声を遮《さえぎ》るように、再び爆発音が鳴った。前を走る車が慌てふためき、進路を急に変える。曜子は咄嗟《とっさ》にハンドルを切った。タイヤから甲高いスキール音が鳴り、車体がくるりと半回転。そのまま車道の真ん中で停止した。

「あ……っぶねえ！」

荷台の上を転がりながら、陸は首を伸ばした。周囲では玉突き事故が多く発生している。寸でのところで衝突は回避できたようだが、車体を前に向ける空間すらない。

しかし曜子は後進体勢のままアクセルをべた踏みした。このまま混乱に呑《の》まれることを嫌ったのだろう。バックで渋滞の間隙を抜けていく。

「ちょっ、なにこれ！　マイケル・ベイの映画じゃないんだから！」

「なに呑気《のんき》なこと言ってんだ！　曜子さん、止まっ――」

三度《みたび》爆音が襲う。先と同じく、慌てた車が進路を塞《ふさ》いだ。曜子が再びハンドルを素早く切る。

車体は前を向き直り、一気に加速する。

陸は後方を見た。躱《かわ》しきれなかった車たちが、再び玉突き事故を起こしていた。

「おいおい、こりゃ洒落《しゃれ》にならねえぞ！　曜子さん、止まってくれ！　救助に――！」

「待って！　あなたが行ってどうするの!?　水姉を見殺しにする気!?」

「でもよ――っ」

「他人を気遣っている暇はないでしょ！」

「他人を気遣うのに暇もくそもあるか！」

陸は金星を睨《にら》みつけた。

「戻ってくれ！　曜子《ようこ》さん！　救助に向かう！」

「戻らないで、曜子さん！　このまま行って！」

「無茶言わないで！　前と後ろには同時に進めないって知らないの!?　引き返すのか引き返さないのか、はっきりして！」

焦《じ》れたような曜子の声を聞き、陸《りく》は金星に向き直る。

「俺だけでも戻る、と言いたいところだが、怪我人を運ぶには車がいる。車ごと引き返す。この荷台に乗せて近くの病院まで運ぶんだ」

「あんた、それ本気で言ってんの？」

「本気だ。玉突き事故だけじゃない。火災だって起きてる。このまま見捨てて進めるかよ。戻った時、浅野《あさの》に顔向けできねえだろ」

「顔向けする前に水姉が死んじゃったらどうするの!?」

問われ、陸は息を呑《の》んだ。

「答えなさいよ！　どうするのよ！」

「……どっちも救う。救ってみせる。俺なら、できる」

「俺なら、俺なら、俺なら。あんた、本当に自分のことばっかり。他人を気遣うだの、顔向けできないのだの言っておきながら、結局全部あんたの都合じゃない！」

「都合じゃない、能力の問題だ！　俺なら全員を助けられるから、今ここで引き返すべきだって言ってんだ！」

「自分ひとり満足に守れなかったくせに、偉そうに言わないで！」

陸はついに口を噤《つぐ》んだ。そんなことはないと思った。けれど言葉が出てこないということは、少なからず思い当たる節があるのだ。

「そうやって全部を手に入れようとするから、結局なにもかも失うんでしょ？　パイロットまでクビになったくせに。くだらない英雄願望にうちの姉を巻き込むつもりなら、いますぐこの荷台から降りて！」

——俺には、思い描いた自分になれる資質がある。

そう思って生きてきたことは、たしかだ。どんな無茶だってできると信じているから、今もこうして、すべてを手に入れるのだと息巻いている。選択しなければいけない時は必ず来るのに。その事実に目を瞑《つぶ》って、すべてに手を伸ばし続けている。

「ふたりとも、どっちにするか決まったの⁉」

運転席から飛んできた声に、陸は言葉を返せずにいる。

「曜子さん！」代わりに、金星が叫んだ。「お願い、行って！」

「……了解っ」

車は天王洲《てんのうず》通りを南に駆け下った。右手に品川シーサイド駅が見えてくる。駅を覆《おお》うように建てられた巨大複合商業施設。そこに駆け込んでいく人たちの姿が視界の端を流れていく。海に背を向けるように車は内陸へ舵を切った。ハザードランプの赤い光がぼんやりと闇に浮かび上がる。前方の第一京浜は遠目からでもわかるくらい、すし詰めだった。

車はゆっくりと左折した。曜子《ようこ》は第一京浜への合流を選ばず、鮫洲《さめず》商店街を進むことを選んだらしい。車道は車一台半ほどの広さしかない。両脇には電線の切れた電柱が立ち並んでいる。車は最徐行で商店街を下っていた。

「もうっ、なにをちんたら走ってるの、曜子さんは」

「しかたないだろ。道が狭いんだ。というか、不用意に立ち上がるなよ」

「一言言ってくる」

「だから、立つなって！」

陸《りく》の制止もむなしく、金星は荷台の上で立ち上がった。そのままのそりと前に歩いて行く。

陸はため息を吐いてから、目を見開いた。前方にちぎれた電線が垂れさがっている。通りには横風が吹いていた。

「危ねぇ！」

咄嗟《とっさ》に金星の頭を摑《つか》み、押し下げた。金星が「きゃっ」と声を上げる。

揺れた電線が陸の手の甲を掠《かす》めた。

「ちょっ、なにすんの！」

「電線。見えなかったのか」

陸は後方を指さした。過ぎ去った電線がまだ揺れていた。

「……別に、見えなかったわけじゃない。というか、手、どけて」

「ああ、どけるさ。こっちだって好きでおまえの頭を摑んだわけじゃない。おまえが怪我をしたら、浅野《あさの》が傷つくだろうからやったまでだ」

金星はふんっと鼻を鳴らすと、再び荷台に腰を下ろした。

背を向けられた陸は、思わず低い声を発していた。

「おい、仮にも助けてやったんだ。短くていい。五文字の言葉でいいさ。なにか俺に言うことがあるんじゃねえのか」

「五文字の言葉って……それ、アルマゲドンの真似事？　若い子には通じないから、気をつけた方がいいわよ」

「通じてんじゃねえか。だったらなぁ――」

言い終える前に、車がしたたかに急停車した。甲高いスキール音が通りに響く。陸と金星は荷台の上にごろりと倒れ込んだ。どうやら、曜子が急ブレーキを踏んだらしい。「ごめん。カラスが……」と、運転席から弱った声がした。

陸と金星は、同時に「カラス？」と眉をひそめた。身を起こし、前方に目を凝らしてみれば、たしかに一羽のカラスが道路の中央で倒れ伏していた。周囲には数羽カラスもいる。仲間を気遣っているのか、近付いてくる軽トラックに嘴《くちばし》を向けて威嚇の姿勢を崩さずにいる。

「なんでカラスがこんなところで倒れてんだ……？」

陸《りく》は首を傾《かし》げた。

身を乗り出していた曜子《ようこ》が、荷台に振り向く。

「考えてもしかたないよ。もうすぐそこだし、こっからは河川敷を歩いていこうか」

荷台に向けて言い放った曜子はじわりとアクセルを踏み直し、少し進んでから「お邪魔しますよー」と区民集会所の脇に車を停めた。

「ほら、あんたらも降りた降りた」

促《うなが》され、陸と金星は荷台から飛び降りる。金星が凝った身体をほぐすのを尻目に、陸は礼を言おうと運転席に近づいていく。助手席に置いてあるものを見て、意図せず、脚が止まった。

「あの、曜子さん、それ……」

陸の掠《かす》れた声に、曜子はなんてことないように、「ああ、これね」と髪を掻《か》き上げる。

「今日、娘の誕生日なんだ」

言いつつ、はにかむ。助手席に置かれたパティスリーの袋は、ここまでの行程の影響だろう、くしゃくしゃと皺《しわ》が寄っていた。

「もう五歳になる。早いね、子どもの成長は」

曰く、いたずらとかけっこが大好きな元気な子らしい。「誰に似たのか」と肩を竦《すく》める曜子の横顔は、陸には心底嬉しそうに見えた。

「いつもお姉さんぶるくせに、まだひとりじゃ眠れなくてさ。ほんと、世話焼けるよ」

「……いいんすか。そんな大切な日に俺たちを手伝ってて」

「そりゃ娘が一番大切だよ。でも、今頃旦那が迎えに行ってるはずだし、困ってる人を見捨てたりなんかしたら、それこそあとで娘に怒られちゃう」

力強い笑みだった。

陸は頭を下げ、短い感謝を伝えることしかできなかった。

「だから、別にいいって。ほら、金星ちゃんも突っ立ってないで、早く行くよ」

曜子が振り返り、呼びかける。

だが、金星は黙って俯《うつむ》いたままだ。

「金星ちゃん？」

「……なにそれ。おかしい」

金星が顔を上げる。「おかしいよ」眉間《みけん》には皺が寄っていた。

「ねえ、曜子さん。すぐに家に帰って。自分の子どもを放っておかれてまで、私、助けられたくなんかなかった」

「おい、金星！」

「だって、どう考えたって赤の他人の私たちより、優先すべきものでしょ!?　大切なものでしょ!?　私、最初に娘さんの話を聞いてたら、頼んでなかった！　暇そうに見えたから、だったら水姉のために動いてもらおうって話しかけただけ！　意味わかんないでしょ。なんで、見ず知らずの私たちのために――……」

「じゃあ、見捨てた方がよかった？」

曜子《ようこ》の問いに、金星は目を丸くした。

「金星ちゃん。人生ってさ、思い通りにいかないことの方が多いんだよ。で、だいたいそれって突然来るし、ひとりじゃどうしようもないことばかりで……だからさ、助け合うことに慣れておかないと、いざ自分の大切なものを守るって時、ひとりで全部背負い込むことになっちゃうでしょ。私、それはよくないと思うんだ」

「……なに、それ。意味わかんない」

「ありゃ、答えになってないかな。ごめんね、国語は下手でさ」

曜子はこめかみを軽く掻《か》いた。

「それより急いでるんでしょ？　釣り船屋、すぐそこだから」

歩き出した曜子に倣《なら》い、陸《りく》も動き出す。隣の小さな影だけが動かない。

金星はただ茫然《ぼうぜん》と、先を行く曜子の背を見つめている。

「おい、行くぞ」

陸の呼びかけに、金星はようやく顎《あご》を引き、歩きはじめた。

三人は区民集会所の脇を抜け、河川敷を目指した。路地は樹木に囲まれている。青葉の匂い。

蝉の声。肌を撫《な》でる風。渇いた舌に沁みる汗の味。暗い夜のなかでも、夏は五感に染み入ってくる。ただ景色だけが入ってこない。陸の目の奥には、ケーキ屋の可愛らしいロゴと、『HAPPY BIRTHDAY』と刻まれた小さなシールが、いつまでも残り続けた。

○

河川敷には青い葉を広げた木々がずらりと立ち並んでいる。春は桜の名所なのだと曜子が言った。対岸には物流会社の大きな建屋と、車の詰まった首都高速1号線が見える。その間にゆらゆらと波打つ暗い河川は、東京湾へと通じる勝島《かつしま》運河だ。

「なにが起こってるんだろうね」

暗く沈んだ川面を横目に、曜子がそっと息を吐く。

「電車も止まって、電気も消えて、発電所が火を噴《ふ》いて。車も急に動かなくなったやつがあるみたいだし。それに空には、ほら、あんな真っ赤なオーロラが出てさ。まるで世界の終わりみたい」

「たしかに終末感強いっすけど、これはただのばかでかい太陽嵐ですよ。太陽が放ったプラズマが地表に降り注いで、電力システムを破壊したんです。この停電は、その影響。オーロラは磁気のせいで、赤いのも低緯度だからそうなっただけで、決して世界の終わりじゃないっす。

いずれ復旧可能な、自然災害のひとつです」

「へえ。復旧可能、ね」

「聞いてきたわりに、なんか興味なさそうっすね」

「興味ないというか、わかんないだけだよ、難しいことは」

曜子《ようこ》は首を回してから、ぐっと伸びをした。

「さっきのカラスはさ」

川縁に佇《たたず》む海鳥を視線で追いながら、今度は口を尖《とが》らせる。

「窓ガラスにぶつかって落ちたのかな。暗いし」

「どうっすかね。鳥は夜目が利くはずなんで」

「なんかさー、映画みたいよね。こう、鳥が落ちてきて、大変なことが起きて……なんだっけあれ。昔、午後のロードショーで見たんだよね。『ザ』なんちゃらみたいな」

「あー、そんな映画もありましたね。たしか――」

陸《りく》が記憶の引き出しを漁《あさ》っていると、数歩先を歩いていた金星が、

「『ザ・コア』でしょ」

と、振り返った。「あの映画で落ちてくるのはハトだけど」

「そう、それ！　金星ちゃん、よくわかったわね」

「うん。昔から学校終わったらすぐ家に帰って映画ばっか見てたから――まあ、今もだけど。

特にSFは好きなジャンルだし」

「へえ――お姉さんと？」

「ううん。ひとりで。水姉、私が小学校上がった時にはもう大学生で家にはあんまりいなかったし。それにあの人、映画見ると絶対泣くから鬱陶《うっとう》しくて」

「そっか」

微笑んだ曜子に、金星は眉間《みけん》に小さな皺《しわ》を寄せた。ぷいっと前を向き直り、再びひとりで先を行く。金星は背丈に反して歩幅が大きい。陸と曜子が遅れていることに気づいているのか、いないのか。気にせず自分のペースで歩いていく。

陸はその背に人知れずため息を吐いてから、曜子に訊ねた。

「ところで、船長さんはどんな人なんすか？　難しい人とか言ってましたけど……」

「そうねぇ。ほんと昔かたぎな漁師というか……私のお父さんが前に同じ船に乗っててね。私も小さい頃から面識あるんだけど――あー、いたいた。あそこ」

曜子の指先に陸は目を凝らした。河口付近に船溜まりが見える。木製の桟橋を鉄パイプで補強した浮島のような形状で、トタン板が周囲を覆《おお》っている。入り口には『大林丸』と記された赤い横断幕が吊るされており、いくつか船影もうかがえた。

「たーかさーん！」

曜子が声を張り上げた。船溜まりの一艘《そう》が、わずかに輝きを放っている。どうやら懐中電灯を片手に作業をしている人物がいるらしい。エンジンの掛かる低い音もする。

「あちゃー気づいてないね、こりゃ」

「耳が遠いんでしょ——あのぉ！　ちょっといいですかぁー！」

声を上げながら、金星が駆け出した。陸《りく》と曜子《ようこ》は慌ててその背を追っていく。船溜まりは足場が悪い。落ちでもしたら大変だ。そんなふたりの心配をよそに、金星は狭い足場をひょいひょいと跳ねて進んだ。

「ちょっといいですか！」

金星が近くで呼んだ。大林丸の船長はようやく陸たちの存在に気がついたらしい。緩慢な動きで立ち上がると、目を細め、三人を順に一瞥《いちべつ》した。曜子の姿を認めると「なんだ、岩田《いわた》のとこの」とわずかに目を見張る。

「久しぶり、たかさん。元気してた？」

曜子は気さくに手を挙げ、一歩歩み寄った。

「なにしに来た。こんな夜更けに」

「いや、ちょっとお願いあってさ。船、出せないかな。実は——」

「出せん。どこへ行きたいのかしらんが、今はおとなしくしておけ」

即座に拒否してから、大林丸の船長は言葉を継いだ。「夜の海は危険だ。特に今日は街の明かりもない」乾燥した唇からぶつぶつと理由を落とし、三人へ背を向ける。

「いやだから、まずは話を聞いて――」

「ダメだ。どうせ後ろのふたりを乗せてくれとか言うんだろ。どんな関係か知らないが、俺は乗せん。なにかあったらどうする気だ」

「でも……っ」

「でももだってもない。安全が確保できてないのに出せるか。この船の船長は俺だ。出航を決める権利も、乗組員の命を守る義務もある」

船長の言うとおりだ。陸は胸中で同意せざるを得なかった。この状況下では二次災害は十分に起こり得る。それに金星が巻き込まれでもしたら、水星に会わせる顔がない。船長は船の危険を知っているからこそ出せない。戦闘機乗りだった陸には、その考えが痛いほどわかる。こちらには、出してもらわねばならない事情こそあるが……

「あっそ。じゃあ、もういい」

隣で金星が拗《す》ねた声を出した。「別の船探すから」

「おいおい、待てよ。せっかく来たんだ理由くらい聞こうぜ。話し合えばわかってくれるかもしれないだろ？」

「それって時間の無駄。すぐに別の可能性にあたった方が合理的だと思うけど」

「おまえなぁ……」

「ちょっと、金星ちゃんそんなこと言わないで――たかさんも、話だけでも聞いてよ」

「聞かん。俺はもう乗せないと言ったはずだ」

交渉の余地はないように思えた。陸《りく》も別の方法を考えるべきだと直感していた。ここでいたずらに時間を浪費してもしかたがない。

だが、曜子《ようこ》だけは諦めていなかった。去ろうとする船長の行く手を遮《さえぎ》り、説得を続けている。

「お願い、たかさん。話を聞いてあげて」まるで自分事のように、必死で声を張っている。「このふたり本当に困ってる。人の命がかかってるの。せめて、ちゃんと話を聞いてから判断してよ」

真剣な面持ちの曜子を前に、金星が小さく呟《つぶや》いた。

「なんであの人、私たちのために、あんなに必死に」

陸はその横顔に、金星の真意を見た気がした。眉根をひそめているのは、決して不快感からではないだろう。家族以外を撥《は》ねつけ、孤高に生きてきた金星はただ知らないだけなのだ。曜子のような生き方を。他人から無条件で優しくされることを。

陸だって、本当に理解しているとは言い切れない。

「おい、そこの」

低い声に陸は顔を上げた。「……横須賀に行けば、そいつの姉は助かるのか」

こちらを見つめる船長に、陸はここぞとばかりに事情を語った。

友人が産気づいていること。大量出血の可能性があること。そのために血液製剤が必要なこと。横須賀にならば備蓄があること。元自衛官である自らの立場など。必死に糸を手繰り寄せようと、陸は言葉を並べ立てる。

「だから俺たちは、どうしても横須賀まで行かないといけないんだ。こいつの姉ちゃんと、甥《おい》っ子の命がかかっているから。お願いします。乗せてください」

陸が頭を下げる。曜子も続いた。「ねえ、たかさん、私からもお願い」

船長は頭を掻《か》くと、大きく息を吐いた。

「……なら、ここがやはり、潮時なのかもしれないな」

「たかさん、それ……どういう意味？」

「動かないんだ。船が。無線も計器も、全部言うことを聞かなくなっちまった。どうも辞め時だと思ってたからな、これもなにかのお告げかもしれん。船しか取り柄がない俺が、ここで役に立てないとあっちゃ、もう引退だ」

まさかの事態に陸は唇を嚙《か》んだ。海にも太陽嵐の被害が及んでいたのだ。

たしかに海水は導電体だ。それも地下深くのマントルの擦《こす》れによる電流から磁場を形成するような良導体。太陽フレアに起因する地磁気誘導電流が、海上に浮かぶ船を焼き尽くすこともあるのだろうか――いや、あったのだ。

目論見の甘さに打ちのめされる。衛星通信が途絶しているから測位システムが使えずに不便だ、程度の認識では足りなかったのだ。

「乗せてやれなくて悪いな。せめてエンジンが動けば考えるが……熱ばかりもって一向に動く気配がない。他を当たってくれ」

船長は言いながら、懐中電灯片手に船体を撫《な》でる。陸《りく》はそこで、にわかに目を見開いた。ため息交じりの発言の中に、ひとつの光明を見た気がした。

「……待ってくれ。エンジンが動きゃ出てくれるのか？」

「ああ。そうだ」

「無線や測位システムが使えなくても、横須賀までの航行はできるのか？」

「できる。長いこと沖合でサンマを獲ってた。日没に出て、夜明けまでな。腕には覚えがある」

「……なるほど。そうか」

陸は口元に手を当てた。――なら、行けるかもしれない。

計器や無線の故障は十中八九、太陽嵐のせいだ。しかしエンジンの故障は他要因の可能性がある。船長はエンジンが熱を持つと言っていた。加えて、船溜まりに近付いた時、駆動音も聞こえた。だとすれば、原因はおそらくオーバーヒートだ。電気系統の故障でなければ、陸にも直せるかもしれない。

「俺に見せてくれ」

陸は船へ歩み寄った。「金星も来い。タブレットで手元を照らしてほしい」

呼びかけるも、金星は微動だにしない。

「金星っ！　俺たちは急いでるんじゃなかったのか!?」

「……わ、わかってる！　すぐいく」

金星を引きつれ、陸は船へ飛び乗った。「待て、素人《しろうと》が触るな」と、背中にかかった船長の声には「安心してくれ」と親指を立てて応えてみせた。

「見た感じ船内外機だろ。大丈夫。似たような型のやつを何度もいじった経験がある」

「おまえさん……さっき元自衛官と言ったが、海自か」

「いや、俺は空自だ。じいちゃんが漁師でよ。小さい時にいろいろ教わったんだ」

船尾に移動し、陸はエンジンとドライブユニットを確認していく。

「実質親みたいなもんでさ。俺がパイロットになった時も、孫が空の船乗りになったって喜んでてよ。空の船乗りってなんだよとか思ったけど、たしかに空港も港だもんな」

雑談を交えながら、陸はエンジンの症状をチェックした。冷却用の海水取入バルブは開いている。海水フィルター、オイルクーラー、熱交換器、どれも問題なさそうだ。

ということは――。

「船長、防水のライトあるか」

言いながら、陸は服を脱ぎ捨てた。

「ちょっと、何脱いでんのっ」金星が目を覆《おお》い、金切り声を上げる。

「潜るんだよ。たぶん冷却用の海水吸入口に異物が詰まってる。それを取り除く」

船長からライトを受け取ると、陸《りく》は黒い海へ飛び込んだ。

——なんだ、こりゃ。

水中にいながら目を見開いた。船底の海水吸入口には名も知らぬ小魚が詰まっている。暗くて気づかなかったが、海面にも気絶した魚がいくらか浮かんでいた。

改めて、今回の太陽嵐の規模に眩暈《めまい》がした。魚は磁場を頼りに広い海を泳いでいる。大規模な地磁気の変動が彼らの体の中のコンパスを狂わせたのかもしれない。迷信とされているが、地震の前に生じるマントルの摩擦で地磁気が乱れ、魚や水棲《すいせい》哺《ほ》乳《にゅう》類《るい》が砂浜に打ち上げられるという話もあるほどだ。

先ほど地面に倒れ伏していたカラスも、地磁気に体内の羅針盤を狂わされたから、どこかにぶつかり、地面に落下したのかもしれない。陸、海、空。すべてが太陽の放ったプラズマに焼き尽くされてしまった。

——ちくしょう。なんつー嵐だよこれは。

自然の脅威に慄《おのの》きつつも、陸は吸入口に詰まった小魚を丁寧《ていねい》にほじくり出した。

幸いにも、異常はその詰まりだけのようだった。

作業を終え、海面にぱっと浮かびあがる。

「どうだった?」

金星の問いに、陸は顔の水気を払ってから口を開いた。

「小魚が詰まってた。全部取り除いたから多分もう大丈夫だ」

親指を高く突き上げ、ミッション完了を伝える。金星がほっと胸を撫《な》で下ろす。その後ろでは、「よかったね、たかさん」と曜子《ようこ》が船長の背を叩いていた。

「まだ動くと決まっとらん」

船長は一言だけ零《こぼ》すと、仏頂面のまま陸を引き上げた。

船室からタオルを取って渡し、操舵室にひとり歩き去る。

陸がその背に頑固な祖父の面影を重ねていると、突然、ぶううん、と唸《うな》るような音が川面に響き渡った。金星と曜子が思わず歓声をあげる。陸も静かに拳《こぶし》を握った。

船室から、船長が戻ってくる。

「星板《ほしいた》さんと言ったか」

ぶっきらぼうな調子で船長は呟《つぶや》いた。「身体を拭き終えたら、すぐに出るぞ」

◯

「じゃあ、私はそろそろ戻るよ」

水面に浮かぶ船から曜子がひとり、桟橋へ跳ねた。

気づいた陸は、おもむろに頭を下げる。

「曜子《ようこ》さん、助かりました。俺たちだけじゃ、絶対にここまで来ることはできなかった。本当にありがとうございます」

「いいっていいって。その代わり、ちゃんと横須賀までたどり着きなよ」

「はい。もちろんです」

陸《りく》の返答に、曜子は満足そうに頷《うなず》いた。

それから陸の後方に向けて「金星ちゃんも」と呼びかける。

「ちゃんとお姉ちゃんと甥《おい》っ子助けなさいよ」

「うん。言われなくてもわかってる」

ふらふらと揺れる船の上、金星がこくりと頷く。

「曜子さん、その……」金星は続けて言った。

「なに?」

「その……ごめんなさい。巻き込んじゃって……」

「もう、何言ってんのよ。こういう時は、ありがとうでいいのよ」

曜子は腕を組み、呵々《かか》と笑った。

「いや、ごめんね、金星ちゃん。お説教はおばさんの専売特許だからさ――でも、うん。きっとこれっきりだから、もう少しだけ、耳を貸して」

顔を俯《うつむ》けたままの金星に、そのまま語りかける。

「ありがとうとか、お願いしますとかさ、人に向けた言葉ってたくさんある。どれを言うのも気恥ずかしいし、なにを選べばいいのか、わからない時もある。でもね、その言葉を言えないことが、いつかあなた自身や、あなたの大切な人、大切な人の大切な人を傷つけるかもしれない。だから、今日からでいい。少しずつでいい。言う練習をしていきましょう」

「練習って……」金星が口を尖《とが》らせる。

「短い付き合いだけどさ、私にはわかるんだ。金星ちゃんはすごく賢くて、家族思いの優しい子。だからすぐに誰よりも人に頼るのが上手で、誰からも頼られる素敵な人になるって。これは百パーセント、そう」

「……会ったばかりなのに、それは無責任すぎだと思う」

「そう？　私、こう見えて、人を見る目だけはあるんだ。だから、この曜子さんが保証したげる。金星ちゃんは、きっと――ううん、絶対、素敵な人になる」

曜子が胸を叩く。金星はなおも俯いたまま「ねえ、曜子さんは」と呟《つぶや》いた。

「曜子さんは、なんで私たちを助けてくれたの？」

「なにぃ、急に。やっぱ助けない方がよかった？」

「そういうわけじゃないけど……」

口を下に向けたまま、金星は口ごもってしまう。曜子はその様子に「ごめんね。いじわる言っちゃって」と小さく笑った。

「さっきも言ったけどさ、人生って思い通りにいかないことのほうが多いんだよね。でも、それって避けられないことだし、文句言ってもしかたのないことなの。だからね、えーっと……」

あー、つまりさ。

曜子《ようこ》はこめかみを掻《か》き、少し身じろぎした。

「目に入る人みんなを助けたいって気持ちも、とにかく大切な人を助けたいって気持ちも、どっちが悪いって訳じゃない。けどさ、特に今日みたいな大変なことが起こった日は、どっちにしたって、ひとりじゃどうにもならないことだらけでしょ。そんな日くらいは、誰かを信じて、頼ったり、頼られたりしたっていいんじゃないのかな」

はにかむ曜子に、金星も、隣に立つ陸《りく》も、なにも言えずにいる。

「さて、お説教はここまで。ほら行っといで。お姉ちゃんが待ってるんでしょ？」

曜子は言い終えると、手で追い払う仕草をした。金星は動かない。むしろ船の縁から身を乗り出すようにして、「ねえ、曜子さん」と再び呼びかけた。

「信じてくれるかわからないけど、言っておきたいことがあるの。これは、嘘《うそ》でも、冗談でもない。この街に、東京に、星が落ちてくる」

金星の言葉に曜子は目を丸くした。当然のことだった。

「本当なの。あのオーロラの隙間から、大きな人工衛星が降ってくる。だから避難して。家族と一緒に。できれば遠く、どこか安全なところに。それで、なるべく多くの人にも伝えてほしい。東京は危険だって」

「逃げるったって、どこに？　その、だって……星が落ちるんでしょう？」

「それは……」

「地下鉄や地下商業施設を目指してください」横から陸が言った。「都内の地下施設の多くは、弾道ミサイルが直撃でもしない限り、耐えられる強度があります。備蓄も多くあるはずです。この状況じゃ、Ｊアラートにも期待できない。家に帰ったら、家族を連れて、できるだけ迅速に地下を目指してください」

力強く、陸は言い切った。現状行い得る最善の策だ。これで少しでも被害が減らせるかもしれない。なにより、少しでも後押ししてやりたい気持ちがあった。金星が他人の安全を気に掛けるなんて、今までの態度からはにわかに信じがたいことだ。

「……うん。わかった。信じるよ」

ややあって、曜子が頷《うなず》く。

金星がほっと胸を撫《な》で下ろす様子を、陸は隣で見つめていた。

○

勝島《かつしま》運河から京浜運河へ流れ、遊漁船大林丸は東京湾へ向かう。運河を南進する船の上からは、大田区平和島の街並みが窺《うかが》える。街を北から南へ貫く首都高羽田線には、物流倉庫が多い地域のためか、大型トラックがすし詰め状態で放置されていた。

さらに南を見ると、羽田国際空港が火災の光に照らされて浮かび上がる。

東京は壊滅の危機に瀕している。そう思わせるに十分な光景だった。

もしここに、本当に衛星が落ちて来ようものなら……。

突如頭をよぎった予感に、陸《りく》は身震いした。

「ねえ、曜子《ようこ》さんはさ、ちゃんと帰れるのかな」

不安がよぎると同時に、金星の声がした。「この状況で、ちゃんと……」

「え、ああ……そうだな。帰れるさ。なんせ、大切な家族が家で待ってるんだ。ちゃんとケーキを持って帰るに決まってる——確率で言えば、俺たちが血液製剤を持って帰るのと同じ。つまり百パーセントだ」

「……うん。そうね」

金星にしてはめずらしい、穏やかな相槌《あいづち》を打ったかと思うと、彼女はそのまくるりと身体を翻《ひるがえ》し、操舵室へ向かった。陸も後に続くことにした。今の街の景色を眺め続けるのはつらかった。

「ねえ、船長」金星が呼びかける。「その……ちょっといい？」

「どうした？」

「私思うんだけど、エンジンも動いたことだし、照明くらいはつけてもいいんじゃない？　ほら、前も見えづらくて危ないし……」

「海保の目に映る」

船長は前方を睨《にら》みながら言った。「海保に摑《つか》まったら、横須賀に行くどころじゃなくなる。覚悟があることと無謀であることは違う。俺は船長として、おまえらを送り届けると決めた。だから照明はつけない」

「……でも、明かりもＧＰＳも使えないのにちゃんと着くの？　それに、船長だって暗いなかでの操船は大変じゃない？」

「昔はこんなものなくても人は海に出てた。風と匂い、潮の流れ、星の位置、それでなんとかなる。機械で自然を理解した気になるのもいいが、こうして限界がくることもある。身ひとつで生きる術は、いつになっても失っちゃならない」

船長の言葉には、陸も感じ入るものがあった。かつて天才パイロットともてはやされた自分も、高度な技術に支えられて空を飛んでいたにすぎない。航空無線とＧＰＳ、計器の大半が使えないとあれば、満足に飛行することすらままならない。

翼を失い、身ひとつになった自分は、今、この世界でなにができるだろう。

「タイムマシンがあれば、この危険性を伝えて回るのにな」

船室の壁にもたれたまま陸は呟《つぶや》いた。

「ないものを期待してもしかたないでしょ」

つんと尖《とが》った声が返ってくる。「それに、言ったところで、ほとんどの人は信じてくれないわよ」振り向いた金星の顔は渋い。その言葉には実感が伴っていた。

「だな」陸《りく》もそれだけ返し、港湾火災に照らされた東京湾を再び望んだ。

アクアラインが頭上を流れていた。火災の光に不気味に照らされている。右手には京浜工業地帯の中心地である川崎臨海部が見えた。石油コンビナート、製鉄所、エネルギー関連施設、物流拠点など、現代生活に密接にかかわる施設が立ち並んでいる。

幸いなことに、川崎のエネルギー関連施設は緊急停止装置が正しく作動したようで、爆発もせず、ただ沈黙するにとどまっていた。それでも他の施設の高圧設備が燃えた痕跡は窺《うかが》える。鉄塔から延びる高圧電線が切れ、細長い影が宙ぶらりんになっている。

その下を絶縁保護の施された消防車両が忙しく駆け回っている。甲高いサイレンの音が耳に痛い。「すごい光景」金星が小さく呟《つぶや》いた。

「ああ、地獄だ」陸も静かに目を細めた。

行政機能は麻痺。防災無線も機能していない。行動指針がない中で、帰宅困難者たちは心細い思いをしていることだろう。連絡をとろうにも電話すら繋《つな》がらない状況だ。文明から遮断された世界のなかで、自宅へと戻らなければならない。

「ここに来るまでにも思ったが、本当に公衆電話は見なくなったな。スマホが死んだらそこで終わりだ」

渋谷から広尾に向かう間でも、女子校の横に備え付けられた公衆電話をひとつ見ただけだ。老朽化や維持費用の理屈もわかるが、陸はどうにも歯噛《が》みしてしまう。

「災害大国としての自覚がないのよ」

含みのある言い方で金星は続けた。「でもラッキーだった。これがあと十年先で、通信技術にもっと頼りきりな社会だったら被害は今よりも大きかったと思う」

直截な皮肉だが、陸にもその言い分はわかる。もしこの太陽嵐も外れていて、さらに危機感の薄れた高度情報化社会に宇宙からプラズマが降り注いだらと考えると、身の毛もよだつ。

「つうか、なんで全部の回線が死んだままなんだ。光ファイバーは速度だけじゃなく丈夫さも売りだって聞いたことがあるってのに」

「これは太陽フレアについて調べている時に孔明《こうめい》さんに聞いたんだけど。たしかに、光ファイバーケーブルは太陽嵐による地磁気の変動を受けにくいらしい――けど、それは局所的な話で、大陸間のデータ通信を行うための海底ケーブルには光信号増幅用の中継器が設置されて、この中継器だけは地磁気の影響を受けやすいの」

「あー……つまり？」

「つまり、太陽嵐によって中継器が故障したから、広い地域のインターネット接続に影響が出てるってこと。スマホの基地局はバッテリーで一日程度は動くはずだけど、そもそもの基幹通信網が光ファイバーだからね。ネットの回復は正直、いつになるか見当もつかないんじゃない?」

「まじかよ……」

「それに高緯度の地域の方が低緯度の地域よりも大規模なデータセンターが集中しているから。アメリカとかイギリスとか特にね。いろんなオンラインサービスが壊滅的な被害を受けてるはず。今までネット上でこなせていた物事の多くが、また紙面でのやりとりに戻るかもしれない。そして復旧には天文学的な資金と、時間を要する。まさにインターネットアポカリプス。ネットの終焉《しゅうえん》ね」

実際、ウィルスによるパンデミックは世界的な危機に対する人類の準備不足を露呈させた。インターネットについても同じことが言えるだろう。人類は太陽嵐によるインターネットの遮断に対して備えられていないのが現状だ。そしてそれは先進国であればあるほど、電気やネットに依存していればしているほど、傷が深くなる。

「ようやく、スターコネクトも本格的に運用が始まったのに。米国のやり手実業家さまも今頃大慌てでね」

「スターコネクトって——ああ、あれか、数珠つなぎで飛んでる民間の通信衛星か。地球上のほぼ全域で衛星インターネットアクセスを可能にするっていうやつだろ?」

「そうそう。問題だらけなのにたっくさん打ち上げちゃってさ。電波ノイズもひどいし、太陽光を反射するしで、天文学者はもう怒り心頭よ。宇宙を自分ひとりの遊び場だと勘違いしたお金持ちほど、厄介なものはないってね」

「ひでえ言いようだな」

「そりゃ言うわよ。短期間で四〇〇〇基も一気に打ち上げたもんだから、デブリ《宇宙ゴミ》との衝突の危険性も高いしね。いつか大問題起こすわよ、あれ」

「でもよ、スターコネクトはちゃんと燃え尽きるように設計されてるって聞いたぜ？　むしろ軌道上でデブリ《宇宙ゴミ》化しないように、早期の軌道離脱と、大気圏への再突入は運用の根幹にあるって。実際に試験運用段階では何十基とわざと落としてたし」

「実業家が自分のビジネスの不利益になること言うと思う？」

「……思わない」

「まあでも、メンター7と違って、スターコネクト衛星は小さくて軽いし、隕石《いんせき》ほど高密度でもないから、大気圏でちゃんと燃え尽きるってのは事実みたいだけどね。それに、日本のみどりⅡ《環境観測技術衛星》が事故って軌道上に残った時は結構国際的に叩かれたから、そういうヘイトが向かないようには考えてるでしょ。あの実業家さんも。――それより問題はメンター7よ。なんであの国はずっとだんまり決め込んでるのかしら」

　金星は重い息を吐いた。「やっぱり、なにか良くないことが起きている気がする」

「そりゃ起きてるだろ。見ろ、街がこんなんになってる」

「そうじゃなくて。なんか変な感じするの。つまりね、メンター7の落下の裏には、なにかあるんじゃないかって話。太陽嵐じゃない、なにかが」

「なにかってなんだよ」

「たとえばだけど、他の国のテロ行為とか」

「あんまりそういう妄言を吐くもんじゃねえぜ」

「妄言じゃない。思い当たる節《ふし》があるの。数年前ね、ある国と米国がグローバル通信の覇権争いをしていたの。どっちの国が、世界中で使われる通信システムを組み上げるかっていう。で、勝ったのは米国のスターコネクトだった。ある国の方は、メンツも思惑も丸つぶれ。まあ、いくら軽くて安くて安全でも、係留気球基地でグローバル通信を担うってのは、さすがに無理があったんだけど」

係留気球基地。それは高高度に飛ばした気球を中継局にすることで、広範囲で通信が行えるようにするものだ。便利なことには違いないが、金星の言うように、気球のみでグローバル通信を担うのは無理がある。なにかの隠れ蓑と観るのが妥当だろう。

陸《りく》の脳裏に、かつて撃ち落とした不審な気球の影がよぎった。

「俺が思うに、その国はどうせ、自国のスパイ気球を混ぜて飛ばしたいから、係留気球がメジャーになって欲しかっただけだ——で、金星は一体何が言いてえんだ」

「つまり、私が言いたいのは、もし米国の衛星が危ないって評判が広がれば、スターコネクトだって疑問視され始めるでしょ？　元より安全性の面でネガティブな意見が多いんだし。で、スターコネクトの信用が失墜すれば、その国はまた、係留気球基地を普及させられるチャンスを得る」

「そうすれば、俺の言うようにスパイ気球もまた上げ放題になるってわけか？」

「そう。だからメンター7の落下は、米国の人工衛星の世界的信用を失墜させたい国による、意図的なものなんじゃないかってこと」

「考えすぎだ。この停電状態で、どうやってメンター7を意図的に落とすんだ」

「だから、停電する前にハッキングとかして……」

「あのな。軍事衛星がハッキングできるなら、スパイ気球なんか上げる必要ねえの。そんな凄腕ハッカーがいるなら、スターコネクトを全基ハッキングして大気圏で燃やし尽くした方が、係留気球基地とスパイ気球の普及チャンスも作れるだろうよ」

　陸の反論に、金星は口を引き結んだ。

「まあどちらにせよ。自然災害とかの混乱に乗じてちょっかいをかけてくる輩《やから》がいるってのは事実だろうな。そこんとこは政治家さんも警戒してんだろ――それより、金星。おまえ、やっぱりちょっとさ」

「……なに？」

「ちょっと賢すぎないか？」

「よく言われる」

「小憎らしいとは？」

「それも言われる」

その返しに、陸《りく》は反射的に笑ってしまった。

「はあ？　なんで笑うの。事実でしょ」

金星がむくれる。陸は「いや、ちょっとな」と言葉を濁した。

「ちょっとだけ、ほんのちょっとだけさ、俺と金星は似てるのかもと思ってな」

「なにそれ。やめてよ、気持ち悪い」

「気持ち悪いってなんだよ」

「そのまんまの意味——あーもうやめやめ。あなたみたいな人と議論してもなんもいい案浮かばない。潮風で肌もべたつくし。私、中に戻るから」

口を尖《とが》らせ、金星は操舵室に踵《きびす》を返した。

陸はその背を見送ってから、やれやれと頭を振った。しかし何度振っても、重い頭の内側には、気球にまつわる嫌な思い出が残っていた。

それからしばらく、オーロラがなびく夜空を、陸はひとりで眺めていた。操舵室から「あ、この写真」とはしゃぐ声が聞こえてくる。「かわいい赤ちゃん」金星は先ほどから船室の写真を見ては、船長と何事か話している。

紅いオーロラに食傷気味だった陸は、誘われるように操舵室に足を運んだ。

「この子、もしかして、これ船長のお孫さん？」

「ああ、そうだ」

一枚の写真を金星がしげしげと見つめていた。操舵室の壁面は、釣り人たちの写真で埋め尽くされている。その中には、船長の家族と思《おぼ》しきものもあった。

「もう何年も会ってないが、今度久しぶりに会いに来てくれるらしい。娘の旦那がいいやつでな、娘を説得してくれた」

「娘さんと仲悪いの？」

問われ、船長は自嘲《じちょう》した。「ああ、いい父親じゃなかった」

「そっか……あ、こっちは船長の奥さん？」

「ああ、べっぴんだろう。海が好きないい嫁だった」

「うん。すごくきれい。いまは……おうち？」

「もう三途の川を渡っちまったよ」

船長の言葉に、操舵室がしんと静まり返る。

「俺が海にいる時に逝っちまった。あの年はサンマがまったく網にかからなくてな、俺も家内を気にする余裕がなかった」

船長は遠く前方を睨《にら》みながら続けた。「あとで娘にずいぶんと叱《しか》られた。仕事を言い訳にするな、なんで母さんの傍にいてあげなかったんだってな。家内は漁に出る前から体調が悪かったんだが、俺の船に乗ってくれていた若い衆にも家族がいてな。特に、娘が進学を控えていた奴のことを考えると、俺は休む選択ができなかった」

「後悔、してないの？」

「してるさ。でも、俺はこの生き方しか知らん。だから今もばかのひとつ覚えみたいに船に乗ってる。娘に愛想をつかされるのも無理はない」

言い切り、船長は舵をゆっくりと切った。

「……一体俺は、どっちを守れば良かったんだろうな」

「そんなの……奥さん一択でしょ。周りもわかってくれたはずよ」

「じゃあ、俺は間違えたんだな」

船長は前を見たまま動かない。

「だが、こんなバカな俺にも、最後に孫を乗せたいという目標があってな——ばあさんとの約束なんだ。孫にも、船の上からの日の出を見せてあげたいって、あいつが何度も言ってたんだ。でも、どこかで諦めてた。体力も、この船も、随分とガタがきてたしな。今日の故障は、だから運命だと思った。ここが潮時だと……」

船はゆるやかな弧を描き、陸地から距離をとる。

陸《りく》は改めて壁面を見た。船の上、水平線をバックに、船長の奥さんが長い髪を押さえて笑う写真。朝焼けが綺麗だった。この光景を孫に見せたい一心で、船長は今も罪の意識を押し込め、船に乗っている。胸が痛んだ。船長はいま、どんな気持ちで舵を握っているのだろう。

陸は改めて船長の背中に視線を向けた。無意識に、自分を重ねていた。

「そこにだ、おまえたちが来た」

突然振り向いた船長に、陸は目を丸くした。

「運命なんてもんは、わからないもんだな。驚いたよ。まだやれる、まだ諦めんなと、そう神様に言われた気分だった」

「随分勝手なことを言う神様だな」

「人間だって勝手に祈る。お互いさまだ」

船長がはじめて口元を緩《ゆる》める。

陸はその表情に、胸が熱くなるのを感じた。

「ならよ、船長。運命ついでだ。行けるとこまで行ってやろうぜ。後悔とか不安とか息苦しさとか、そういうの全部振り切れるくらい、この船に乗って行ってやろうぜ」

「随分勝手なことを言う。まずはおまえたちを責任もって安全に送り届けるのが先だ」

船長は笑みを浮かべたまま頷《うなず》いた。

隣で聞いていた金星も、茶化すような真似はしなかった。

船は進んだ。川崎港を過ぎ、横浜港を航行している。右手に見えるみなとみらい地区は黒く沈黙していた。大きな観覧車も動きを止め、ランドマークタワーも今はただの高い影。横須賀まで、残り十六km《キロメートル》の地点。この調子で行けば、目的は達成できる。

陸《りく》がそう確信していると、静かな船室に、ジジジ……と耳慣れぬ音が響いた。

「まさか、これって」音を聞いた金星が急に駆け出した。陸も遅れて後を追う。

金星は無線機にしがみつくと、鼻息荒く声を上げた。

「やっぱり！　デリンジャー現象が収まったんだ！　短波通信が回復してる！」

短波通信は無線などに使用される小電力・広範囲が売りの通信方式だ。地上から空に放たれた短波が、自然の反射鏡ともいえる電離D層にはね返されることで遠方まで届き、通信が行える仕組みになっている。デリンジャー現象は、太陽フレアの影響でその電離D層の電子密度があがり、短波を反射しなくなる電波障害のことを指す。

病院でラジオが聞こえなかったのも、このデリンジャー現象が原因だ。

つまり、それが直ったということは——。

「これでラジオとか無線を使って、地球の裏側まで長距離通信ができる！　それに防災無線だって機能する！　デリンジャー現象は普通なら数十分から長くて一時間程度なのに。さすがへイスタック・イベント、発生から数時間も乱れてくれちゃって！」

喜びを隠し切れない金星に、陸の頬もほころぶ。

これで各国政府間において諸々の調整が行える。会話ができない中では、安全保障体制も緊張の連続だ。うっかり核のボタンが押される前に、話し合いの手段が戻って来てよかった。陸もそっと胸を撫《な》で下ろした。

『……ちら……管区……安本部』

「ほら！　船舶無線も回復してる！」

金星がぱあっと笑顔を咲かせる。

対して、笑顔を向けられた船長の顔は曇っていた。

「どうしたの？」

金星が訊ねた一秒後、スピーカーが硬い声を吐いた。

『こちらは第三管区海上保安本部所属、巡視船ＰＬ３１いず《いず》である。現在東京湾内は航行が制限されている。ただちに寄港せよ。繰り返す。ただちに寄港せよ』

ぴんと張った役所言葉に、金星の顔も引きつる。「どうやら監視の目も復活したようだな」と船長が視線を向けた先には、巨大な建造物の影が浮かんでいた。

それは、関東海域を管轄する第三管区海上保安本部だった。

陸と金星は操舵室から船尾へ飛び出た。海上保安本部の隣には、大規模海上災害へ対処する海上防災基地もうかがえる。背後に迫る巡視船の甲板には海保職員が立っており、掲げた電光掲示板で航行禁止を訴えていた。

「どうする」

船長が背中越しに問う。ここで寄港すれば、事情聴取は免れないだろう。この状況では、いつ解放されるかもわからない。見逃して欲しいと頼んだところで、日本の公安組織がそんな融通を利かせてくれるとも思えない。

——けど、無理をすれば俺たちだけでなく船長も……。

「船長、お願い！」

陸《りく》が逡巡《しゅんじゅん》する横で、金星が操舵室に叫んだ。

「あの船を振り切って！　お姉ちゃんのためにも捕まるわけにはいかないの！」

「船足じゃ勝てん」

「勝って！　腕には覚えがあるんでしょ!?」

無茶な挑発だ。そこには姉と甥《おい》を助けたいという金星のエゴしかない。

それでも船長は鷹揚に頷《うなず》いた。

「……手すりに摑《つか》まれ」

途端に大林丸が急加速した。繰り返される警告無線を無視し、船長はエンジンを吹かす。巡視船もあわせて動くかと思われたが、追ってくる気配はない。

「まじか！　見逃してくれるのかよ!?」

「あのでかぶつは災害救助用の巡視船《いず》だ。拿捕よりも港湾火災の対処を優先するに決まってる。おおかた品川にでも行くんだろう。代わりに小回りの利く巡視艇が来るぞ。しっかり摑まってろ」

船長が言ったすぐそばから、巡視船《いず》の陰から小型の船影が飛び出してきた。

「そら来た」

さらにエンジンを吹かす。船は海面を砕き、飛沫《しぶき》を巻き上げるようにして速度を増していく。だが、それもつかの間、飛び出してきた船影は大林丸の比ではない加速力で海面を駆けはじめた。

『こちらは第三管区海上保安本部所属、巡視艇やまゆり。前方を航行中の貴船に警告する。直ちに停止せよ。繰り返す。直ちに停止せよ』

「ちょっ、なんでよ！　全然速さが違うじゃない！」

「そりゃそうだ。漁船法で民間船の馬力は制御されてる。船長の操船技術がどれだけあっても、いずれ馬力の差で捕まる」

「そんなの卑怯《ひきよう》！」

「海保の船より速く航行する必要なんて本来ねえんだよ！　不審船以外はな！」

「ふたりでなにをごちゃごちゃ言ってる！　舌嚙《か》みたいのか！」

怒鳴り声に叩かれ、陸と金星は口を噤《つぐ》んだ。

「右の固定具に摑《つか》まれ！」船長が叫ぶ。ふたりは言われたとおりに操舵室の右側面にある固定具にしがみついた。床下からなにかを砕く音がした。それが波の音なのか、船体から鳴った音なのか判別できない。操舵室が急に左に傾く。陸《りく》と金星は床を滑っていかないように固定具を必死に握り締めた。

「そら――っ！」

腰を屈め、船長が大胆に取舵を切る。本牧埠頭《ふとう》の桟橋に寄港すると見せかけ、大林丸は左に急旋回。右手に見えていた本牧埠頭灯台は一気に背後に回り、目の前にあった桟橋が今度は右側面ぎりぎりを過ぎていく。

「次は左を摑め！」

言われるがまま陸と金星は左の固定具に飛びつく。船長が一気に面舵に切った。転覆するほどの急旋回を敢行するも、船尾はぎりぎり流れない。曲がり切ったところで、一気に急加速。船首が一瞬ふわりと浮かび、鋭い角度で入り組んだ湾内を駆け抜ける。

「ねえ！　これ私たち重りにされてない⁉」

「みたいだな！」

言いながら、陸は内心にやりとした。まるでボートレースの操船技法だ。外側に荷重をかけることで高速旋回を実現している。

「なにが責任もって安全に送り届けるよ！　安全って言葉の定義を知らないんじゃないのあの

人！　ねえ、陸さんからもなんか言ってやってよ！」

「船長とはいい酒が飲めそうだ！」

「いまそんな話してないでしょ！」

操舵輪からしきりに軋《きし》む音がする。船長の高い技巧でなんとか逃げおおせているものの、しかし巡視船との距離は詰まる。このままでは追いつかれるのは時間の問題にすぎない。

南本牧大橋を抜け、根岸湾に進入した。沿岸部からは火災の影響で湾内には煙が立ち込めている。港湾施設が停電していることも相まって、視界は非常に悪い。

「ふたり、そこの箱に発煙筒とテープが入ってる。あるだけ出せ！」

船長の怒鳴り声に、ふたりは「了解っ」と鋭く応える。

「あるだけ抱えたら船尾に行って火を点けろ。手すりにテープで括《くく》り付けたら急いで戻って来いっ」

言われるとおりに、陸と金星は発煙筒を両手に抱えて飛び出した。火を点けると、色の濃い煙がぶしゅうと筒から吐き出される。それを手すりにテープで固定し、急いで操舵室に駆け戻る。ふたりの帰還を確認した船長は「放り出されないようになにかに摑まってろ！」と叫ぶや否や、操舵輪をぐるりと回した。

大林丸が根岸湾の真ん中で円を描いた。

発煙筒の煙が船体を包み、視界は一気にホワイトアウトする。

「ちょっ、なにも見えない！」

船内にいる金星が咳《せ》き込みながら狼狽《うろた》えた。

一方の陸《りく》は、やはりこの船長とはうまい酒が飲めるとほくそ笑んでいた。街の明かりがないため、視界の確保は月明かりと、船体に備え付けられた照明頼りだ。煙は光を反射する。これは空軍でも用いられる煙幕遮蔽《しゃへい》。敵軍戦闘機の光学、赤外線センサーやレーザー誘導爆弾を妨害する立派な作戦行動のひとつだった。

「船長、後ろの船のエンジン音は俺が聴く！　操舵に集中してくれていい！」

今度は陸が叫んだ。船長は短く顎《あご》を引いて応えた。

神経を研ぎ澄まし、陸は後方に迫る巡視艇の音を聴いた。最初に金星が声をかけた時、船長は振り向かなかった。視力だけでなく、きっと聴力も寄る年波に勝てていない。悪視界では音は貴重な情報。だから今、自分が船長の耳の代わりになるのだ。

「おい、やつはいまどこにいる」

「まだ湾の入り口だ！　そう近くは……いや、エンジンが唸《うな》ってる——来るぞ！」

陸の報告をもとに、船長は入り組んだ根岸湾内で蛇行と旋回を繰り返す。

煙を遮蔽に巡視艇の接近を紙一重のところで躱《かわ》し続ける。

「振り切れないか」

船長が舌を打つ。

陸はその背に目を眇《すが》めると、船室に駆け込んだ。

「船長、救命胴衣と毛布借りるぜ」

「ちょっと、なにしてるの」

「人助けを生業《なりわい》にしているやつらの習性を利用する」

陸は毛布を丸太状にし、救命胴衣を被せた。

「本当は人の善意につけ込むようなこんな手は打ちたくねぇが、つべこべ言ってもらんねえ。浅野《あさの》のためにも、ここまで運んでくれた曜子《ようこ》さんや船長のためにも、今は捕まるわけにはいかねえんだ！」

そこに自身のスマホを括《くく》り付けると、ライトを点け、勢いのまま海へと放り投げる。

「落下者確認！　落下者確認！　追跡を中断しろ！」

後方から狼狽えた声が聞こえた。

巡視船の船影は速度を失い、大林丸の軌道から逸《そ》れていく。

「すごい！」金星が身を乗り出して驚いた。「追跡が止まった！」

「どうせすぐにばれるさ――船長ッ！」

「ああ、向かいの桟橋に降ろすぞ」

一瞬の隙をつき、船体を横に滑らせて緊急接岸。ぎりぎりの状況でも、左舷《さげん》を擦《こす》るようなヘマはしない。最後まで腕の高さを見せつけられ、陸は内心舌を巻いた。

「できるだけひきつける。早く行け」

「ちょっと待って！」すぐに離岸準備に入る船長を、金星が呼び止める。「最後に教えて。船長は、どうして見ず知らずの私たちのためにここまでしてくれたの」

「自分の運命に従っただけだ。言うなればただの気まぐれ。大層な理由じゃない」

「じゃあ、気まぐれでいい。この話も信じて。あと少しで、東京に星が落ちてくる」

「星が……？」船長は目を丸くした。

「そう。大きな人工衛星。だから船長も避難して。そしてなるべく多くの人にこのことを伝えてほしい。ひとりでも多くの人の命が助かるために」

金星が祈るような瞳で、船長を見つめる。

「……わかった。信じよう」

「いいの……？」

「ああ、これもまた運命だ」

「ありがとう。信じてくれて、ここまで運んでくれて。私――っ」

「礼はいらん。お互いさまだ」

船長は手をひらひらと振った。

「代わりに今度、ふたりで釣りに来い。秋はカワハギがよく獲れる」

言い残し、大林丸は離岸した。ふたりの返事も待たずに船影は遠ざかる。それを見つめたまま立ち尽くす金星の肩に、陸《りく》はそっと手を置いた。

「いくぞ。うかうかしてたら俺らも捕まる」

そう。自分たちも捕まる。

船長は、自分が捕まることを知っていながら陸と金星を送り出した。ゆえに船長の口から最後に放たれた最後の言葉は、不器用な誤魔化しに過ぎない。

聡《さと》い金星はすでに気づいているだろう。また大林丸に乗れる機会なんておそらくないこと。船長の船舶免許も剝奪《はくだつ》されること。孫を乗せる機会なんて来ないこと。

それもすべて、自分たちが水星を救いたいと縋《すが》ったから。

「うん。行きましょう」

それでも金星は足を止めなかった。罪悪感に押しつぶされることもなく、自分の選択に責任を負う覚悟がその横顔に滲《にじ》んでいた。陸には、目の前の彼女が自分よりも一回りも下の子どもなのだとは信じられなかった。

海保の目から逃れるように、ふたりは内陸へと歩を進めた。背後では、磯子《いそご》の火力発電所から黒煙が上がっている。消防車の放水音を背中で聴きながら、金星は「ねえ、陸さん」とぽつりと呟《つぶや》いた。

「横須賀に着いたら、ちょっと寄りたいところがあるの」

「ああ、いいぞ」

「警察でも自衛隊でもいい。偉い人にあって、衛星が落ちて来てること伝えるの」

「ああ、伝えよう」

「そしたら、その危険を私が伝えたら、私が急いでいたことが正当化されるの」

「ああ。だから船長も悪くない」

「誰かが衛星の落下を止めてくれれば、曜子《ようこ》さんは来年も誕生日を祝える」

「そうだな。これから先、何回だってケーキが食える」

陸《りく》は視線を高く保ち、遠く街の喧騒《けんそう》に耳を澄ませた。隣を歩く彼女の引き結ばれた唇や、やたら強張《こわば》った目元に気づかないように。

なにかを守るということは、ほかのなにかを犠牲にすること。それはとても単純な理屈で、知ったところで逃れられない呪縛《じゅばく》でもある。人は、いつだってなんだって迫られる。なにを選び、なにを捨てるのか。

首都高速根岸線の高架が見えた。あそこを抜ければ磯子《いそご》駅に着く。磯子駅から南下して京急線に合流すれば、あとは線路沿いを進むだけ。一〇km《キロメートル》以上の行軍にはなるが、横須賀にはいずれ着く。

ふたりは駅へ向けて進んだ。歩調をあわせ、一歩、二歩。高架に差し掛かったあたりで、陸は視界の端に動くものを見つけた。

影だ。足元に影ができている。

思わず振り向く。空の片側が白い。水平線が薄っすらと黄色く滲《にじ》んでいる。しらじらと照る朝日が、夜空をじわりと朝の色に変えていた。長く棚引いていた紅色の極光も徐々に掻《か》き消され、遠くに浮かぶ雲の塊《かたまり》や、街から吐かれた黒い煙が、朝焼けのなかでふらふらと頼りなく漂っていた。

夜も随分と暑かったはずなのに、陽射しに肌を温められるとどうしてこうも安心するのだろう。陸《りく》は不安と焦燥《しょうそう》に満ちた胸のうちに、無根拠な希望が湧き上がるのを感じた。大丈夫。きっとなんとかなる。それはほとんど確信めいた予感だった。

自動販売機の四角い影。海道を走る車の排気音。鼻孔を満たす道草の匂い。舌に触れる汗の塩。肌を撫《な》でる一陣の潮風。五感が日常の所在を再確認していく。

陸は少しだけ立ち止まり、深く息をした。

――大丈夫。きっとなんとかなる。

隣を歩く少女の嗚咽《おえつ》を聞き流して、振り返る。

病院は、もう見えない。あたりまえのことに、心が弱る。

残してきたふたりは今どうなっているだろう。陸はそれが気になっていた。

□

「奥さまが起きたらお呼びしますので」

看護師に促《うなが》され、孔明《こうめい》は陣痛室を出た。陣痛中に気絶するように眠ってしまった妻にはドキリとさせられたが、妊婦は陣痛の痛みから逃れるために眠気を催すことがあるらしい。次の陣痛でまた目が覚めると看護師から聞かされた時には、どんな責め苦だと孔明は震えた。出産に際して男は無力だ。だからこそ、妻には産前産後、いや一生をかけて感謝をしなければならないのだと痛感した。

そしてその一生を――これからの生活を守るために、今の孔明にはやらねばならないことがある。

再びスマホの電話帳を開いた。けれど画面に浮かぶ文字や数列がぶれて見える。夜通しの根回しが疲労の形をとって孔明を蝕《むしば》んでいた。

一階の自販機に向かった。コーヒーを飲もうと思った。数十分前には自販機の前に行列ができていたが、深夜となったいまはそれもない。売り切れ表示だらけの自販機の前に立ち、災害時用のハンドルをくるくると回す。

かこんっ、と小気味いい音が深夜の待合室に響いた。

缶コーヒーを取り出し、一気に喉に流し込む。安っぽい苦味が口全体に広がっていく。カフェインの効果よりも早く、苦さが孔明の視界と思考をクリアにする。

「ふぅー……」

深い呼吸で酸素も取り込む。頭が冴えると、まだやれる気がした。

――大丈夫。通じる。みんな聞いてくれる。

頰を叩き、自分に言い聞かせる。必死になって伝えれば伝えるほど、人は信じなくなる。夢を見ているのだと、少し疲れているのだと思われてしまう。金星も悔しい思いをしただろう。どれだけ学術論文を引用しても、エビデンスを示しても、曖昧《あいまい》な認識や風説に阻《はば》まれる。みんな正しい言葉より、耳触りのいい情報を信じてしまう。

孔明《こうめい》もさっきから幾度も「疲れてるのか？」と、話を聞いてもらえないことがあった。まっすぐと言葉を伝えるのは、こうも難しい。

待合室のベンチで無力感を払っていると、どこからかノイズ交じりの声が聞こえた。

『先ほど開かれた官房長官会見をお聞きください』

通信が回復したラジオから会見の様子が垂れ流されている。ＮＨＫが率先して渋谷の放送センターと八俣通信局を移動式通信局で繫《つな》いだのだろう。ラジオは先ほどまでの沈黙が嘘《うそ》のように、元気に声を発していた。太陽嵐に伴う大規模なコロナ質量放出が地球に到達したこと。情報通信機構の宇宙天気情報センターはじめ、関係各機関で調査進行中であること。官房長官の低い声が、待合室に淡々と響いた。

『停電の原因は、観測史上最大の、太陽嵐の影響です。他国の軍事行動およびＥＭＰ《電磁パルス》攻撃によるテロ行為ではありません。繰り返します。他国の軍事行動およびＥＭＰ《電磁パルス》攻撃によるテロ行為ではありません。安全のため、なるべく外出は控えるよう――……』

ひととおり詳細が告げられると、待合室には「太陽だって」と囁《ささや》き合う声が広がりはじめた。

「え、じゃあどうなるの？」

「わかんないよ。太陽がこんな停電起こすなんて、知らなかったし」

囁く声は徐々に勢いを増し、一方で明るさを失っていく。

何が起きているかわからない。という曖昧な不安は、ラジオから伝えられた情報によって、具体性のある恐怖に変わっていた。災害の多い国に生きる人々ゆえ、どうにか落ち着きを保っているが、その表情には静かな恐怖と焦《あせ》りが滲《にじ》んでいる。

『次に、都庁防災センターより、都内の被害状況について最新の情報をお伝えします』

ラジオが新鮮な情報を吐き出すと、待合室の空気がぴんと締まった。「みんな静かに」と年配の男がラジオの音量をさらにあげる。こういう時に音頭をとる人間は、鬱陶《うっとう》しくもあるが、やはり必要なのだと孔明はいまになって気づく。どんな時であれ、最初に行動を起こす人間がいなければ、状況は変わらないのだ。

『都内全域において、防災無線の復旧が確認されました』

復旧の言葉に反応して、「おおっ」と場がざわついた。無論、なにがどう直ったのかわかっているものはそう多くない。「なにかが良くなった」という言葉ひとつが、いま市民の正気を保つ生命線だった。

『なお、防災行政無線確認ダイヤルは復旧しておりません。今後も地域防災計画に基づき、それぞれの地域における防災、応急救助、災害復旧に関する業務に――……』

「そんなのいいから、いつ停電が復旧するか教えてよっ」

焦《じ》れた声が孔明《こうめい》の耳を引っ掻《か》いた。それを伝えられるなら、都知事も総理も官房長官も喜んで伝えるだろう。実際は伝えられないことの方が多くて、やきもきしているところに違いない。

たとえば、国民の不安を煽《あお》りすぎるのも良くないからと現在は情報統制がされているが、防衛省の知人曰く、弾道ミサイルの早期警戒システムもダウンしているという。各国首脳は専用のホットラインすら不通のため――ホットラインも結局ただの電話だからしかたがないが――復活した短波通信で連絡を取り合っている状況だ。

もちろん、短波通信での傍受の恐れは非常に高い。明日には各国首脳の秘密通話がネット上に多く出回るだろう。

そこまで考えてから孔明は苦笑した。

――ネットが回復するのは当分先か。

自分の浅はかさに笑うと、疲れが少しだけ取れた気がした。

人々は今もラジオに齧《かじ》りついている。これから相応の期間は、このラジオが市民唯一の情報源となる。人々はこの無機質な声にしがみつき、一喜一憂《いっきいちゆう》を繰り返すのだ。

孔明は凝った肩を回してから、院内の対策本部へと戻った。当直の看護師に軽く会釈して、災害用緊急回線の引かれた電話の前に再び立つ。

すると、電話のところに書置きを見つけた。

紙面には『財務省から、田村《たむら》孔明さまへ』と記されている。

「ああ、それ。さっき電話があったんです。折り返しが欲しいと仰ってました」

背後から当直の看護師が補足してくれる。

孔明は唾《つば》を呑《の》んだ。それは孔明の父、田村玄徳《げんとく》からの電話に違いなかったからだ。

暗躍がばれた孔明は、今一度深呼吸をした。肺に酸素を多く送り、覚悟を決める。

紙に書かれた番号をプッシュすると、すぐに父の秘書へと繋《つな》がった。

「僕です。孔明です。父は——……」

尋ねるや否や、電話の向こうから『代われ』と低い声が響いた。

『孔明か。おまえ、なにをやってる』

「なにって、その、危険の周知を」

『危険の周知？　いま各所で良からぬ混乱が生まれている。星が落ちるとな。これは孔明、おまえの仕業か？』

父の語るところによると、現在、渋谷を中心とした都内一部地域で市民が警察や消防に殺到しているらしい。その多くは人工衛星落下に関する真偽の確認だという。

官邸では、渋滞ですし詰めになった配送業者が交通情報の交換ついでに、星の落下に関する恐怖を伝播させていると言う見方が強く、人の噂《うわさ》の性質上、公的機関による制御が利かない状況にあるという。

孔明《こうめい》の思惑通りだった。星が落ちるというインパクトの大きさ、回線の制限で情報のラインが一本に狭まられていたこと。情報の取捨選択が重要な局面にあることを逆手に取った作戦が実を結んだのだ。市民の不安は、現場の警察官を通じ、各省庁へと、制限された情報の一本道を駆け抜け、父の参加する緊急閣僚会議の俎上にさえ載せられた。もちろん、各省庁に孔明の協力者がいたことも後押しになったに違いない。

『どうやらこの件について、片っ端から知り合いに周知を呼び掛けているようだな。つまり発信源はおまえなんじゃないのかと疑う者も多い。もちろん俺もそのひとりだ』

「それは――……」

『いいか、孔明。あれは無視しろ』

父の発言に、孔明は息を呑《の》んだ。「父さん、衛星に気づいて……」

『あれは放っておいても海に落ちる。街に落ちたらどうしようとおまえは考えているだろうが、その時はその時だ。そもそも街へ落下する確率もそう高くはないという見解もある。今は目の前の問題、大規模停電への対処が急務だ。それ以外に人員を割く余裕もない。経済的損失が膨《ふく》れ上がる前に、電力を取り戻さなければならない』

「でも、衛星も危険で……」

『そんなことは百も承知だ。俺は今、優先度の話をしている。おまえは人の生き死にの話をしたいんだろうが、電力だって命にかかわることを忘れるな。特に今は夏だ。電力が回復しなければ、熱中症で死ぬ国民は増える。いいか、孔明。状況を俯瞰《ふかん》しろ。人工衛星の落下は、この災害におけるひとつの被害として処理する。それが妥当かつ賢明な判断だ』

「見て見ぬふりを……しろっていうのか……」

『言い方の問題だ。おまえは俺の何を見てきたんだ』

　冷たく言い放ち、父は舌を鳴らした。

　その乾いた音を聞くと、否応なく、孔明の脳裏に自宅リビングの光景が想起される。父は幾度となく、同じ言葉を孔明に放っていた。——おまえは俺の何を見てきたんだ。

『後始末は手伝ってやる。だがくれぐれもこれ以上俺の顔に泥を塗ってくれるな。おまえもそろそろ政界での生き方を身につけろ』

　受話器のむこうで吐き出されたため息に、孔明は反射的に萎縮《いしゅく》する。

　父は昔からこうだった。厳しくて、高圧的で、冷たくて……。

　それでも、心から嫌いにはなれない自分がいた。国民のために働く背中は素直に尊敬できた。毎日遅くまで働き、神経の擦《す》り切れるような政治戦を乗り越え、官僚だからと謂《いわ》れのない叱咤《しった》や罵詈雑言《ばりぞうごん》を浴びせかけられながら、父は国のために粉骨砕身《ふんこつさいしん》してきた。

——孔明《こうめい》、おまえがでかくなる頃には、今よりいい国にしておいてやる。

それが孔明の小さい頃の、父の口癖だったのだ。

『返事はどうした』

父はいつ忘れてしまったのだろう。国のために動くことを。使命感に突き動かされる日々を。政治戦を手段ではなく、目的へ切り替えてしまったのはいつからだ。

『孔明ッ！』

「何を見てきたかって、そんなの、決まってるじゃないか」

孔明は自然と拳《こぶし》を握っていた。

「政治家としての、父としての、あなたのかっこいい背中だよ」

電話口から聞こえる父の声はもう、耳に届かない。

「父さん、僕は政界で生きていくために、いま動いているんじゃない。僕は、明るい明日をみんなに——国民に生きてもらうために動いてる」

声が震える。父に反抗するのははじめてのことだった。

「そのためなら、いま僕は、使えるものはなんだって使う。同期も、後輩も、目上の人も、あなたでさえも。なりふりなんて構っていられない。泥塗《まみ》れになったっていい。進む姿勢を失くしたら、本当に大切なものに手が届かなくなってしまう。これを教えてくれたのは、父さん、あなたなんです」

掠《かす》れそうな声をなんとか絞り出し、孔明は怯《おび》える喉をなんとか閉じた。

電話口から返答はない。喉はからからに渇いている。今になって脂汗が滲《にじ》み出る。目を瞑《つぶ》ると、堰《せき》を切ったように後悔が押し寄せてくる。

それでも後悔はない。孔明はついに言ってのけたのだ。

最も巨大な壁に、今までなら言えなかった、自分の本音を――……。

『言うようになったな』

瞑った目の内側に、父の声が響いた。

「……すみません」

『そこで謝るのがおまえの悪い癖だ』

「ごめんなさい……」

口を衝《つ》いて出る言葉がみっともない。孔明は胃液が湧き上がってくるのを感じた。

そのまま沈黙していると、受話器の向こうから、はぁと大きな歎息が聞こえた。

『俺を使うか、孔明』

「……はい」

『今後、俺は、おまえを息子だからと贔屓《ひいき》することはなくなるぞ』

「覚悟のうえです」

『そこまでして守るべき価値のあるものが、この国にまだあったか』

呆《あき》れたような声に、孔明《こうめい》は息を呑《の》んだ。

『孔明、おまえもわかっているはずだ。この国にそこまで希望なんてない。結局は、既存の勝ち馬に乗る以外に成功の道は残されていない。自分でなにかを切り拓くには、この国はいささか凝り固まりすぎている』

それでも、希望を持つか。

父に問われ、咄嗟《とっさ》の返答に窮する。

孔明も本当はわかっている。この国は希望に満ちた国なんかではない。短い官僚生活で痛いほど思い知らされた。変えなければいけないことが多い。そのくせ変える度胸のあるやつはいないし、障壁は数えなくても千も万もある。

誰しもが俯《うつむ》いて生きている。幸せは絵の中のものだ。

それでも孔明は言う。言わなければならなかった。

「父さん、僕は今日、父親になるんだ」

守るべき価値のあるものは、たしかにあるのだと。

「正直怖い。怖くてたまらない。でもそれ以上に、嬉しくてたまらないんだ」

震える喉をなんとか抑える。「僕は、あなたに嫌われる息子になってもいい。ただ、生まれてくる子にとって誇れる父親でありたい。だからいま、動くんです。動かなくては、ならないんです。生まれてくる子が大きくなるまでに、今よりいい国にしておいてあげたいから。希望はあるよって、言ってあげたいから」孔明は最後にそう結んだ。

『……そうか』

電話口の父は、細く息を吐いた。

『なら、好きにしろ。今日からおまえは、俺の息子じゃない』

「うん……ごめん。ありがとう」

言い残し、孔明は電話を切った。不思議と後悔はなかった。

ふらふらと覚束ない足で対策本部を出る。目が眩《くら》んだ。

窓の外が白んでいた。柔らかい陽射しだった。目の奥が刺激され、へくしっ、とひとつくしゃみが漏れた。無遠慮な音の大きさが父に似ていて、ちょっと笑ってしまう。

あんなに遠かった父の背中が、今は少しだけ、近くに見えた気がした。

「——っし」

鋭く頰を叩き、孔明は踵《きびす》を返した。再び電話帳を開く。もう怖いものはない。

官僚、田村《たむら》孔明の後戻りできない一日が、今、幕を明けた。

〈2025年7月7日　月曜日　早朝〉

横須賀の自衛隊病院まで――残り十四km《キロメートル》
水星の出産予定時刻まで――残り九時間
衛星の落下予想時刻まで――残り十三時間

白い陽射しが陸《りく》の背をじわりと温める。町は朝を迎えていた。

磯子《いそご》駅前には多くの人が集《つど》っていた。その多くがスーツ姿だ。どうやら通勤のための電車がないことに不平不満も漏らしているようだ。

取り囲まれた駅員が、平謝りしている。

「こんな時にも仕事って……」

金星は眼前の光景を腐したが、陸には彼らの気持ちがわからないでもない。

電話もメールも通じないなら社会人としては行くほかないだろう。停電の影響で情報収集もままならないため、まさか世界規模の災害が起きているとも思えない。会社のある地域は電気がいきているかもしれない。ならば、休むのは気が引けるのが雇われ人というものだ。それが良いか悪いかはさておいて。

「生真面目さを笑ってやるな。それより水と食料を探そう。さすがに飲まず食わずじゃ倒れちまう」

「いいけど、この状況で？」

見渡した駅前の飲食店は、軒並み臨時休業の張り紙を掲げていた。おそらく昨晩からこうなのだろう。店内にちらりと見えた時計は、六時五十分で止まっている。それがコロナ質量放出の直撃した時間なのだと、陸《りく》はすぐに理解した。

夏の日の出は午前五時が目安。今が日の出ということは、つまりはあれからまだ半日も経っていないということだ。

「ほら、どこも閉まってるし、とにかく先を急ぎましょ。まだ結構先は――っ」

ふらついた金星を陸は咄嗟《とっさ》に抱きかかえた。

「……ごめん。躓《つまず》いちゃった」

「大丈夫か？　顔色わるいぞ」

「ただの寝不足。いいから行きましょ」

わざとらしく目元を擦《こす》り、金星は気丈に振る舞った。その程度で不調を騙《だま》せると思っているのだろうか。陸は口には出さず、ただ歯噛《が》みした。

「いや、コンビニを探そう」

「でも、急がないと」

「ダメだ。思えば、病院を出てから俺たちは水分を一滴もとっていない。脱水症状でも起こしたら、それこそことだ」

半ば無理やり金星を引き連れ、大通りを南下した。少し行くと青い看板のコンビニがあった。さすがは大手チェーンというべきか、したたかに営業を続けている。

しかし店内は薄暗い。自動ドアには注意書きも貼ってある。

〈恐れ入りますが、手で開閉してください〉

ほとんど殴り書きだった。大手コンビニチェーンには各店舗に無停電電源装置《UPS》があるはずだが、バッテリーは一晩と持たなかったようだ。

「うえ……なにこのにおい……」

ドアを引き開くと、甘い香りが鼻をついた。

陸も金星も顔をしかめ、店内を見渡した。入り口付近に設えられた冷蔵ケースにも販売中止の張り紙がある。停電後、回収されなかったアイスが庫内でどろどろに溶けたのだろうか。他にも、生鮮食品や冷凍食品は投げ売り価格になっている。ホットスナックはもちろん置いていない。腐っていない飲食物も残っているが、もう少し日が高くなれば、近所の住人が殺到して、水の一本も残らないだろう。

「ああ、チョコも溶けてらぁ」

陸はお菓子コーナーを通り過ぎ、かろうじて残っていたぬるいポカリスエットとシリアルバーを二本ずつ取ってレジへ向かった。おにぎりもまだ残っていたが、今は夏だ。食中毒の恐れもあり、気が進まない。

財布《さいふ》に残っていた千円札を一枚取り出し、手に取った商品をレジに置いた。

「えーっと、ポカリスエットが一点、税込一六〇円で……」

若い店員が慣れない様子で電卓と紙で会計を行う。夜勤シフトだったのだろう。熱帯夜のなかで対応に追われていたためか、濃い疲労が顔に浮かんでいた。

陸《りく》の後ろに並ぶサラリーマンも、いらだった様子ではあるが、状況を察しておとなしく会計を待っている。駅舎に集《つど》う人々を思い返してみても、この国の人間に暴動を起こすような胆力はないようだ。

だが、このまま停電が続くとしたらどうなる。流通は滞り、物価は上がる。電子決済が使えないから現金が必要になるが、金を下ろそうにもＡＴＭが使えない。銀行窓口も機能停止から復帰するには相応の時間がかかるだろう。そうなってくれば、道徳や常識、社会の目という言葉はどれほどの抑止力を持つのか。

昨夜は考えが及ばなかったが、災禍《さいか》の細部が見えてくると、そうしたことまで考えてしまう。陸は頭を抱えたくなった。

「ほら、水とメシ。おごりだから気にせず食え」

「………ん。どうも」

店を出たふたりは建物の影に入り、小休憩を挟んだ。縁石に腰掛けて汗を拭《ぬぐ》う。金星は受け取ったポカリスエットにはすぐに口をつけたが、シリアルバーはそのままリュックサックにしまってしまった。「おい、ちゃんと食わねえとこのあときついぞ」陸は顔をしかめて言った。

「いい。いまなにも食べたくない気分なの。それよりも早く行きましょ」

立ち上がった金星の背を追うように、陸は渋々腰を上げた。

金星は先を急《せ》くわりに、明確に歩行速度が落ちていた。呼吸も微《かす》かに荒い。顔色も万全とは言い難いものになっている。陸たちの歩く磯子《いそご》産業道路には交通事故の痕跡が多くうかがえた。さらに時間が進み、日が高くなれば無謀にも運転を試みる輩《やから》が現れるだろう。交通事故に巻き込まれでもしたら一大事だ。

陸はうんと頭を捻《ひね》った。この先は歩道も狭く、起伏も多い。金星の負担を減らすためにも、平坦な道を選んだ方が良いことはたしかだ。このまま横須賀街道を進むよりも、少し遠回りにはなるが、海沿いを行くべきかもしれない。

「金星、海沿いに出よう。途中にはコストコもあるし、もっと下れば市大付属の病院もある。そこで追加の物資を補給して、可能であればまた交通手段を探そう。日が昇れば今よりもきつくなるからな」

勘案したのち、陸はそれとなく隣に伝えた。金星は「オーケー」と短く首肯《しゅこう》するが、その顔に昨夜のような覇気はない。

太陽はこの瞬間も、じりじりと地表を温めている。

どこかで、なにかを決断しなければならない。

陸《りく》は隣を歩く小さな影に、そんなことを考えていた。

△

——あー、もう。あっつい。

金星は顎《あご》に滴る汗を指先で拭《ぬぐ》った。

環状二号線沿いに流れる大岡川分水路を渡り、ふたりは南へ向かって進んでいた。ガソリンスタンド含め、飲食店以外の店もほとんどが営業を停止している。

一店舗だけ、営業中の中華料理店を見つけた。都市ガスは死んでいるが、たしかにLPガスなら使える。なんてしたたかだろう。事態を察知し、早朝から店を開けているのだ。開いたガラス戸からは、作業着の男たちが食事をしている姿が見えた。

他にも、太陽光発電を備えた洒落《しゃれ》たパン屋から小麦の焼ける香りもする。

「太陽の災害で停電してるのに、太陽光発電がいきてるのは皮肉だな」

隣を歩く陸がそっと口の端を上げた。

「家庭用の太陽パネルは、変圧器が内蔵されてないトランスレスだからね。でも北海道とかのメガソーラーはダメだと思う。あれは変圧しないとだし」

言い終えてから、金星はほっとする。

身体が疲弊していても、頭脳は冴えたままだ。

——大丈夫。まだいける。

それでも三十分ほど歩くと、暑さと疲労に再びふらついた。

「……ごめん。体力無くて」

陸の腕にまた支えられ、金星は静かに自嘲《じちょう》した。「ごめん。みっともなくて」

「あほ抜かせ。誰と比べてんだ。俺は戦闘機パイロットだぞ。俺がすごすぎるだけで、おまえも十二分にすごい。正直、まだぶっ倒れねえのかってビビってるくらいだ」

「……なにそれ。いい加減すぎ」

金星はふっと息を漏らした。もはや顔全体で笑う体力すらない。

太陽も随分と高くなってきた。寝不足でこの陽射しは堪《こた》える。陸が動けているのは、それだけ厳しい訓練を受けてきたからだということを、金星はいまさら思い知る。

しかし、一時間弱歩いてまだ南部市場——磯子《いそご》駅から三km《キロメートル》地点だ。時速四km《キロメートル》程度で進んでいるが、この調子では横須賀に着くまでにあと四時間はかかる。

帰りの脚も考えなければならない。

このままだと、姉妹共倒れになる可能性が高い。

——ああ、もう。なんで。

金星はきつく歯嚙《が》みした。

身体だって、頭脳だって、未来を見据えて鍛えてきた。それなりに手ごたえもあった。同級生だけじゃない。学校の教師すら自分には及ばないのだと悟る場面も幾度かあった。金星は今の今まで、自分を非力だと感じる瞬間はなかった。こんなに歯がゆさを覚えることはなかった。

湧き立つ悔しさと裏腹に、足はぴたりと言うことを聞かなくなる。

膝に手を突き、項垂《うなだ》れた。関節が針を刺されたように痛む。足の裏がじんじんと熱い。顎先《あご》から滴る汗を拭《ぬぐ》う気力すらない。

それでもなんとか視線を高く保とうとすると、大きな背中が目に映った。

「……なんのつもり?」

「見りゃわかんだろ。乗れ。運んでやるから」

「嫌よ」

屈んで背を差し出す陸《りく》に、金星はきっぱりと告げた。

「私、まだ歩ける。そんなお荷物みたいな扱いされたくない」

「歩けるかもしれねえが、それだと間に合わねえ。姉ちゃんを危険に晒《さら》したいのか?」

その言葉に金星はきつく唇を嚙《か》み、陸に背を向けた。

「おい、どこ行くんだよ」

「別々に行きましょ。迷惑かけたくない」

「迷惑って……曜子《ようこ》さんも言ってたろ、人に頼る練習しろって」

「そんな簡単にできるなら、私、いまこんな生き方してない。それに冷静に考えればわかるでしょ。あなたひとりで行く方が、はるかに合理的だって」

知らぬ間に、拳《こぶし》を握っていた。掌《てのひら》に食い込んだ爪が痛い。

陸ひとりで行く方が、満身創痍の自分を連れていくより効率がいい。陸もそれはわかっているはずだ。だというのに、なぜ彼は自分を置いていってくれないのか。こんなにみじめな思いを抱えてまで、ふたりで行く意味があるのか。今ここで切り捨ててもらった方が、はるかに楽だ。

「ねえ、はっきり言ってよ」

金星は乾いた唇で短く言った。「いまの私、足手まといでしょ」

卑怯《ひきょう》な質問だと思った。陸を困らせるだけの、情けない泣き言だ。

——こんなはずじゃ、なかったのに……。

これまでずっと怖いものなしだった。病院を出る時も、出る前も、物心ついた時からずっと、自分は無敵で最強だと思っていた。勉強はできたし、運動もできた。やればやるほど力はついたし、自分に自信もついた。

小学校でも中学校でもずっとひとりだったけれど、構わなかった。それがなにかの障壁になることはないと信じていた。からかってくるものがいたら、自力でねじ伏せることができたし、友達なんていなくても困る事なんてなかった。

愛する家族と、誇れる自分だけいれば、それでよかった。

そもそも、周りは金星と比べて幼稚な人間ばかりだったたし、家に帰れば大好きな映画や小説が待っていてくれた。両親や姉が忙しくても、寂しくなんかなかった。

自分は選ばれた人間なのだと思って疑わなかった。家族もそれを信じてくれていた。だから、ひとりでなんでもできると思っていたし、できなきゃいけないと思っていた。大切なものも、人も、夢も、自分の手で守れるようになろうと思っていたし、守れるように努力してきた。

孤独ではなく、孤高なのだと信じていた。

いま目の前に立つ陸《りく》だって、金星の手助けがないとダメな人間だと信じて疑わなかった。姉への恋心さえも告げられず。単純で、大切なものを見極められない彼は、自分が引っ張ってやらないといけないのだと思っていた。

でも、現実はそうじゃない。

いまはたしかに、金星の方が足枷《あしかせ》になっている。

悔しいけれど、認めなければならない。自分は万能ではない。限界というものはたしかにある。そして限界を迎えたのなら、弱い自分は、ただの生意気なお子さまは、もはやここにいる意味はあるのだろうか。

「正直に言ってほしい。いまの私は――」

「足手まといだね」

　思わず、顔を上げた。

　まっすぐな瞳が、金星を見つめていた。

「そういう暗い台詞《せりふ》を吐くやつは足手まといだ。金星の行動力と決断力がなけりゃ、俺はそもそもここにいねえ。おまえがいるから、俺はいまここにいる。それにさっきも言っただろ。おまえの体力がないんじゃない。俺がありすぎるんだ」

　弱った心に、真摯《しんし》な言葉が染み入っていく。

「人には得手不得手がある。これは間違いなくある。俺にだってある。金星は、たしかに俺と比べたら体力がない。その代わり、俺にはない頭脳を持ってる。俺ひとりだったら気づかない事にも、金星がいたから気づくことが出来た。ようはバランスなんだよ。ひとりが万能である必要はない。足りないところを補いあうのが相棒《バディ》だ。ひとりで全部背負おうとするなよ」

「…………なに、それ」

「おい、どこ行くんだよ」

　金星は立ち止まり、ついに叫んだ。「ついてこないで！」

「あんたなんか大っ嫌い！　それっぽいこと言って、本当は私のことなんかなんにも知らないくせに！　考えてもないくせに！　水姉の妹だからって優しくして、手を差し伸べて――うんざりなの！　全部ひとりで背負おうとしてるのはあんたじゃない！　挫《くじ》けそうな私まで助けて、周りの人も、水姉も助けようとして……っ」

金星は奥歯を噛《か》み締めた。自分がこんなにも無力に感じるのははじめてだった。血液製剤を運んで、姉を救えばいいだけだと思っていた。けれど、それでは曜子《ようこ》や船長までは救えない。そのことに気づいてしまった。

救いたい人が、大切な人が増えたのに、やらなくちゃいけないことはまだあるのに、ただの足手まといでしかない。落ちてくる衛星をどうにもできないばかりでなく、歩くことさえままならない。目の前の男みたいに、前を向く余裕なんてない。それが悔しくてたまらない。

「楽天的で、危機感や焦《あせ》りもないあんたみたいなのといると、私、おかしくなる」

「……おい、そんな言い方――」

「こっからは別の道を行きましょう。水姉を助けるために、どちらかが横須賀に着けばそれでいいんだから」

言い捨て、金星は陸《りく》から距離を取った。

それは自分を嫌いにならないための、たったひとつのみじめなやり方だった。

小走りで街道を進んだ。一歩踏み出す度、関節が軋《きし》んだ。汗も、涙も、肌を這《は》っている気がしない。幼いながらも、積み上げてきたプライドがぼろぼろになっていく感覚だけがある。

――なんで、こうなってしまったのだろう。

姉がずっと好きだったという男に、今日、初めて会った。

会う前は、夢ばっかりを追いかけて姉を省みない最低な男だと思っていた。だから、活動履歴やインタビューなどを、ネットを通じて追っていた。大好きな姉の心を乱した男が、どんなやつなのか知りたかった。弱点や弱みを知って、もっと嫌いになりたかった。

けれど、知れば知るほど、心が乱れた。

恵まれた体格。比類なき才能。世界が認める天才パイロット。ふさわしいと思った。自分が目指す宇宙飛行士は、きっと、このような人間がなるのだ。

それでも金星は、宇宙飛行士という夢から距離を置きたくはなかった。幼い頃、姉に連れられて行った筑波宇宙センターで、何度も読んだ小説で、繰り返し見た映画の中で、強く強く憧れてしまったのだ。人類の未来を切り拓く存在。クルー同士で助け合い、ひとつのミッションをこなすその姿に。

自分もそのひとりになりたかった。宇宙飛行士になれれば、家族だけじゃなくて、いじわるしてくる同級生も、異物を見るような目の教師も、みんな認めてくれるのだと信じて疑わなかった。だから知識を詰め込んで武装した。陸のような人が競争相手になるのなら、体力じゃ敵《かな》わない。経歴でもかなわない。幼いながらも、この男には同じ道の上では敵わないと知っていたから、自分の強みをひたすら磨いた。

結果、周りからは孤立した。けれどそれも構わなかった。どこかに自分の仲間にふさわしい人間がいるはず。ばかな同級生でも、陸のような人間でもない、いずれ人類代表になり、月を歩く私と対等に話せる人間に出逢えるはずだと。

信じていた。この生き方が正しいと。この道の先に求める自分や、未来の仲間がいるのだと。しかし、どうやら違うらしい。ひとりで強さを叫ぶだけでは、ほしいものはなにひとつ手に入らない。

――なんで思い通りにいってくれないの。

ひとり逃げるように歩いていると、大きな公園に着いた。金星は花壇のふちに腰を下ろし、項垂《うなだ》れた。信じていたかった。自分が強く、なんでもできる人間であることを。嫌いなままでいたかった。陸《りく》の強さや、優しさに気づきたくなんてなかった。

迷惑をかけたいわけじゃなかった。陸にだけじゃない。曜子《ようこ》さんにも、船長にも、そんなつもりで接していたのではなかった。目的のため、ちょっと利用させてもらうだけのつもりだった。

視界がぼーっとする。お腹が減った。そうだ。彼からもらったシリアルバーがある。でも、あれを食べたらきっと喉が渇く。ああ、なんで水だけ先に飲んでしまったんだろう。計画性がないのは、自分の方だった。

座ったまま、膝小僧に目元を押しあてる。これ以上水分が減らないように、みじめにならないように、ぐっと強く押し当てる。

悔しいけれど、陸ひとりなら横須賀にだってたどり着くだろう。荷が軽くなれば、私を見捨ていけば、きっとたどり着く。私とは違い、そういう星のもとに生まれた人間なのだ。

これでいい。お荷物になるくらいならこれでいい。

――ああ、遠いな。遠い。

金星はぐずりと洟《はな》を啜《すす》った。

耳元でちゃぷんと水の揺れる音がした。

おもむろに顔を上げる。彼がいた。

「……なんでここだってわかったの」

「コンビニに寄って、水と地図帳を買ったんだ。それを見たらさ、この道が横須賀までの最短ルートだった」

ペットボトルを握った彼が、金星の前に立っていた。

「海沿いを歩く方が遠回りになるけど平坦で楽なんだ。でも金星は、どんな山でも、でこぼこ道でも、まっすぐ行くと思った」

へへっ、と陸が笑う姿を見て、金星は唇を真一文字に引き結ぶ。

「……なにそれ。わかったような口きかないでよ」

「でも、ここにいたじゃねえか」

「うるさい！　私、絶対あなたのお荷物になんかなりたくない！」

叫び、再び膝に顔を埋める。

少しして、陸《りく》の声がつむじを叩いた。

「なあ、金星。俺はおまえが大人で、仮に自衛隊員でも同じ提案をする。子どもだからとか、体力がないからとか、そういった理由で手を差し伸べてるんじゃない。金星と俺は対等で、これが最善だと思うから提案してるんだ」

金星は膝頭から額を離した。

顔を上げると、腰を屈めた陸と目が合った。

「だからあなたはダメなのよ。どうしてここで私を見捨てないの？　ひとりの方が、楽に横須賀まで辿り着けるのに。そうやって信念を曲げないから、格好をつけるから、パイロットだって辞めさせられて、大切なものを失うんでしょ？——お姉ちゃんのことだって！」

金星は醜く叫び続けた。「だから孔明《こうめい》さんに取られたんでしょ！」陸の身体がびくりと強張《こわば》る。「だから負け犬なんでしょ！」けれど自制が利かない。「だからなにも手に入れられないんでしょ！」叫びが止められない。

言葉を発するごとに、自分を嫌いになっていく感覚だけがあった。

「だからもう……放っておいてよ。私のことなんか……」

もう、なにも言いたくない。

涙が零《こぼ》れそうになった時、陸の口が開いた。

「……そうだよ。俺は大切なものを失った。信念を捧げてきた職さえ追われた。そして金星、おまえも、その生き方のせいで、これからたくさんのものを失うんだ」

陸は拳《こぶし》をきつく握り締め、吐き捨てるように言った。

「なあ、金星。金星は不服かもしれねえが、俺たちは似てる。俺たちは自分よりもできない他人が理解できないし、支えてくれる多くの人間の苦労に気づけない。自分の信じる目標さえ達成すれば、すべてがうまくいくし、大切ななにかすら守れると思ってる。それが、正しいとさえ思ってしまっている、たちの悪い人間だ」

金星は顔を上げた。

前髪を濡らす汗が煩《わずら》わしかった。

「でも、それだけじゃだめなんだ。だめなんだって、俺はいまさら気づいた」

「なにが、言いたいの」

「おまえには、大切だと思っていた人に、おめでとうも、ありがとうも、たった五文字の言葉すら告げられない情けない人間になって欲しくない」

陸はそう言って、手を差し出した。

「だから金星、おまえはいま俺の手を取れ。俺を頼ってくれ。俺が嫌いだって言うんなら、俺ができなかったことをやって、俺とは違うんだって証明してみせてくれよ」

差し出された手を、金星は摑《つか》めずにいる。

「なに、それ。なんで私にそんなこと……」

「俺はたぶん、大林丸の船長と一緒でさ、生き方を変えることが出来ない人間なんだ。だから、なんだ、その……頼むよ。馬鹿で、不器用で、大切なものを摑《つか》めなかった俺に、生き方は変えられるんだって証明して、悔しがらせてくれよ」

「……私には、できないかもしれない」

「できるさ」

「うそ。だって私、そんな器用じゃない」

「曜子《ようこ》さんも言ってただろ──金星は誰よりも人に頼るのが上手で、誰からも頼られる素敵な人になるって。金星は、曜子さんを嘘《うそ》つきにしたいのか？」

問われ、金星は首を左右に振った。

「ううん。したくない。絶対したくない」

「なら、まずは俺を頼れ。俺も金星を頼ってみるから」

金星はためらいを挟んでから、陸《りく》の手にそっと触れた。

陸の掌《てのひら》は硬く、熱をもっていた。それでも不思議と不快ではない。金星がきゅっと握り締めた途端、腰がふっと浮かび上がった。アスファルトから身体が剝《は》がれる時、金星は「ああ、なんだ」と拍子抜けした気持ちになった。

差し伸べられた手を握るのは、こんなに簡単なことだったんだ。

こんなに簡単なことだと思わせてくれる人が、ここにいたのだ。

「ねえ、陸」金星は握った手を見つめたまま、静かに言った。「あの時は、その……言いすぎて、ごめんなさい」

「あの時？」

「……エースのくせにとか、首切られたとか……」

「ああ、そんなこともあったな」陸がけろりと笑う。

「そんなことって……っ」

「言ったろ。声とか音は置き去りにしちまうんだ、俺みたいな人間はな」

「なにそれ。ばかみたい」

「なんでもいいだろ。つうか、金星よぉ、おまえ、いまさら呼び捨てって」

「……いいじゃん、これくらい……だって、バディなんだし」

言いつつ、金星はまた俯《うつむ》いた。「ねえ、陸」

「今度はなんだよ？」

「その、短い言葉があるの。茶化さず聞いて」

金星は手を解き、息を吸った。「…………………ありがとうね」

「どういたしまして。でもよ、それじゃあ六文字だぜ」

一瞬の間が空いてから、顔を見合わせ、ふたりで笑った。ただの映画の真似事に、自分がこんなに笑うなんて、金星は知りもしなかった。

知ることができて良かったと、心から思えた。

○

「気分はどうだ。良くなったか?」

「まあ、うん」

「なんだよ、煮え切らないな」

「……だって、汗臭いし」

「うるせえ。ＩＳＳ《国際宇宙ステーション》のにおいだと思え。あそこも汗臭いらしい」

「山崎直子さんの言葉でしょ、それ」

陸《りく》の背に揺られながら、金星はぶつくさと文句を言っている。

「閉め切った部室のにおいがするんだってね」

「でも、やっぱみんな汗臭いのは嫌なんだろうな。消臭機能を搭載した服も開発中らしい。知ってたか?」

「知ってる。私たちが行く頃にはもう臭くないかもね」

「その前にＩＳＳ《国際宇宙ステーション》は運用停止されるけどな」

「けど、もう少ししたら月面基地だって夢じゃない」

ああ、そうだな。と返ってくる声を肩越しに聞く。誰かの背に揺られるのは、くすぐたくって、気恥ずかしくて、心地よい。こんな感覚ははじめてだった。

「そういや、金星はなんで宇宙飛行士を目指してんだ？」

「昔ね、つくばの宇宙センターに行ったの」

姉に連れていかれて、とは言えなかった。姉のことは好きだけれど、今、姉の影をちらつかせることは気が進まない。なぜだろう。こうした煩悶《はんもん》もはじめてだった。

「そこで、宇宙飛行士を知って、なんでかは覚えてないけど、なんか興味を持って。家に帰ってすぐ『オデッセイ』の映画を観て、原作の『火星の人』も読んで、かっこいーすごいなーって憧れちゃって」

「ああ、わかるよ。ありゃかっこいい」

「でしょ？　それでお姉ちゃんに頼んで、ＪＡＸＡの体験プログラムに応募してもらったの。本物の宇宙飛行士訓練施設で、宇宙ミッションを行うやつ。でね、その時ね、はじめて同い年の子たちとうまく話せて、金星ちゃんすごいねってみんな言ってくれて。だから私、これだと思ったの」

姉にさえ、言ったことがなかった。自分でさえ気づいてなかった。

金星はあの時、誰かとなにかを成し遂げる楽しさを知ったのだ。

「それからずっと、宇宙を目指してる。ずっとずっと、あそこを目指してる」

「そっか。そりゃいい」

陸《りく》は茶化すこともなく、ただ頷《うなず》いた。

「いいでしょ。私ね、小学生の頃は、YAC《ヤック》――日本宇宙少年団にも所属してたんだ。若田《わかた》さんとか、金井《かない》さんとか、現役の宇宙飛行士の人にも会ってね、まあ、小学生の頃の話だけど」

「つうか、金星はいま十五だったよな？　十五ってーと、まだ高一か？」

「まあ、そういうことになるかな」

「そういうことになるってなんだよ」

「まだ行ってないの、高校」

途端に、陸の身体が強張《こわば》るのがわかった。

もう七月だというのに、まだ学校に行っていない。たしかに世間から見れば特異な事例だろう。大きな背中に嫌な想像が広がっているのがわかる。

「なんか邪推してるでしょ。たぶんそれ、外れてるから」

穏やかな声音で金星は続ける。「私、九月からアメリカの高校通う予定なの。だから、まだ行ってない――ま、この状況じゃ渡米できるか怪しいけどね」

そう結び、わざとらしくため息を吐《つ》いてみせる。おそるおそる聞いていた陸も、「そうか」と安心したように背を揺らした。嫌がらせを受けていた姉の姿がよぎったのだろう。金星は、偽物ではない陸の正義感に、なぜだか鼻の奥がつんとした。

それからは他愛のない話をした。英会話の学び方。得意な教科。苦手な教科。好きな季節。苦手な天気。ぽつぽつと言葉を交わしながら、ふたりは首都高湾岸線の高架下を歩き続けた。

「そういや金星、船に乗る前、SF見るとか言ってたろ」

「うん。SFは映画も見るし、小説も結構読む」

「へぇ、小説も読むのか。どんなのが好きなんだ？」

「私は、『ハローサマー、グッドバイ』とか、『プロジェクト・ヘイルメアリー』とか」

「つまり、『たったひとつの冴えたやりかた』も好きだと」

「そう！　よくわかったわね！」

金星は陸の肩を叩いた。思わず、高い声がでた。

「いや、なんか好きそうだなって。というか、耳元で叫ぶなって」

「それはごめん――でもじゃあ、陸の一番好きなSFは？　小説でも映画でも」

「あー……映画もありなら、俺は『アルマゲドン』かな」

「うわっ、だと思った」

「なんだよ、別にいいだろうが」

「『ディープ・インパクト』とか、『デイ・アフター・トゥモロー』とか、『インデペンデンス・デイ』も好きそう」

「好きだよ！　悪いか！」

「べっつにー。私もわりと好きだし。でも、いかにもって感じ。英雄願望強めで、勢いばっかで、細かいことはどうでも良くて……」

「おまえこそ、絆《きずな》を描いた作品ばっかじゃねえか。寂しがり屋め」

「降ろして。そんで一発殴らせて」

「やめろ。それがバディにすることとか！」

SF映画が共通項と知り、ふたりの会話は大いに弾んだ。

太陽フレアがこれ以上ひどくなるなら、いつか人類は太陽から身を守るドーム状の都市とか作るかもしれない、とか。それはまるでアシモフの『鋼鉄都市』みたいだ、とか。それは息苦しいから、やっぱり『地球最後の日』みたいに、脱出ロケットで地球から飛び出してしまうのがいいのかもしれない、やら。

くだらない妄想話をしていると、金星は意図せず笑ってしまった。

「なんだよ、急に」

「いや、別に。こんなに話が通じたのって、はじめてで」

「そうか」

「うん、お姉ちゃんもあんまりSFは見ないから」

「……ああ、そうか」

言葉尻を濁した陸《りく》は、「まあ、なんだ」と微《かす》かに背を揺らした。

「俺で良ければ、話し相手になってやるよ」

「なにそれ」

金星は口の端で笑い、「うん。でもまあ」と陸《りく》の首に回した腕を少し絞る。

「話し相手にしてあげてもいいかも」

「なんだよ、それ」

○

太陽がじりじりと照りつけていた。海沿いの道は遮蔽物《しゃへい》が少ない。潮風こそ涼を感じさせるが、金星を休ませるという点では、あのまま横須賀街道を進んだ方が良かったかもしれない。

陸は静かに自省した。俺はいつもこうだ。間違えてばかりいる。

「……ねえ、そろそろ降りようか？」

「大丈夫だ。目瞑《つぶ》って揺られとけ」

「でも、まだ結構遠いし……」

「おいおい、俺たちゃ宇宙目指してんだ。このくらいで遠いとか言ったら、行けるもんも行けなくなるぜ？」

「……うん。そうね」

金星は疲労が身体に染みてきたのか、態度から尖《とが》りが抜け、口数も減ってきている。うつらうつらとしては、はっと目を覚まし、眠らぬように気を張っているようだ。

——寝てもいいってのに。

眠たげな呼吸音を背中で聞きながら、陸はわずかに歩調を遅くする。できるだけ揺らさないように歩いていると、ふと、耳の奥に残響している言葉に気がついた。

——いまの私、足手まといでしょ

さきほど金星に言われた言葉は、訓練生時代、寺井理沙《てらいりさ》とバディを組んだ際にも言われたものだ。

——私は、足手まといか？

当時の陸には意味がわからなかった。実際、寺井は優秀だったし、どちらかと言えば陸の自由すぎる操縦が寺井の負担になっているとさえ感じていた。

わかっていると思っていた。陸と寺井は対等で、どちらかが欠けている部分は、どちらかが補う。好敵手で、かつ相棒。そんな関係だと思っていた。けれど寺井は自分の存在が枷《かせ》になっていると感じたのだろう。陸が深い考えもなく自身の能力を振りかざして生きる裏で、歯嚙《が》みした場面は何度もあったのだろう。

慰めも気遣いも、すべてが棘になると直感したあの時、陸は今日と同じ返答をした。

あの日の答えは、はたして寺井を救ったのだろうか。

今日の答えは、金星を救えたのだろうか。

わからない。陸《りく》は自分の考えに確信を持てずにいた。自分の存在が、才能が、能力が、信念が、陸の無自覚のままに、誰かの誇りや夢を傷つけてきたのではないか。であるならば、自分はもっと謙虚に振る舞うべきだったのではないか。

昨日から——水星に再会してから、陸の胸には焦燥《しょうそう》がつきまとっている。自分の生き方は間違っていたのではないか。自分の才能を信じ、夢にまっすぐに進みすぎた挙句、大切に想っていた人との関係さえ蔑《ないがし》ろにした俺は、ただの愚か者なのではないか。

曜子《ようこ》さんや船長の生き様にあてられ、その焦燥はより色濃くなった。

自分のためではなく、誰かのために生きること。

それこそが、正しい生き方なのではないか。

たとえ、自分の夢を投げ捨ててでも、優先すべきものがあったのではないか。

間違い続けてきた自分が吐く言葉は、どれも形ばかりの偽物なのではないか。

——くそ。くそ。くそ……。

自分はヒーローになれるのだと、漠然と信じていた。実際、努力もしたし、才能だってあった。でも、夢を諦めなきゃいけない時はくる。それが、今、この時なのかもしれない。

——行けるとこまで行って、なんになる。

けれど、諦めを選んだこの先、どう生きればいいのだろう。陸は英雄を目指していた自分しか知らない。この生き方しか知らないのだ。人生の多くの時間を投げ打ち、自分が手に入れたものはなんだった。自分は結局、何者かになれたのか？

——俺なんか、いてもいなくても、変わらなかったんじゃないか？

陸は今、停止していた。物理的にではない、精神的な進歩が止まってしまっていた。憧れた自分への距離が縮まらない現実に打ちのめされていた。すぐそこに見えた夢は、今は遥か何光年も先に見える。遠い。遠すぎる。辿り着ける気がしない。

——ああ、もう。考えるな。

陸は静かに首を振った。いまするべきは、ぐちぐち悩むことではない。わかってはいても、気分は落ち込む。視線は下がる。後悔に重くなった身体を、それでもどうにか前へと進めた。今、これだけは間違っていないのだと信じて、歯を食いしばり、アスファルトを踏みつける。足を一歩前に踏み出す。顎《あご》から一滴、汗が落ちた。

東京湾を左にして、一時間ほど経つと八景島が見えてきた。その手前には市大付属病院の大きなシルエットがある。すぅすぅと寝息を立てはじめた金星の身体を揺らさないよう気をつけつつ、少しだけ歩調を上げる。往来に視線を散らして、状況を確認しつつ、安全な道を一歩一歩進んでいく。頼りの綱であるコンビニの多くが、扉に『飲食完売』の注意書きを貼りつけていた。

病院の正門に着くと陸《りく》は目を丸くした。市大付属病院は港湾部の外れにあるが、通りの関係で車の便もよく、シーサイドラインの駅に隣接していることもあって普段から人気の高い病院だ。今日も人が多いのは相違ないが、雰囲気こそまるで違っていた。

駐車場に設えられた簡易救護所には、独特な臭いが充満していた。陸はこのにおいを知っている。傷口から染み出る浸出液のにおいだ。

歩いていて思ったことがある。港湾部に密集する工業関連施設が軒並み火災に見舞われていた。原因はおそらく、品川火力発電所と同じだろう。火傷を負って運び込まれた作業員が多いことは疑いようがない。つまり、火傷を修復しようと躍動する細胞の働きが、この独特な臭気を醸し出しているということになる。

太陽のプラズマが、間接的に人の肌を焼き焦がした。その事実に、眩暈《めまい》がした。

「まだなの！　もう一時間以上も待ってるんだけど！」

突然の怒鳴り声に陸は振り向いた。

「申し訳ございません。現在、治療優先度の高い方から治療を進めさせていただいておりますので……」

「頭が痛いの！　早くしてよ！」

「すみません。優先度の高い方が先です。ご理解いただけますと幸いです」

看護師が平謝りを繰り返していた。その裏では、簡易救護のテントの間を駆け回る大勢の医療従事者の姿があった。クレームをつける患者は他の患者よりも元気に見える。いや、元気だからクレームをつけるのだろう、と陸は思った。

「どいてどいて！」

駆け込んでくる担架に、陸はさっと道を空けた。

「…………私は……助かりますか？　なんだか、すごくあつくて……眠くて……」

「大丈夫。安心して、麻酔が効いてきただけですよ」

担架で運ばれる患者の袖に、医者が見えないように黒色のタグを貼り付けていた。陸はそのタグの意味を知っている。救命の見込みがない患者に付けるものだ。

よく見れば、患者の身体に掛けられた毛布は一部が異様に赤黒く、下半身に相当する部分の膨《ふく》らみが頼りなかった。

なにかの下敷きになったのかもしれない。

きっと麻酔が効いてきたというのも、方便だろう。

改めて、周囲を見渡す。患者が多すぎる。入場規制がなされているとはいえ、このままでは局所的な医療崩壊が起きることは想像に難くない。トリアージもやむなしだ。

しかし胸は痛む。陸は金星を背負ったまま、正門の前で立ち尽くしていた。

「――ん……どうしたの？」

金星が目を覚ます。陸は首を少しだけ回して「いや、ちょっとな」と口ごもる。

陸《りく》の心境を推し量ったのか、金星は柔らかい声音で「しかたないよ」と呟《つぶや》いた。

「私はただの過労だし、他の人が優先」

「……けど、過労だって行き過ぎれば死ぬんだ。金星になにかあったら、俺は……」

「水姉に顔向けできないって言うんでしょ。安心して、私はそこまでじゃないから。ほら、またコンビニとか寄って、水とか補給すれば大丈夫だし」

その言葉に、陸は肯定的な相槌《あいづち》を打てずにいた。背中で金星に仮眠をとらせながら、陸は往来のコンビニのほとんどをチェックしていたのだ。

大手チェーンのコンビニは、災害時には指定公共機関に指定されるほど人々からの信頼を得ている。不安に駆られた人々はこぞって信頼の厚い場所に集《つど》う。特に今はもっとも体力が削られる季節だ。生活を支えるインフラでもあるコンビニチェーンは、どの店舗も人に溢《あふ》れ、物資はほとんど残っていないだろう。

度々見た『食料品完売』の張り紙が、その証左だ。

つまり、コンビニの物資にはもうあまり期待できない。

「それより陸……私、ちょっと……」

立ち尽くす陸の肩を、金星がつんつんと指先でつついた。

「ちょっとなんだよ。はっきり言え」

「……その…………トイレ、行きたい」

「ああ、トイレか……」

バツが悪くなり、陸はわざとらしく周囲を見回した。

院内のトイレは使用可能だろうが、この調子だと入場制限をしているはずだ。屋外仮設トイレの設営は最速でも三日程度かかる。そもそも陸上自衛隊が来ていない時点でまだ設置されていないと考えた方が妥当だろう。災害用の携帯トイレは頼めばもらえそうだが、金星が使用したくないと拒む可能性はおおいにある。この期に及んでなにをという見方もあるが、生活に密接した細かいストレスは侮《あなど》れない。特に金星は多感な年頃だ。心理的な忌避《きひ》感もあってしかるべきだろう。

ぐるぐると首を回して使用可能なトイレを探す。

駐車場の端になにかの行列を見つけた。

その先には、小さな箱のようなテントがずらりと並んでいる。

――もしや。

期待が膨《ふく》らみ、一歩踏み出す。

近付くと、テントの側面に『災害用ハマッコトイレ』の記載が見受けられた。どうやら横浜市が備蓄していた、下水直結型の仮設トイレらしい。地震であれば下水管の破損による使用中断の懸念があるが、太陽フレアではそうした不安はない。しばらく列に並ぶ必要はあるものの、待てば確実に用をたせる。横浜市が手厚い備えをしていたことが功を奏した。

「あったぞ」

陸《りく》が振り返る。

金星はめずらしくへにゃっとした声で「助かったぁ」と吐息を零《こぼ》した。

ふたりは分かれて並んだ。男子トイレの進みは早く、用を足し終えた陸はなかなか進まない女子トイレの列を横目に、ぼうっと考えていた。

現状、金星はかなり疲れている。このまま陸が背負って歩き続けるのも、速度の点から現実的じゃない。水と食料が補給できて、多少なりとも身心を休ませられ、可能なら横須賀までの足も確保できる場所。そんな都合の良い場所が近くにないだろうか。

——さすがにねえか、そんな都合の良いところ。

燦燦《さんさん》と降り注ぐ陽射しの中、陸は縁石の上に座り込み、頭をめぐらせた。

病院の駐車場には陽炎《かげろう》が揺れていた。ゆらゆらと歪んだ空気の奥に、静止した金沢シーサイドラインが見える。あの電車に乗れば、八景島の入り口までいける。そこから少し歩けば、幼い頃を過ごしたあの町が——。

「あっ」

寝ずの行軍を続けていた陸は、ひとつの決定的な事実を忘れていた。灯台下暗しとはまさにこのことだ。突飛な方法でここまで来たから、頭からするりと抜け落ちてしまっていた。

ここは陸がいま居を構える東京ではない。パイロットとして身を削った石川県でも、長いこと航空学生として過ごした山口県でもない。

けれど、それ以上に長い時を過ごした場所だった。

「おまたせ。結構並んでて時間かかっちゃった」

ちょうど戻って来た金星を前に、陸は勢い込んで立ち上がった。

「金星、いきなりで悪いが、俺のじいちゃんの家に行こう」

「え、でも……」

「少し内陸に入るから遠回りにはなるが、安心しろ。充分徒歩圏内だ」

口ごもった金星は、すぐになにか看取《かんしゅ》したようだった。「そうね。心配よね」と呟《つぶや》き、周囲のテントに視線を向ける。視線の先には、テントの中の簡易ベッドに横たえられた高齢者の姿が見受けられた。

「ああ、いや、そういう心配はあんましてないんだ——じいちゃん身体丈夫だし。ただ、俺の記憶じゃ実家にはまだ原付《カブ》がある。じいちゃんはもう免許返納したから乗ってないけど、機械いじりが好きだから手入れだけはしてるはずだ。もちろん、メシと水もあるはずだ。身体も少しは休められる」

得意気に告げ、陸が胸を張ると、金星もぱあっと笑みを浮かべた。

浮かべてから、陸の膝を軽く蹴りつけた。

「もっと早く言ってよ！」

○

八景島を後景に据え、陸《りく》は内陸へとずんずん進んだ。神奈川の南端部は山が多い。海沿いの住宅地のため、日陰も少ない。歩くだけで汗が噴《ふ》き出してくる。

「そういや、火傷だけじゃなくて、頭痛を訴えてる人も多かったな」

陸は病院での光景を思い出しながら、肩越し言った。「ありゃ熱中症かな」

「うーん、それもあるだろうけど、電磁波の影響もあるかもね」

背に乗ったままの金星が答える。

「はあ？　なんだよそれ。いよいよオカルトじゃねえか」

「オカルトじゃないわよ。太陽が出す電磁波って低周波でしょ？　で、これに長い時間曝露《ばくろ》されると、体内に電流が発生して神経が刺激されるの」

「ああ、そういや、低周波治療とか聞いたことあるな」

「そうそう。あれは悪影響が出ない程度に調整されてるけどね。人の体内には、もともと脳の神経活動や心筋の活動による生理的な電流——内因性電流が流れてるから、これが乱れるほどの電流が発生すると、健康に悪影響を及ぼす恐れがあるってわけ」

「まじかよ……信じらんねえぜ……」

「ま、とはいえ、そこまで長時間の間、低周波を地球に届けるのは太陽にとっても至難の業だし、常識的には考えられないんだけどね」

「やっぱりオカルトなんじゃねえか」

「今回の太陽フレア自体がオカルト級の威力なんだから、常識だけで考えてちゃ足元掬《すく》われるわよ」

ぽつぽつと会話を続けながら、ゆるやかに続く坂を上っていくと、古めかしい住宅街に差し掛かった。一軒の住宅の前で陸が立ち止まる。「ここ？」と金星が訊ねた。

目の前に立つ家は木造の平屋建てで、引き戸は見るからに立て付けが悪い。風雨に傷んだ壁面には青々とした蔦《つた》が這《は》っていた。

「なんだよ。人が住んでるようには見えねえってか？」

「いや、そういうわけじゃ……」

「嘘《うそ》だよ。嘘」

冗談めかして笑いつつ、背から金星を降ろす。

「そういう嘘きらい」

地面に降りた金星が唇をつんと尖《とが》らせた。「反応に困るでしょ」

「……すまん」

「今後、私と話す時はそういう冗談やめてよね」

「だから、悪かったって」

陸《りく》は謝りながら、玄関横のチャイムを押し込んだ。「約束ね」金星が唇を尖《とが》らせる。「わかったって」言いながら、陸も唇を尖らせる。

「あれ？」

押してから気がついた。通電していないからチャイムが鳴らない。

陸は仕方なく薄い横引き戸をノックした。

「おーい、じいちゃん。俺だ、陸だ」

帰ってきたぞー。と呼びかけるも、室内からは反応がない。脳裏に幾ばくかの不安がよぎる。

「ねえ、まさか……」と隣から零《こぼ》れた呟《つぶや》きに、陸は強く頭を振った。

「大丈夫だ。俺のじいちゃんに限ってそんなことはねえ」

陸は再び声を張った。「おい、じいちゃん！　俺だ！　陸が帰って来たぞ！」戸を無理やり引き開こうとするものだから、ガタガタと軋《きし》んだ音が鳴った。

「おい！　じいちゃ――」

「うるせえ！　朝っぱらからなんだこの野郎！」

突然、戸の向こうから怒鳴り声がした。

続けて、どたどたと床を踏む音がする。

金星が身構えるや否や、引き戸ががらっと開け放たれる。

「新聞の勧誘なら要らー―なんだ。陸か」

「なんだじゃねえよ。呼んだら出てきてくれよ」

「おめえ、寝てる人間に返事しろって、そりゃ無理な話だ」

陸の祖父である星板莞《ほしいたかん》が、大口を開けて大笑した。しじら織りの紺の甚平を身にまとい、短い白髪には寝癖がついている。顔の形や鼻筋などは陸そっくりで、陸をそのまま年とらせたら莞になると言われても不思議ではない。

「寝てるって、もうとっくに朝だぞ」

呆《あき》れた様子で陸は空を流し見る。

莞はこれみよがしにため息を吐いた。

「ばか言うな。老人が早起きなんて誰が決めた。昨日は遅くまで起きてたからな。今さっき起きたんだ」

「おいおい。また布団《ふとん》のなかでゲームやってたのかよ。ガキじゃねえんだから」

「頭の体操になるからってゲームを勧めたのは陸だろうが。だいたいおめえこんな朝早くに帰ってくるなら連絡のひとつでもしろ。じいちゃんこっそり自力で六の七をクリアして驚かそうと――」

言いかけ、莞の視線がさっと動く。

その先は、陸の隣に注がれていた。

「おいおい、こりゃまいった。随分若いが、あんた陸《りく》のガールフレンドか?」

「ちがいます!」

「違うのか?」

「ちげえよ」

「なんだちげえのか」

と、つまらなそうに口を尖《とが》らせる莞《かん》の前に、金星が一歩歩み出た。

「浅野《あさの》金星《ヴィーナス》です。金星ってかいて、ヴィーナスって読みます。陸さんは私のお姉ちゃんの同級生で、なんで一緒にいるのかってなると、少し長い話になるんですが……」

「あー、待て待て。長くなるならあがってけ。立ち話はじじいの腰にくる」

はだけた甚平の胸元を掻《か》きながら、莞はふたりを家に招き入れた。


『……——四国電力、伊方発電所三号機。九州電力、玄海原子力発電所三号機及び四号機。同九州川内原子力発電所一号機及び二号機。昨晩までに稼働しておりましたこちらの原子力発電所につきましては、正常に稼働が停止されたと原子力規制委員会から報告がありました。続きまして、稼働中の発電所についてです。関西電力の大飯、高浜、美浜発電所につきましては、非常用電源に切り替えて正常に稼働しております。その他発電所につきましても、続報が入り次第、随時お伝えいたします。現在電力が逼迫《ひっぱく》しております。市民のみなさまにおかれましては、電力の復旧まで――……』

ラジオから硬い声が垂れ流されている。壁掛け時計が午前七時過ぎを告げていた。

乾電池で動く機械は通常時では不便なこともあるが、こういう災害時にはやはり強いのだと、陸はしみじみと感じ入っていた。

「ばあちゃん、帰って来たぞ」

祖母の遺影に手を合わせながら、懐かしい実家の空気に浸る。居間にはもう何世代も前の携帯ゲーム機が転がっており、綿の薄くなった座布団《ぶとん》が畳の上に置いてある。毛玉のついた毛布が押し入れから少しはみ出しているのも、陸にとってはおなじみの光景だった。

「なんだよ。日ぃ跨《また》いでも水出ねえのか」

台所に立つ祖父が愚痴《ぐち》を零《こぼ》す。

陸は仏間から出て、居間の床に腰を下ろした。

「上水も下水も水道局のポンプは電気で動いてるからな。停電が収まらないと、水道も止まったままだ。諦めろ、じいちゃん」

「まいったな。うかうかクソもできねえのか」

「タンクの栓を抜けば便所は流れるよ。水が貯まってればだけどな――つうか、一応女子もいるんだ。クソとかいうな」

「一応ってどういう意味？」

居間で脚を伸ばしていた金星が頬を引きつらせる。そういう意味の一応ではなかったのだが、陸《りく》は弁解も面倒だなと思い、目下の問題に話題を逸《そ》らすことにした。

「……まあしかし、これだとシャワーは無理だな。ウェットティッシュかなんかで汗拭《ぬぐ》うだけにしとこう。これだけでもだいぶ身体が軽くなるはずだ」

「そうね。そうしましょうか。ところで、一応ってどういう意味？」

「金星、おまえ先に身体拭いて来いよ。レディファーストだ」

「はいはい。レディ扱いありがとね」

金星は肩を竦《すく》めてから、畳の上できょろきょろと首を回しはじめた。「脱衣所はあっちだ。タオルもウェットティッシュもそこにある」陸が台所の隣にある引き戸を指さすと、金星はこくんと小さく頷《うなず》き、立ち上がった。

「金星ちゃん、これも持ってき」

脱衣所に向かう金星を呼び止め、莞《かん》が青い紙箱をひとつ手渡す。

「歩き疲れたろ。ふくらはぎや足の裏なんかに貼るといい」

「ありがと、おじいちゃん」

金星はもらった湿布を手に脱衣所に駆けていく。去り際に「覗かないでねっ」と言い残すものだから、陸も反射的に「覗くかばかっ」と返してしまう。「仲がいいな」と笑う莞を見て、なんだかありきたりな場面だなと陸は苦笑した。

「今日会ったばかりなんだ。仲が良いも悪いもない」

「そうかい。じゃあ、じいちゃんはふたりが仲良くなれるために、飯でも作るかね」

「俺も手伝うよ」

「ばかいえ。わざわざ帰って来た陸に家事手伝わせたとあっちゃ、天国にいるばあさんに俺が叱《しか》られっちまうだろう」

莞は台拭きでさっと調理場を払い、調理の準備を進めていく。コンロにカセットボンベをセットし、押し式レバーを捻《ひね》ると、ボッとコンロが火を噴《ふ》いた。

「じいちゃん、まだカセットボンベ使ってんのかよ」

「カセットボンベの方が便利だ。それに都市ガスは好かん。においがよくない」

「そもそもガスのにおいを嗅《か》ぐなよ……」

火を止めた莞は、次に冷蔵庫に向かった。屈みこむと、冷凍庫から保存容器をひとつ取り出す。それが祖父お得意の醬油のみりん漬けであることに、陸はすぐに気がついた。夏だから、漬けられているのはおそらく鯵《あじ》だ。

「うん。まだ腐ってねえな」

小笑いしながら、莞は魚焼きグリルに並べ始める。

魚の焼ける匂いが、陸の空腹を刺激した。

「そういやじいちゃん、ケータイ見つかったのか？　昨日、家電からかけてきたろ」

「いや。あいつは出てったきり帰ってこん。きっとおまえに似たんだな」

「俺に仕事見つけるまで帰ってくんなって言ったのはじいちゃんだろ……あー、そうだ。そういや俺もケータイなくしたんだった」

「持ち主に似たんだな」

「俺は自分から海にぶん投げたんだよ」

「なんだおめえ。こんな朝っぱらから酔ってんのか?」

「酔ってねえよ。やむなく海にぶん投げたんだ」

「素面《しらふ》の人間がやむなく海にケータイをぶん投げることがあってたまるかよ」

「それがあったんだよ。俺もびっくりしてる」

言い合うように、陸《りく》と莞《かん》は話し続けた。「俺の孫は海にケータイを投げ捨てる奇特な人間に育っちまったのか」莞が肩を竦《すく》める。「喜べ。町内会に自慢できるぞ」陸が応戦する。「ばか言うな。心配されて終わりだ」陸には、この掛け合いが懐かしかった。

しばらくすると、「ふぅー、さっぱりした」と、着替え終わった金星が戻ってきた。手にはタブレットを携えている。先に居間に戻っていた陸は「座れよ」と対面の座布団《ぶとん》を指さした。

「まずは水分補給だ」

居間の卓袱台《ちゃぶだい》には麦茶の入ったピッチャーと、グラスがふたつ置かれていた。金星は「ありがと」と言いつつ、一息にグラス一杯の麦茶を飲み干した。

「おー、いい飲みっぷりだ」

「そりゃどうも。――そういえばカブ、だっけ？　バイクは平気そうなの？」

「ああ、そっちは大丈夫だ。案の定、じいちゃんが日頃手入れしてるってさ」

「ほんと!?　ならよかった」

背後では莞が食事の準備を進めている。冷凍庫から溶《と》けた氷皿を取り出して、溜まった水を鍋に入れて火をつける。電子レンジは使えない。そうしてレトルトのごはんを湯煎《ゆせん》する間、陸と金星は常温の麦茶を飲みながら一息つく。

「なあ、そのタブレット、まだ動くのか？」

「うーん、結構やばいかも。横須賀に着いたら自衛隊の人にメンター7の説明もしたいし、それまでは持ってくれるといいんだけど……」

「充電なぁ……この状況だとなぁ……」

「裏の倉庫に小型の発電機があるぞ」

食事の支度を進める莞がさりげなく言った。

「ほんとか？　あ、でも燃料――ガソリンがねえだろ」

「ばかおめえ、ガス式だよ。ほれ、これぶっさせば電気になる」

祖父は空いた左手でコンロに刺したカセットボンベを指さした。

「作り終わるまでもうちょいかかるから、倉庫行ってこい。カセットボンベの予備もそこにある」

祖父に言われるがまま倉庫に入ったふたりは、同時に洟《はな》を啜《すす》っていた。倉庫は湿っぽく、埃《ほこり》っぽい匂いの中に木材とカビの混ざった独特の臭気が漂っていた。庫内には棚が乱雑に置いてあり、古いVHSビデオなんかも見受けられる。手書きのラベルは幼い陸《りく》が書いたもので、ところどころ判読が難しい。その中で『アルマゲドン』だけは綺麗に読み取ることが出来た。

——なつかしいな。

陸は目を細めた。

『アルマゲドン』は、陸のお気に入りの映画だ。小学生の頃、金曜ロードショーを録画して、何度も観た。普段は野球と天気予報しか見ない祖父も、『アルマゲドン』だけは食い入るように見ていた。「このハリー・スタンパーっつう男は立派なもんだな」と腕を組んでテレビに唸《うな》っていたことを覚えている。

思えば、陸が宇宙に興味を持ったのも、この映画からだった。

「あ、発電機、これじゃない？」

棚を眺める陸の背後で、金星が腰ほどの高さの棚に手を伸ばす。黒い箱のようなそれは、たしかにポータブル発電機だった。そのまま金星が両手で持ち上げる。拍子に、カシャッと軽い音が床から鳴った。

「あ、ごめん、なんか落としちゃった」

「気にすんな。基本ガラクタばっかりだ」

屈みこみ、陸は落ちた物体を取り上げた。

「なんだよじいちゃん、ケータイこんなとこに置きっぱなしにしてんじゃねえか」

「これ……ガラケーってやつ？」

二つ折りの携帯端末を興味深げに眺め、金星が首を傾《かし》げる。背面についたミニディスプレイ。慎ましやかに飛び出たアンテナ。小さくて硬い物理キー。ずぼらな祖父のために、バッテリーカバーには、自機の電話番号が記されたテプラが貼ってある。

「そうか。金星の歳だと、見るの初めてか？」

「うん、写真ではあるけど実物ははじめて見た。これアンテナ？　なんか変な形」

「あー、いや、このアンテナは純正じゃなくて、光るアンテナなんだ。アクセサリーというか、一時期流行ったんだよ。その代わり通話品質落ちるんだけどさ、まあ、こういう一過性の流行りみたいのは、いつの時代もあるもんだろ？」

「ふーん」

「俺よ、自分専用のケータイ買ってもらえなくて、たまにじいちゃんのガラケー借りて出かけたりしてたんだ。周りのみんなは自分の持ってて、好きにアクセサリーとかつけてたから悔しくてさ。それでじいちゃんに内緒で勝手にストラップつけたり、アンテナ替えたりして……

よくケンカしたよ。邪魔だの、繋《つな》がりにくくなっただのって怒られて。いいじゃねえかよなぁ、別にアンテナが光るくらい」

陸《りく》はふっと鼻で笑った。

「でも、なんだよ。あの頑固じじい。なんだかんだ言って、まだこれ付けてくれてんじゃねえか」

スペースシャトルのストラップと、光るアンテナをそっと撫《な》でる。祖父は何度機種変更をしても、このアクセサリーを外さない。決してスマホにも替えようとしないし、乗らない原付も手放さない。カセットボンベに拘《こだわ》るところといい、どこまでも一本気な人間だ。

「触るか?」

物珍しそうに見つめる金星に、陸はガラケーを差し出す。金星は「いいの?」と言いつつ既に手を伸ばしていた。好奇心が抑えきれない様子だった。

「このアンテナ、電池が入る隙間がないってことは……なるほど、受信電波をコイルで電気に変換してるのね。だから着信でアンテナが光る。てことは、通信基地局が遠いほど、受信しようと頑張って強く光るのかな……へえ、よくできてるなぁ」

金星は、ガラケーを見ながらぶつぶつ言っている。

陸はその様子を微笑ましく眺めてから、発電機の起動に取り掛かった。カセットボンベを挿し込んで、パネルを操作する。よし、これで準備完了だと背筋を伸ばし、隣を見ると、金星が慣れない様子でボタンをポチポチと押していた。

突然、「あっ」と小さい驚きが響いた。

「どした」

「アマチュア無線！」

ガラケーを手にしたまま、金星はたたっと反対側の棚に駆け寄る。

そこにはたしかに、埃《ほこり》を被ったアマチュア無線機がぽつねんと置かれていた。

「ちょうどよかった。これでみんなに連絡が取れる！」

「みんな？　みんなって掲示板の？」

「そう！　こうなった時のために、掲示板のみんなでＨＦ帯のアマチュア無線でやりとりできるように準備してたの」

「はぁー、本当に念入りに準備してたんだな」

「まあね。ただ、遠くまで飛ばすにはここの電波環境じゃ難しいから、とりあえずは近場の知り合いに飛ばしてリレーしてもらう。まずはメンターの詳細仕様でしょ。あとほかに危ない衛星がないかとか調べてもらって――」

「おいおい、ちょっと待て、アマチュア無線の免許は持ってるのかよ」

「もってる。九歳の時に二級取った。ＩＳＳでも無線機は使うしね。電波法違反でしょっぴかれる心配はないから安心して」

「ほんと金星、おまえってやつは……」

「なに？」

「いや、すげえなと思ってさ」

「……なによ、いまさら。別に無線通信に興味あっただけだし」

「いや、そうじゃなくてさ」

陸《りく》は額に手を当て、「まあいいや」と頭を振った。

「なあ、そういえばアメリカの高校に行くって言ってたけど、それも宇宙飛行士になるためなんだろ？」

「そうだけど？」

「はー、すげえな」

「そっちは？　お姉ちゃんに見栄はりたい以外の理由あるの？」

「ばかにすんな。たしかに途中から、おまえの姉ちゃんにいいかっこ見せたいって動機もあったけどな、最初は違えよ。宇宙飛行士ったら人類の代表だ。つまりめちゃくちゃ立派な人だ。俺はそんな人間になりたかったんだよ」

「立派な人間？」

意図が組めないのか、金星が眉間《みけん》に皺《しわ》を作る。

陸は「ああ、そうだ」と強く頷《うなず》いた。

「あいつは両親がいないからダメなんだって、誰にも言わせたくなかった。じいちゃんとばあちゃんの育て方は間違ってなかったって、証明したかったんだ」

陸はひとつ、息を吸った。

「俺にとっちゃ、その立派な人間が宇宙飛行士だった。『アルマゲドン』を見たじいちゃんが、隕石《いんせき》を止めるハリー・スタンパーを見て、立派だって言ったから、俺は……」

言ってから、陸は気がついた。

——そうだ。なんで今まで忘れていたのだろう。

陸が宇宙飛行士を目指した最初の動機はそれだった。家を飛び出し、空を駆け、心身をすり減らしてでも叶《かな》えようとした夢の端緒はそこだった。

いつからか恋や憧れを重ね塗り、朧《おぼろ》げで純粋な想いを見失っていた。上辺の目標に拘泥《こうでい》し、奥底に眠らせたたったひとつの願いを忘れてしまっていた。

煌《きら》びやかな民間航空ではなく、人助けを生業《なりわい》にする自衛隊を選んだのも。

唯我独尊《ゆいがどくそん》を自負するくせに、どうしても他人を見捨てられないのも。

すべてがその願いに根を張っているからだった。

昨日、太陽が世界をぐちゃぐちゃにしてから、もっと違う生き方があったのではないかと疑った。重要な選択を間違えてきたのだと考えていた。

陸は今一度、振り返る。ＶＨＳビデオテープが並んだ棚。へたくそな字で書いた大好きな映画のタイトル。くすんだスペースシャトルの模型。

それらすべてが問いかけてくる。

星板陸《ほしいたりく》のこれまでの人生は、本当に間違いだったのか。

●

陸が祖父母に引き取られたのは、五歳の時だ。

離婚した両親にどんな問題があったのかは知らないが、なかば奪い取るようにして祖父母が陸を養子にしたのだと、後に親戚から聞いた。

「小さい頃の陸ちゃんは、なんだかいたたまれなくってねえ」

と、その親戚は語っていたが、祖父母に引き取られる以前の記憶は陸にはない。

陸にとって人生とは、祖父母に引き取られた後のことを指す。

実際、裕福ではないが、祖父母のおかげで幸せに育った。

祖母は口うるさいこともあったけれど、陸にとっては安らぎの象徴だった。金曜ロードショーで怖い映画を見た時、雷が鳴っている雨の日、寝付けない陸の背中を祖母は何時間でも撫《な》でてくれた。祖母の手はぬくぬくと温かくて、陸はなんでそんなに温かいのか不思議に思ったことがある。自分の手や、祖父の手、周りのみんなの手よりもずっと温かい。

一度、我慢が出来ずに「なんでそんなに手が温かいの？」と祖母に直接聞いたこともある。
「さあ、なんででしょう」と、祖母はいつだって陸に考える機会を与えてくれた。陸に胸に巣食う好奇心は、今にして思えば祖母に培われたものだ。

対して、祖父は怖くて頑固者な仕事人間という印象だった。最初はそんな祖父が怖くて避け気味だった陸だが、ふたりで散歩に行った時、「ばあちゃんには内緒だぞ」とコンビニでアイスを買ってくれたことで一気に打ち解けた。

大人もちゃんとずるいんだ。陸にはその発見がおかしくてたまらなかった。

それからしばしば、祖母に隠れてふたりだけのいたずらをした。カレンダーに丸が付いている日は祖父との散歩の日。月に二度ある秘密の悪戯《いたずら》が楽しみでしかたがなかった。特に印象に残っているのは、散歩の帰り、祖母に内緒でおもちゃ屋に寄ったことだ。スペースシャトルの模型を抱いて帰ったあの夕暮れの道は、今でも陸の心に鮮明に残っている。家に帰ったあと、温厚な祖母にお説教された事も、隣で一緒に正座をさせられていた祖父の横顔も、ぜんぶぜんぶ陸の宝物だ。陸の身体に蔓延《はびこ》る悪戯心は、祖父との散歩で養われた。

このふたりのために立派になろうと思った。

陸は、周りが言ってくるような不幸な子じゃない。

両親がいない可哀想《かわいそう》な子じゃない。

証明してやりたい。陸は幼心に強く思った。

とやかく言ってくる周りを全員黙らせられるくらい立派な人間——たとえば宇宙飛行士になって、俺の祖父と祖母は最強で最高の親なんだと証明してやりたい。アルマゲドンに出てくるような宇宙飛行士になれば、誰も陸《りく》を可哀想《かわいそう》な子だと思わない。

絶対、そうに違いない。

決心した陸は、学業に、運動に、すべてに邁進《まいしん》した。嫌いな算数も、苦手な水泳も、何度も何度も立ち向かって克服した。いつしか陸は町内でも指折りの優等生になっていた。学費の問題さえクリアできれば、難関の中高一貫校だって行けると、教師に太鼓判を押されたほどだ。

このままいけば、証明できる。

陸は誇らしさを抱えたまま、すくすくと成長していった。

そんな幸せな家のなかで、頑固な祖父が一度だけ涙を見せたことがある。陸が小学六年生の時だ。かねてから肺が悪く、定期的に通院をしていた祖母が亡くなった。

祖母が旅立った夜、祖父は居間で声を殺して泣いていた。陸は被った布団《ふとん》の隙間から、それをずっと見ていた。幼い陸にはまだ近しい人の死が実感できなくて、頑固なじいちゃんも泣くのかとただただ意外だった。

その夜は、どうにも眠れなかった。なぜだかずっと、背中が寒かった。

そうして何の前触れもなく、祖父との二人暮らしがはじまった。

祖父はタバコをやめた。代わりにおざなりにしていた料理に精を出しはじめた。正直、最初は食べられたものじゃなかったが、祖父は陸に感想を求めては改良を続けた。

おかげで陸が小学校を卒業するころには、そこそこの腕前になっていた。

季節の節目もふたりで祝った。「みんな持ってる」だけじゃ足りないと思って、「じいちゃんの頭の体操にもなるから」とねだって買ってもらったクリスマスプレゼントのゲーム。欲しかったのは違うソフトだと言えなくて、ひとり不貞腐《ふてくさ》れた夜もある。

中学に上がると、陸も世界の見方が朧《おぼろ》げながらにわかってきた。

賢くなった陸は気づいてしまった。陸を引き取ったことで、祖父母の老後資金が大きく減ったこと。あの楽しかった散歩も通院に行く祖母の代わりに、祖父が仕事を休んで陸を世話する時間に過ぎなかったこと。

事実を知ったその日は、カレンダーの丸を楽しみにしていた自分がひどく醜悪な人間に思え、布団にくるまって静かに泣いた。

無論、反抗期も来た。祖父が嫌いになる日もあった。なぜ自分には両親がいないのだろうと腐る日だって、もちろんあった。テレビを見て文句を言う祖父の背中が嫌いだった。野球を見て選手に怒鳴る声が嫌いだった。俺のことなんか引き取らなきゃよかっただろと、口に出しかけたこともあった。

けれどやはり、楽しかった想い出の方が多いのだ。

一緒にゲームをやってくれたこと。対戦ゲームで陸が手を抜くと怒ったこと。そのくせ陸の手助けがないとRPGはひとつもクリアできなかったこと。

叱られたあとに、ふたりで囲む食卓の気まずさや、それでもおいしかった握り飯。一緒にやった宿題。「じいちゃんは高校も出てないんだ」と唇を尖《とが》らせながら、隣でうんうんと頭を捻《ひね》り続けてくれた、夏の夕暮れ。

言い出せば、きりがない。

ジュースばっかり飲んでいたら怒られたこと。じいちゃんの淹れるお茶は熱くて飲めなかったこと。茶色いお弁当が少し恥ずかしかったこと。自分が疑う自分を、じいちゃんは決して疑わなかったこと。

「陸《りく》なら、当然だ」

航空学生の合格を知った時、祖父は言った。

「この世界で陸が一等、空を飛ぶのが似合う人間だ」

ぶっきらぼうに言い放った祖父が、いきつけの居酒屋でくだを巻き、「孫がパイロットになるんだ。そのうち宇宙飛行士になる」そう言いふらしていることを知った時、陸は布団《ふとん》にくるまり、人知れず泣いた。

少しはふたりが誇れる孫になれた。その事実がひどく嬉しかった。

宇宙飛行士を目指した動機も薄ぼけて、恋心を言い訳に夢を追うようになってさえ、心のどこかに突き刺した願いの欠片《かけら》は陸に喜びの涙を流させた。

その数か月後、陸は航空学生として山口県防府北基地《ほうふきた》へと単身旅立った。家を出る際、「おう、陸」と重たいリュックを担いだ背を呼び止めた祖父の言葉を、陸は今もまだ覚えている。

「ちっと、背が伸びたか」

伸ばした背筋の感覚とともに、しっかりと。

●

「戻ったか。ほれ、できたのから運んでくれ」

倉庫から戻ると、祖父が菜箸《さいばし》を片手に手招きしていた。

台所には、握り飯の載せられた大皿がある。そっと鼻をくすぐるのは、味噌のにおいをたっぷり含んだ湯気だ。切った油揚げを鍋に投げ込む祖父の足元には、封の切られた災害用備蓄水があった。

「なにも貴重な水使ってまで、みそ汁作らなくても」

「いいんだ。ばあさんの受け売りだがな、大変なときほどしっかり食わにゃ。腹減って倒れたら事だ」

祖父の言葉に、陸はただ頷《うなず》くほかない。「私も手伝う」と寄って来た金星に、祖父は椀になみなみ注いだみそ汁を手渡した。

「じゃあ、これを運んでくれ。零《こぼ》さないようにな」

「うんっ」

椀を受け取った金星がそろりそろりと歩く。

その後ろ姿が懐かしくて、陸《りく》は笑った。

祖父の注ぐみそ汁は、いつだって運ぶのが大変だった。

「なに突っ立ってんだ。おまえも早く運べ」

「じいちゃんさ」

「ん?」

「俺、ここに帰ってこようかな」

言わないはずだった。祖父に、弱い自分は見せないつもりだった。

思えば、祖父も祖母も陸のために人生を使ってくれた。子育てを終え、ようやく余生を謳歌しようという時に幼い陸を引き取って、また子育てに身を投じてくれた。

どれほど大変だっただろう。わがままなばかりで、わんぱくざかりの孫を育て上げるのは。

特に祖父がひとりになってからは困難の連続だったはずだ。

それでも陸は夢を叶《かな》えようとした。祖父と祖母が自分に掛けた時間は間違っていなかった。

誰にも文句を言わせない。人類の代表である宇宙飛行士になればそれが示せると信じた。

けれど、それはただのエゴなのではないか。

「……ああ？　陸、おめえ何言ってんだ」

「だってじいちゃん、俺を引き取ってから大変だったろ？　俺、なんも恩返しできてねえし。ちょうどクビ切られたし、いい機会かなって」

陸は、夢を再確認してなお考える。陸が立派になったところで、ふたりが陸に投じた時間は戻らない。夢を叶えた。恩を返した。俺は立派になった。そうひとり納得しても、祖父も祖母も本当のところはどう考えているかわからない。

俺は結局、ただわがままを言っていただけなんじゃ――……

「ばか言ってんじゃあねえよ」

突然の叱責《しっせき》に、陸は狼狽《うろた》えた。

「陸よぉ、てめえは本当のところ夢を諦めちゃいねえんだろ？　そんでよぉ、誰かを探してるだけなんだ。諦めてもいい。おまえはよく頑張ったと言ってくれる人を。だがな、じいちゃんはぜってぇ、てめえの思い通りにはならねえ。陸の挫折《ざせつ》を後押ししたとあっちゃあ、ばあさんに顔向けできねえからな」

陸の逡巡《しゅんじゅん》を笑うように、祖父はきっぱり言い切った。

「たしかにおまえを育てるのは大変だった。なんせ陸、おまえは俺の予想をはるかに超えるくらい頑固で、いたずら好きで、賢い子だったからな。随分手を焼かされた。覚えてるか？　家中の機械を分解してみたり、船に乗せろってせがんだり、じいちゃんのケータイ勝手に改造したり……おまえは、そういうやつだった」

懐かしい叱《しか》り声に、陸《りく》の唇も自然と尖《とが》る。

「他にも数えればきりがない。やれ茶が熱い、やれ弁当が茶色で格好悪い。水泳だってそうだ。おまえが習いたいって言うから通わせたのに、じいちゃんが休ませてくれないだの言ってみたり、帰りに自販機でアイス買えだの騒いでみたり、わがままばっかで、大変で大変で。大変すぎて、毎日、退屈しなかったんだ」

言いながら、莞《かん》は握り飯の載った大皿を陸の胸元に押し当てた。

「なに悩んでんだか知らねえが、自分を見失うなよ、陸。おまえはそんな器用な人間じゃない。人でも物でも夢でも愛でもなんでもいい。たったひとつでいいから守り抜いてみせろ。それが本当にじいちゃんだってんなら、帰ってこい。喜んで歓迎してやる。でも違うってんなら、帰ってくんじゃねえ」

祖父の瞳に射抜かれ、陸はなにも言い返せない。

「陸。自分のために生きろよ。目標がどんなに遠くに見えたって、一歩ずつ進めば、必ずたどり着く。俺ぁよ、たしかにいろんなもん犠牲にしておまえを育てた。でもよ、それを後悔したことなんか、一秒たりともねえんだぜ」

「……それ、本当かよ」

「本当さ。今だって夢想してるんだ。この小さな町から宇宙飛行士が出てみろよ。ばあさんのとこまで噂が届くこと間違いなしだ。俺はそれを夢見てる――わかったならとっとと運べ。

せっかく作ったのに冷めちまう」

「……ああ、うん。ごめん」

「ったく、じいちゃんとばあちゃんのなにを見て育ったらそんな卑屈になれるんだ」

ぐちぐち言う祖父に背を向けて、陸は大皿を抱えて居間へ歩く。

不思議と、心は軽くなっていた。

食卓に着くと、先に運び終えていた金星が「なに笑ってんの？」と訝《いぶか》しげな目を向けている。

「いや、なんかな」陸は答えながら、大皿を卓袱台《ちゃぶだい》に置いた。

「ようやく、目が覚めたみたいだ」

三人で食卓を囲み、手を合わせる。「いただきます」を言うや否や、陸は真っ先に握り飯にかぶりついた。

「やっぱじいちゃんの漬けた魚は米にあうな」

「ほんと、おいしい！」

「醤油とみりんに漬けて寝かせておいただけだ。そんなたいしたものじゃない」

祖父は照れを隠すようにみそ汁を啜《すす》る。「まあ、コツはあるがな」とわずかに胸を張る姿は格好がつかない。

食事は続いた。「おいしい」と笑みを浮かべながら金星は握り飯を齧《かじ》る。その光景は陸《りく》にとっても誇らしいものだった。そうだ。俺のじいちゃんの飯はうめえんだ。そう言いたい気持ちを――しかし身内を褒《ほ》めるのがどこか気恥ずかしいから抑え込んで、自分も米を口に運ぶ。

「ん？　どうした、じいちゃん」

祖父が金星を見つめていることに気がついた。

「いや、良い名前だと思ってな」

笑みを湛えたまま、祖父はみそ汁を口に含む。

「昔、陸が言ってたろ。太陽系で一番明るい惑星ってのは金星なんだって。じいちゃんはたいして学がないから詳しくないけど、それだけは覚えてる」

祖父はまたみそ汁を口に運ぶ。

金星は惹きつけられるように、その口元を見つめていた。

「名は体を表すというが、だからかな、金星ちゃんの笑顔は一等眩《まぶ》しい」

照れ臭そうに、けれどしっかりと金星を見つめて微笑む祖父。金星は抑えきれないといった様子で口の端を上げ「そうなんです！」と力強く頷《うなず》いた。

「私、めちゃくちゃ眩しいんです！」

笑い声が食卓に響く。身を強張《こわば》らされていた緊張がはらりと解けて、心は徐々に癒やされていく。「じいちゃん、漬物ない？」陸は言いながら腰を上げる。「あるぞ、台所に。ついでに醤油も頼む」祖父が握り飯を齧りながら言った。

「あいよ」

陸はそれに背中で応える。こうした会話をしていると、今ここにある日常は、かけがえのない宝物で、誰にも奪わせたくないものなのだと実感する。

しかし、自分にできることなんてたいしてない。停電を復旧させる力もないし、落ちてくる衛星を撃ち落とすような権限もない。それでも平和を——自身の宝物を守ろうと考えるのは傲慢《ごうまん》なのだろうか。また身勝手だと、誤った行動だと、早まった行動だと叩かれるのだろうか。

「ところで、陸」

漬物と醤油を抱えて戻った陸に祖父が訊ねた。

「いったいこの騒ぎはなんなんだ。地震も台風も来てねえのに停電続きで」

「太陽だよ。太陽がすげえエネルギー放ったせいで、地表の機械が全部いかれたんだ」

「そうか。太陽か。なら安心だ」

「なんでだよ」

「宇宙のことなら、昔から陸が一等詳しい」

祖父の言葉に、陸の食事の手が止まる。

「なんだよ、それ」思わず震えた声が零《こぼ》れた。

「なんだそれとはなんだ。いいから陸、おまえは飯食ったら偉い人のとこでも行って助けてやれ。みんな宇宙のことがわかんなくて戸惑ってるはずだ」

祖父は平然と食事を続けながら言った。「早く停電が直らないと、ゲームの充電が切れちまう」まるで陸《りく》が事態を解決すると信じているように。

そんなことはないのに。陸よりも頭がいい人はたくさんいるのに。それでも祖父は陸がなんとかすると信じている。祖父だって知っているはずだ。陸よりも宇宙に詳しい人間なんてごまんといる。けれどたしかに言葉にして、「おまえがみんなを助けてやれ」と陸に託したのだ。

その言葉に、なんて返せばいい。

そんなの、決まっている。

「当たり前だろ。じいちゃん」

自身の放った言葉が胸の奥で熱を持つ。

そうだ。弱音を吐いている場合なんかじゃない。

「っしゃ、食ったら力出てきた。時間がねえ。準備はいいか、金星」

「うんっ！　ばっちし！」

みそ汁を啜《すす》り上げ、金星は親指を高く立てる。

ふたりそろって「ごちそうさまでした」と頭を下げ、席を立った。

「おじいちゃん、ごめんなさい。食べっぱなしで洗い物できなくて」

「気にしなくていい。その代わり、また遊びにきてくれ。今度はゆっくりゲームでもやろう」

言って、祖父は居間の端に置いたままの携帯ゲーム機を指す。金星はそれに視線を向けたあと、もう一度祖父を見つめてから「はいっ！」と力強く頷《うなず》いた。

玄関先でスーパーカブの起動確認を終えた陸は、遅れてやってきた金星にフルフェイスのヘルメットを渡し、自分は予備のハーフヘルメットを被った。

「約束が増えちまったな」

「大丈夫。船長の船にも乗るし、おじいちゃんとゲームもする。今日約束したまた今度は、誰にも奪わせない」

「だな」

陸も頷く。カブのエンジンも死んでいない。燃料も片道分は入っている。あとは自衛隊病院に着きさえすればいい。そして、血液製剤の手配をしてもらっている間に、落ちてきている衛星のことを報告して――……。

「おう、陸」

「ん？　なんだよ。まだなんかあんのかよ」

祖父に呼ばれ、陸はおもむろに振り返った。

「おまえ、ちっと背が伸びたか」

「……ばか言うなよ。俺もう、二十七だぜ」

「そうか。ならじいちゃんの勘違いだ」

朝日を受けて祖父が笑う。

目尻に寄った皺《しわ》は記憶よりも濃く、頬も以前よりこけている。

陸《りく》は喉の奥が熱くなるのを感じていた。

「なあ、じいちゃん。今日も暑くなるから、ちゃんと――」

「わかったわかった。そこまでじいちゃんが心配なら、これもってけよ」

陸の掌《てのひら》に銀色の物体が手渡される。

倉庫で見つけ、祖父に返したはずのガラケーだ。

「おまえ、自分のケータイなくしちまったんだろ？　じいちゃんは家にいるから、なんかあったらそれで家の電話に掛けてこい」

じいちゃんのことは心配するな。

祖父はそう言い残し、薄暗い家の中へひとり戻っていく。

「じいちゃん！」

去っていく祖父の背中に、陸は声を掛けた。

「なんだ。まだなんかあんのか」

「いや、その……――いってきます」

「おう、いってこい。どんなにしんどくても、背筋曲げるんじゃねえぞ」

陸は九年前と同じように背筋を伸ばして、顎《あご》を引いた。自分は変われないのだと、このままでもまだやれることがあるのと、その時に思った。

金星を後部座席に乗せ、通りへ出た。アクセルを吹かすと軽快な音が夏の空に鳴り渡る。顔を撫《な》でる町の風が今日はやたらと目に染みた。

通学で歩いたこの道。寂しさを紛らわせてくれたあの街灯。傾いた電柱。足元の錆びた自販機。何度も目にし、長い時間を過ごした景色たちが陸を見送っていた。

陸はその景色のなかに、幼い自分を見た気がした。祖母と祖父に、大きすぎる夢を自信満々に語るあの日の自分が、今もまだ、そこで笑っている。

〈2025年7月7日　月曜日　午前〉

横須賀の自衛隊病院まで――残り一km《キロメートル》
水星の出産予定時刻まで――残り三時間
衛星の落下予想時刻まで――残り七時間

横須賀市へ進入してから横須賀街道をさらに南下、追浜町《おっぱまちょう》、船越町《ふなこしちょう》と抜け、自衛隊横須賀病院のある田浦町《たうらちょう》に陸《りく》たちが着いたのは午前十時前のことだった。

陸の実家から田浦町へは七km《キロメートル》弱。道中、船越隧道《トンネル》が封鎖されていたため港が丘を上る迂回《うかい》を挟んだりと、原付《カブ》がなければ午前中の到着は望めなかった道程だ。

水星の出産予定まで時間がない。帰りも原付《カブ》のお世話になることになるだろう。

迂回した末に戻った横須賀街道に出ると、海上自衛隊造修補給所の赤いレンガ塀が見えた。

「降りるぞ。こっからは車両通行禁止みたいだ」

カブを停め、陸はヘルメットを外した。蒸れた頭に陽射しと潮風が心地よい。フルフェイスのヘルメットをはずした金星は、「もー、暑すぎ」と大型犬のように頭をぶるぶると振り、顔に貼り付いた熱気を逃がしていた。

「私も水姉みたいにショートにしようかな」

サイドミラーで髪を結い直す金星を待つ間、陸は周囲の観察を行っていた。左手に広がる第二術科学校の敷地内にもテントが張ってある。消防団や警察官の詰所になっているようだ。給養隊員らが炊き出しの準備を行っているためか、良い匂いがした。

「ねえ、どう思う?」

「なにがだ?」

「だから、私もショートにしようかなって」

「いいんじゃねえか?　宇宙に行ったら、ろくにシャワーも浴びれないわけだし」

「そういう話じゃないんだけど……ま、今はいいや」

髪を結い直した金星とともに、陸はカブを押したまま、街道沿いを歩いた。

ようやく目的地だというのに、しかしふたりに高揚の気配はない。むしろ不安が大きく勝っていた。港が丘から望んだ光景がいまもなお脳裏に薄っすらと残っている。

沿岸部に散りばめられた官民の施設群から立ち昇る、黒い煙。

薄っすらと聞こえる消防車のサイレン。

不気味に沈黙した、横須賀の街――……。

大きな火災があったことは明白だった。自衛隊横須賀病院も、黒煙に呑《の》まれた施設のうちのひとつなのかを考えると、暗澹《あんたん》たる気持ちにならざるを得ない。

「あの、すいません」

陸《りく》は不安に駆られるまま、すれ違う老夫婦に話しかけていた。

「この先の自衛隊病院は、開いていますか？」

「ああ、開いてるよ。私らも行って非常食を分けてもらったところだ」

手に下げた銀色の袋を揺らしながら、老爺が頷《うなず》く。

陸と金星はひとまず胸を撫《な》で下ろした。

「そうですか。ありがとうございます。——ところで、港の方から煙が上がっているんですが、あれは……」

「ああ、あれか。詳しくは知らないが、羽田に着陸するはずの旅客機が横須賀沖に墜ちたみたいだ。それが運悪く漁船とかも巻き込んだらしくて、消防も海保も海自も大慌て。救難に人員を割いたから、基地の火災対応がおざなりになったらしい」

老爺が苦々しく唇を歪める。

隣の老婦が「それだけじゃないのよ」と口を挟んだ。

「横須賀線の脇に工場があるでしょう。ほら、自動車の部品とか作ってる。そこで爆発があったらしくてね。ちょうどその時に隣を走ってた電車が脱線しちゃって、吉倉《よしくら》桟橋のほうに突っ込んだんだって」

突然の情報に陸はくらりと立ち眩《くら》みを覚えた。

吉倉桟橋と言えば、海上自衛隊の艦艇が多く寄港している場所だ。

「久里浜《くりはま》の方の火力発電所でもボヤ騒ぎがあって、フェリーも環状線も――」

「ばあさん、わざわざそこまで言わんでいい」

「でも……」

「ああいえ、なにも情報がないもんで助かります」

陸は愛想笑いを浮かべた。

「ったくばあさんはお喋《しゃべ》りがすぎる。あんたらも非常食ほしいならあそこに並びな、少し待つけど、ちゃんと人数分もらえるから」

「ありがとうございます。では、そちらもお気をつけて」

老夫婦に礼を言い、陸と金星は再び横須賀街道を歩く。互いに口数は少なくなっていた。もしたどり着いても、血液製剤を分けてもらえないかもしれない。そうなれば無駄足どころの騒ぎじゃない。水星が出血した際の頼みの綱を失うことになる。

自衛隊横須賀病院に着くと、正門には近隣住民が列をなしていた。どうやら非常食を求める人々が集《つど》っているようだ。その横を自衛官や消防隊員がひっきりなしに出入りしている。この状況では、血液製剤を分けてほしい旨を伝えようとしても、後回しにされるだろう。

「人、多いわね」

「そうだな……」

どうすべきかと陸は思案に暮れた。往く人波を見渡し、そのひとつひとつに疲弊の影を見る。東京だけではない。日本全国が、いや世界全体が同様の状況に陥っている。そう考えると目線は自然と落ち込んでいく。

気がつけば、視界いっぱいにひび割れたアスファルトが広がっていた。

――くそっ……ここまできて……。

どうすればいい。手立ても、時間もない。この状況を打破する一手を見つけられなければ、無謀だと思えた距離を歩いてまでここまで来た意味はなにも――……。

「こちら寺井《てらい》班。負傷者三名の搬送を完了。すぐに帰投します」

ふと聞こえた声に、陸《りく》は顔を上げた。

「おい、ぐずぐずするな。一分一秒を争うことを忘れるな」

人波の向こうに立っていたのは見慣れた横顔だった。ふたりの部下を引き連れている姿は初めて見るが、強い意志を感じさせる背筋や、きびきびとよどみなく動く手足は、陸の脳に深く刻まれたものだった。

「すぐに戻って救難支援に移る。車両を回して――」

「寺井っ」

陸は咄嗟《とっさ》に呼びかけた。「おい寺井！　俺だ！」

陸の声に気づいた背筋が、ぴんと張り詰めるのが遠目からでもわかった。彼女が振り向く。疲れを感じさせない強い目は、みるみると見開かれていった。

「――星板《ほしいた》かっ⁉　なんでここに」

言いながら、寺井理沙《りさ》が駆け寄ってくる。

「それはこっちのセリフだ。おまえ今、横須賀勤務なのか⁉　新田原《にゅうたばる》の飛行隊はいいのか⁉」

いずもはまだ完成してねえだろ」

「今は絶賛試験運用中だ。本格運用に向けて、諸々の連携を強化している」

寺井が端的に告げる。

陸も「なるほどな」と顎《あご》を引いた。

「それより星板はなぜここにいる？　そういえば、地元がここらだったか」

「よく覚えてるな」

「記憶力はいいんでな」

寺井は、ふんっと顔を横に背けた。

「ところでよ、寺井、基地が燃えたって本当か？　ちらっと見聞きした程度だが、どこもかしこも煙噴《ふ》いてるって相当な規模だろ」

「ああ、見たまんまだ。負傷者が多数出ている。救護の手も足りない。私も負傷した隊員を搬送して、今から基地に戻るところだ」

曰く、ひどい火事だったらしい。機密の関係で火元は言えないそうだが、火の回りが早く、老夫婦の言っていたとおり同時多発的に事故が発生したせいで、消化活動が追いつかなかったそうだ。 基地火災がめずらしいのか野次馬も多く、 危機感のない輩の人払いにも人員を割かれていると、寺井《てらい》は忌々《いまいま》しそうに語った。

「本当に、猫の手でも借りたいくらいだ」

その中で追加の依頼をするのは心苦しくもあったが、陸《りく》は輸血用血液のことを話した。寺井は黙ってそれを聞くと、二つ返事で「それなら備蓄を渡す」と首を縦に振った。

「米軍基地から血液製剤の提供があった。向こうは火災の被害も少なかったみたいでな。都内の状況は風の噂《うわさ》程度だが、元々運送する予定にもなっていた。今は保冷容器に移し替えているところだ。広尾の病院宛のものもあるだろう。それを持っていけ。幸いおまえは予備自衛官だ。運搬任務と考えれば問題もないだろう」

寺井が目配せで部下に伝える。部下のひとりが短い敬礼を残して院内に消えていった。陸と金星はその背中を見送ると、同時に「良かったぁ」と息の塊《かたまり》を吐き出した。

「どうやらそちらも大変だったみたいだな」

労《いた》わりの言葉をかけてくれる寺井に、陸は「まあな」と頭を掻《か》いた。

実際、ここに来るまで多くのことがあった。軽トラの荷台で揺られたり、巡視船から逃げ回ったり。思えば病院の待合室にいたことが遠い昔のように――

「そうだ」

短い言葉が口を衝《つ》いて出た。

陸が隣に目を向けると、金星もこちらに頷《うなず》いている。

そう。問題は今も目下、いや、頭の上で進行中なのだ。

「寺井、聞いてくれ、実は——……」

陸は渇いた喉を震わせて、必死に言葉を綴《つづ》った。軍事衛星が落下していること。それが米国のものであること。落下地点は東京南部から神奈川北部と推定されること。軌道修正は、もはや難しいこと。

すべてを伝えると寺井は目を細めて言った。

「……なぜそれを知っている」

寺井が周囲に悟られぬよう声を潜めた。その様子からすれば、防衛省もすでに事態の重大さに気づき、現場にまで伝達を行っているのだろう。

陸は金星と再び目配せした。

これなら寺井たち現職に任せて大丈夫——……

「来い。詳しく話を聞く」

寺井は残っていた部下に指先ひとつで指示を出した。

指示を受けた部下がすっと陸の背後に歩み寄り、両腕を締め上げる。

「おい、なんのつもりだ。俺ぁなんもしてねえぞ！」

「それはこちらが決める。申し訳ないが、君にも来てもらう」

「私も!?」

寺井《てらい》に手首を握られ、金星も身柄を奪われた。

理由を聞こうにも、寺井は質問を許すような気配を一片もにおわせない。

「ちょっと待てよ。最初に急いでるって言っただろ。すぐに東京に戻らねえと――」

「血液製剤の準備が整うまでまだ時間がある。それと、事情次第では市ヶ谷の防衛省まで送ってやるから安心しろ。もちろん血液製剤はしっかりと私の手から病院側に渡しておく」

寄る辺なく言い切り、寺井は陸《りく》と金星を自衛隊車両に押し込んだ。

○

横須賀基地はひどい有様だった。敷地に沿うように野次馬が立ち並び、警備員が人払いに手間取っている。鎮火済みではあるが、火災の名残の黒煙が未だ空気を汚していて、息をすると喉が痛んだ。

「ここで待ってろ。逃げようとか考えるなよ」

「考えねえよ」

ぞんざいに会議室に放り込まれ、陸はむっつりとした表情を浮かべた。隣の金星は先ほどから口数も少ない。怯《おび》えているのかと懸念したが、寺井が去ってすぐに「とりあえず血液製剤は確保っと。あとは衛星の情報を――」とタブレットを触りはじめたので、取り越し苦労だとすぐにわかった。

「やけに落ち着いてんな。はやく東京に戻らなくちゃいけねえってのに」

「騒ぐ元気がないだけ。残り少ない体力はうまく使わないと」

「まあたしかに、ここでわーぎゃー騒いだってどうしようもねえか」

陸も、そっとため息をついた。

たしかに、会議室に閉じ込められてはどうしようもない。まさか血液製剤を分けてくれる組織の窓ガラスを叩き割って逃げ出すわけにもいかず、ふたりは硬い椅子に身を預けたまま過ごすことにした。

「というか、眠いわね」タブレットをいじりながら金星が呟《つぶや》く。それを受けて、「だな」と陸も反射的に返す。中身のない会話がだらりと続いた。

「アドレナリン出すぎて、眠れないけど」

「だなぁ」

「あ、外にＰＴＯ発電機がある。めずらし」

「あー、あるなぁ」

「あの感じだと高速回転型……三相三線で二〇〇ボルトってとこかな。どう思う？」

「知らねえよ。つうか、なんでそんなことまで知ってんだよ」

「私、一度見た数字とか規格とか、忘れないのよね」

「まじか。ギフテッドだな」

「あなたのおじいちゃんのガラケーの番号とかもね」

「……まじか」

「まじよ」

「まさか、掛けやしねえよな」

「どうかしら。みりん漬けが食べたくなったら掛けるかも」

「せめて一旦俺を通してくれ。なんかややこしいことになる気がする」

「そういえば、水姉さぁ」

「おい、話を急に変えんなよ」

「大学生の時、陸《りく》からメールが返ってこないって、悩んでた」

「…………えっ？」

「誕生日に、プレゼントも送ったのにって」

思わず、陸は金星の方を向いていた。記憶がフラッシュバックする。たしかに成人式の日に、水星は陸に「荷物は届いたか」と言っていた。

その荷物とは、誕生日プレゼントだったのだ。

気づいた途端、陸は項垂《うなだ》れ、重たい息を吐いていた。

「その感じだと、心当たりありそうね」

「ああ、成人式の日にな……そうか、そういうことだったのか」

「なんで無視なんかしたの？」

「ちょうどその頃、基地を移ったんだよ。配属が決まるまでの訓練期間は日本各地を転々とするからな、短い時は二か月とかで移動するし——だから、それをいちいち報告するのも、なんか女々しいだろとか、そもそもメール自体も送りすぎぎんのはだせぇよなとか思ってたら、いつにまにか返すタイミングとかわからなくなってて……」

「こじらせてたんだ」

「ああ、こじらせてた」

陸は両手で顔を覆《おお》い、「あー、まじかぁ」と天を仰いだ。

「水姉、陸くんは私になんか興味ないんだって。少し話した程度の同級生だし、しょうがないよねって。まあ、だいぶ強がってたけど、悲しかったんだと思う」

「金星、おまえ……いまさらそんなこと言うなよぉ」

「こんなこと、いまみたいなときに勢いで言うしかないでしょ」

「そうだけどよぉ……」

陸は上を向いたまま喘《あえ》ぐ。

きっと水星はその時に、陸との関係に決着がついたと思ったのだ。

「後悔、してる?」

「してないと言えば……嘘《うそ》になる。でも、いまさらこんなことでダメージ受けてる自分を認めたくねえから、してないって言っておく」

「はいはい。メンタルが強くてすごいわね」

「あー、メンタルが強くて良かったぁ」

その後も陸《りく》は、項垂《うなだ》れたり、天を仰いだりしながら、「あー」とか「まじかぁ」と零《こぼ》し続けた。

「うるさい」と金星に小突かれ、「わるい」と答えるも、しばし沈黙してから、また「あー」やら「まじかぁ」と繰り返した。

「めちゃくちゃダメージ受けてるし。さっきの強がりなんだったの」

「受けてない。事実を受け止めるのに時間かかってるだけだ」

「あとどのくらいかかりそうなの、それ」

「わからん。少なく見積もって、あと十五年くらい」

「なにそれ、適当すぎ。私が十五だからってその年数出したでしょ」

そうして、十分ほど経った頃だろうか、クリーム色の扉が軋《きし》んだ音を立てた。

奥から現れたのは寺井《てらい》と、白い制服を身に纏《まと》った壮年の男だった。肩の階級章を見ると、男は一等海佐であることがわかる。陸の背筋がピンと伸びた。

「護衛艦いずもの艦長、飛島《とびしま》です」

男は入室するなり、短く告げた。「あなたがたは都内から来たそうですね」

「そう、ですけど……それがなにか？」

陸の代わりに金星が答えた。

陸は護衛艦艦長の登場に狼狽を隠せない様子だった。

男は——飛島は近くの椅子に流れるように座った。

「単刀直入に聞きます。あなたたちが衛星落下に関する機密情報の流布を？」

「流布？」

金星が咄嗟《とっさ》に聞き返した。

「昨夜未明から都内を中心に星が落ちてくると噂《うわさ》になっています。市民はそれが米国の軍事衛星だとは気づいていないようですが、政府へ説明を求める声があがりはじめている。それだけじゃありません。総務省のとある役人が各省庁に報せたことで、官僚の間でも落下中の衛星への注目度が高まっています。おかげで霞が関は大慌てだ。事態にいち早く気づきつつも、厄介な案件だけに静観を決め込もうとしていた閣僚たちが、いま情報漏洩《ろうえい》の犯人捜しに躍起になっているところです」

飛島はふたりの反応を窺《うかが》いながら続けた。

「実際、各省庁へリークした総務省の役人が発端かと思われましたが、肝心のその人物を問い質しても具体的な軌道計算結果などは知らない様子でした。つまり私は背後にこの撃墜を事前に精査し、彼に伝えた人物がいると考えています――そしてそれは星板陸《ほしいたりく》さん、あなたじゃないんですか？」

「いや、俺じゃない」

陸が答えると、飛島《とびしま》の目は懐疑心に細くなった。

「星板さん、嘘《うそ》は自分のためになりませんよ」

「嘘じゃない。衛星の落下を予期していたのは、隣にいるこいつだ」

続けて放たれた言葉に、飛島の目は今度こそ見開かれた。

陸の隣で胸を張る金星は、一見ただの少女にしか見えないだろう。その実、かなりの切れ者であることは、ある程度彼女と接してみなければわからないことだ。

「まさか――君が？」

「そう。この私。疑うなら、ここで計算してみせてもいいけど？」

「……いや、結構です。なるほど。そういうこともあるか……」

「で、私を捕まえるの？　捕まえないの？　その前にやることがあるんじゃない？」

じとりと見つめる金星に、飛島はひとつ呼吸を挟んでから言った。

「そうですね。私が誤解していたように、あなたたちも私を誤解している。実は私自身はこの犯人捜しには興味がない。むしろ、政府よりも早くこの危険性を訴えた有識者に力を貸してもらいたいと思って、ここまで来たんです」

「力を貸す？」

「そうです」

飛島の言に、陸と金星は首を傾《かし》げた。

「実は現在、衛星の処遇について閣僚間でも意見が割れています。霞が関でも特に権力のある外務、財務、経産の三省が米国に忖度《そんたく》して及び腰。しかし災害復興後の政治不信を恐れた少ない政治家が秘密裏に撃墜の圧力をかけてきてもいるのです」

「それで、防衛省に極秘のミッションが下ったと？」

陸の問いに、飛島は無言で頷《うなず》いた。

「だがお察しの通り、我々《われわれ》は今このありさまです。現状の人的リソースでは作戦遂行は困難。実行力はなんとかこちらで手配しましたが、人工衛星の有識者を集めるまでには至りませんでした。ゆえに、あなたたちから知恵を借り受けたいと考えています」

「知恵って……具体的になにすればいいの？」

「関係機関と連携して、現場でリアルタイムの落下予想修正をしてほしいのです。通信が安定していないこの環境では、ＪＡＸＡや内閣衛星情報センターの連絡を待っていたら手遅れになる場合がありますから——ですので、事前に彼らと専門的なすり合わせが行え、かつ現地で直接指揮できる人間を欲しているというわけです」

どんどんと話が進められていく様に、陸も金星も追いつくことで精いっぱいだ。疑問や質問をなんとか頭の中で形成し、言葉にしようとしたその時、窓の外からサイレンの音が染み入ってきた。

あわせてノックの音。飛島《とびしま》が「橋立《はしだて》か。はいれ」と背後に声を投げた。

「失礼します」

短い言葉と同時に、橋立と呼ばれた男性自衛官が一名、入室してくる。階級は一尉だ。彼は部屋に入るや否や、敬礼もそこそこに、飛島にそっと耳打ちをした。

「わかった。ごくろう」

飛島は入って来た男の肩を軽く叩くと、会議室の硬い椅子から腰を上げた。

「これから衛星落下対策班で会議を行います。あなたがたにも同行を願いたい。会議への参加許可は私が取り付けますからご安心を――橋立は防衛政策局の笠木《かさぎ》を呼び出しておいてくれ。掛ければすぐにでるはずだ」

飛島の指示で橋立一尉はさっと扉の向こうへ消えた。飛島もその後に続くように廊下へ歩み出る。立ちすくんだままの陸《りく》と金星に、寺井《てらい》が「行くぞ」と短く圧をかけた。

有無を言わさぬ雰囲気に、陸と金星は呑《の》まれるがまま廊下へ出る。

「さきほど、総務省の役人がタレコミをしたと伝えましたが」

ふたりが追いつくと、飛島は歩きながらぽつぽつと語りはじめた。

「その人物のおかげで総務省が撃墜支持に回りました。下部組織である消防庁も動きはじめ、それに乗じて、痺れを切らした国交省も海上保安庁に支援指示を出しはじめています。衛星が落ちて海上輸送の安全管理に支障が出たら厄介ですからね。つまり何が言いたいかと言うと、タレコミは我々《われわれ》にとっては追い風だったということです――ああ、そうだ。その役人からこんなことも聞きました」

飛島は不敵に笑った。「あなたのお姉さん、現在は落ち着いているそうですよ」

陸の頭には、タレコミをした総務省の役人がはっきりと浮かんでいた。

金星もそうだったのだろう。顔を見合わせて頷《うなず》き合った。

「そういうわけです。本作戦のために時間を使っても、間に合うかと」

「ちょっと待て。というか飛島さん、あんたはいいのかよ。極秘のミッションなんだろ？　成功したところで――」

「依頼主は口の回る政治家です。行動の責任だけを押し付けられて尻尾《しっぽ》切りにあうかもしれませんね。かつてのあなたのように」

「ああ、そうだ。わかってるならなんで……」

「星板《ほしいた》さん。あなたの進退の背景に良からぬ取引があったことは、私も知っています。心配してくれるのはありがたいですが、私にも覚悟がある。私は政治や出世のためにこのミッションを行うのではありません。この国に生きる者を守るために行うんです。成功さえすれば、首を切られても構わないと考えています」

そう語る飛島《とびしま》の左手薬指には銀色の輝きが窺《うかが》える。

陸《りく》はたまらず訊ねた。「それで家族が路頭に迷うことになってもか?」

「私が守る国には、無論、私の家族も含まれています。国がなくなれば、迷う路頭すらなくなる。簡単な話です」

飛島は迷いなく言い切った。

陸たちは飛島の背を追うように廊下を進んだ。すれ違う自衛官たちは全員が疲弊を顔に滲《にじ》ませたまま、次の業務に向けて駆けている。聡《さと》い金星は、陸が自衛隊を辞めた背景にのっぴきならない事情があったと気づいたようで、どこか沈痛な面持ちを浮かべていた。陸にあれだけ「首になったくせに」と言っていたのだ。落ち込むのも当然だろう。陸はあえて見てみぬふりをした。ここで彼女を責める必要はないと思った。

突き当りに着くと大きな会議室があった。扉の横には、『不明落下物特設対策本部』の立て看板が設えられている。

飛島がその扉をノックした。

○

「当省としては、積極的に撃墜を検討することは避けたい。ネットも死んでいることだし、国民への情報伝播は限りなく遅いと考えられる。遠洋へ落ちるのを静観する消極的対応を提案したい」

「同意です。二年前に、ようやく日中間のホットラインが整えられたばかり。この状況で周辺国を刺激するような動きは、悪手だと考えます」

対策本部内では、横須賀周辺から集まって来た多くの役人が議論を重ねていた。

中央には大きな会議用机。正面の壁際には事務デスクがあり、そのうえには緊急回線に繋《つな》がれた固定電話がずらりと並べられている。どれも延長アダプタで電話線を延ばしているためか、室内の片隅はコードの束で埋め尽くされていた。

「しかし市街地に落ちたらどうする。補償金もばかにならないぞ」

国土交通省、関東整備局の局長が嘆くように言った。

「建物であれば民間の火災保険が対応できるかと。建物外部からの物体の落下・飛来・衝突など補償にあたりますが、二〇一八年に愛知県の民家に隕石《いんせき》が落下した際、同様の手続きで補償が行われています。――それに、防衛省からも関東財務局に金融上の措置については相談してくれているんですよね？」

「それは現在調整中です。そもそも、国連が定める宇宙損害賠償条約によれば、人工衛星の打ち上げ国は、地表に被害を与えた場合には無過失責任を負うと記されています。全額米国に請求できますよ。条文上は、ですが」

「損害賠償が得られるのはわかった。だからといって、撃ち落としていいものなのか？」

「損害賠償請求権を有している以上、衝突を排除する権利も認められます。例えば、自転車をぶつけられて怪我をしたら、自転車の持ち主に損害賠償を請求できますが、その場合、被害は賠償するから、ぶつけられることは我慢しろ、なんて言うことはあり得ません。怪我をしないように自転車をはじき飛ばしても、非難されないはずです。解釈上は、ですが」

会議室に入室してからの十数分間、ずっとこの調子だ。室内後方のパイプ椅子にちんまりと座っている陸《りく》と金星は、静かに焦《あせ》りを募《つの》らせていた。

「ねえ、早く決めないとまずいでしょ。なんでこの人たち、悠長にお金の話ばっかりしてるの？」

「俺に訊《き》くなよ――なあ寺井《てらい》、落下予想時刻って全員に共有されてるのか？」

「いまから約六時間後。ちゃんと伝達済みだ。それに、お金の話も大事なことだ。特に国家間の揉《も》め事においてはな」

寺井は陸たちの監視役として背後に立っており、いずもの艦長である飛島《とびしま》は、部屋の中央で議論の輪に加わっていた。

「飛島艦長」飛島に、法務局の横須賀支局長が問いかける。

「改めて海洋への落下可能性を検討してみるのはどうでしょう。再度軌道を計算し、落下予測地点が問題ないのであれば、静観して海に落ちるのを待つ方針に固めるのがいいかと。当局としては、ですが」

「残念ながら、ＪＡＸＡと内閣衛星情報センターが何度も計算した結果です。落下予想地点は神奈川北部から東京南部。そこに座る有識者からも、先ほど同様の結論をいただいています」

飛島は言いながら、壁際に座る金星に視線を向けた。「ゆえに、静観する消極的対応はいまさらありえないと私は考えます」

「では、地対空ミサイル等の武器使用による撃墜を含めた積極的対応をすべきだと？　それこそ無理な話でしょう。遠距離攻撃兵器はＧＰＳを筆頭とする衛星からの誘導が常。電波状況の悪い現状では難しいと考えられますが」

「……三沢から無人偵察機《グローバルホーク》を拝借するのはどうでしょう」

「この状況、どうやって無人機をここまで飛ばすつもりですか。それにあれは一機、一七〇億もする機体。即席のミサイルにしては高すぎます。飛島艦長、若くしていずもの艦長を任され、気が急《せ》くのもわかりますが、もう少し現実味のある提案をしてほしい。無人偵察機《グローバルホーク》による体当たりや地対空ミサイルなどの現代兵器には、現状期待できないんですよ」

この一室だけ冷房が効いているのが救いだった。情報漏洩《ろうえい》を危惧《きぐ》して窓も閉め切られているためだろう。仮に冷房がなければ、蒸し風呂状態で会議どころではない。暑さから、苛立《いらだ》ちも今以上に加速していたはずだ。

「しかし、結局はどうするか……メンター７をはじめとした偵察衛星は弾道核ミサイルによる牽制がはじまった冷戦時代の亡霊だ。まさかその亡霊がこんな形で牙を剥くなんて……短波通信での仮設ホットラインは回復しているんだ。持ち主である米軍に処理を依頼できないのか」

『音声のみですみません。防衛政策局の笠木《かさぎ》です』

緊急用の固定回線で参加している防衛政策局員の声が響いた。

『米軍への処理依頼ですが、まあ難しいですね。傍受が予期される通信方式で軍事機密に触れるのは憚《はばか》られます。それに落下先が日本です。言いたくはないですが、かの国にしてみれば、落ちたところでいくらでも都合がつけられる範囲でしょう』

防衛政策官の意見に、誰かが「言ってくれる」と苦々しく呟《つぶや》いた。

「ここに来てない省庁も、被害は最小限に抑えつつ、しかし日本近縁に落ちた方が良いとすら考えているかもしれないな。外務省あたりは米国に請求する復興支援金の算盤《そろばん》を弾いている頃だろう」

「被害者になって和解金を狙うつもりですか……」

「そういうこともあるという話だ。つまり我々《われわれ》がいますべきは、避難誘導を徹底して、町がひとつ潰れるだけで済むように取り計らうことなのかもしれないな」

国交省の役人が額を掻《か》くと、役人たちは一斉に嘆息した。

その息のあまりの重々しさに、会議はしばし停滞する。

空調の吐く風がごうごうと首筋を冷やし、乾いた空気が喉を嗄らした。窓の外は黒煙が揺らめき、蝉の鳴く声だけが耳を掻いては消えて行く。誰もがなにかを言わなければと言葉を探していた。あれでもないこれでもない。それはリスクが高すぎる。

結局なにも議論が進まずにいると、

「町がひとつ潰れるだけで済めば……それは済んだと言わないのでは？」

ぽつり、静けさを打つように飛島《とびしま》の嘆息が響いた。

「ここに集《つど》ってくれた方々に問いたい。町ひとつに、どれだけの生活が、人の人生があるでしょう」集まった視線を振り払うように、飛島が席を立つ。「ひとつ残らず、守らなければならない。いまここにいる我々が、崩れかけの日常を守る、最後の砦。我々こそが、国民の生活を守る最後の手段を与えられた者たちなんです。黙認や静観は国民への裏切りになる。違うでしょうか？」

飛島の問い掛けに、場は沈黙した。

それは無言の反論ではなく、恥が口を閉ざした結果だった。

「今一度、手段を再検討しましょう。誰か案のあるものは――」

「あのっ！」

重い空気のなか、手を挙げたのは金星だった。

「戦闘機は飛ばせないの？　えっと、つまり――」

金星は自前のタブレットを取り出しつつ語りはじめた。

衛星は大気摩擦で分裂し、南西から北東へ――つまり沖縄から太平洋沿岸を流れるように東京へ落ちてくる。そのシミュレーションを見せながら、説明を進める。

「以前、宇宙開発技術者である知人が、メンター7の想定仕様を送ってくれたの。予想に過ぎないけど、メンター7には墜落した際の保険として速度減衰装置――パラシュートかなにかが埋め込まれてる。それも大気圏突入の衝撃で一〇のモジュールに分かれるように設計されて、それぞれがパラシュート降下で減速するようになってる。機密の塊《かたまり》だから、あとで回収するための装置だと思うんだけど――つまり、超音速で飛ぶ戦闘機であれば、大気摩擦によって減速した破片の迎撃は可能、なはず」

緊張を匂わせつつも、金星はよどみなく喋《しゃべ》り続ける。

「もちろん。太陽フレアの影響で機能の制限があるから、使えない電子機器も出てくる。さっきからちらほら聞こえてるけど、戦闘機は飛ばせないだろって意見もわかる。たしかに目視や感覚での作戦になるけど、でも――」

一流のパイロットならいけるんじゃないの？

挑発気味な金星の声音に、周囲がざわついた。飛島《とびしま》の背後に立つ寺井《てらい》の表情には憤《いきどお》りすら浮かんでいる。陸《りく》にはその気持ちが痛いほどわかった。ここで「できません」と言うような奴は、陸の知るパイロットにはいない。

「いけるか？」

飛島がたしかめるように寺井に目配せをした。

「問題ありません。電波妨害《ジャミング》を受けながらの飛行訓練は受けています」

「しかし。子どもの提言だ。信じられるのか」

水を差したのはまたも国交省の役人だ。金星が目を眇《すが》めた。

「あのよぉ、大人だ子どもだって区切る意味あるのかよ」

金星の怒りが爆発する前に、陸が口を挟んだ。「出てくる言葉は同じだろうが」

国交省の役人は口を噤《つぐ》んだ。想いや考えに年齢も性別も関係ない。科学技術だけが技術じゃない。積み重ねてきた知識と経験は、電力というリソースを失っても損なわれない。陸と金星は、それを道中で学んできたばかりだった。

「それに、いずもに積んであるF‐35B《ライトニング》は、音速で飛んでる巡航ミサイルを撃墜した実績もある。あんたらの大好きな前例だ。これだけで頷《うなず》くには申し分ねえだろうが。そうだろ、飛島《とびしま》艦長」

「そうですね。たしかに空中目標の撃墜は可能です——だが、いずれにしても危険なミッションであることには変わりない」

飛島が再び寺井に目配せをした。「どうだ、寺井」

「有事はいつでも危険を伴います。我々《われわれ》はその危険が国民に振り掛からぬよう、訓練をしてきたつもりです」

想定通りの答えだったのだろう、飛島《とびしま》は満足したように頷《うなず》いた。

「それでは戦闘機での迎撃を基軸に検討を進めよう。大気摩擦で分裂した衛星を洋上で迎撃することになるが、迎撃後も微小な破片は飛散する。海洋への落下後もできる限り回収したい。これについてはどう対処すべきか」

金星の提言を受け、主導権を握った飛島が声を張る。

対策会議は、戦闘機での撃墜プランの検討に移っていった。

「海上に落下した破片の確認と回収は本庁の巡視船が行います。撃墜に向かったパイロットが海洋上に着水した場合の救助行動には、可搬型基地局《移動式通信アンテナ》を搬送していた本庁の回転翼機《ヘリコプター》、あきたか2号が出動可能です」

海上保安庁の職員が強く言い切った。

「なるほど。では市街地へ飛散した場合は。最悪、死傷者が出るおそれがある」

「そこは消防庁が対応します。横須賀消防局の主力機材は消火活動に回しているため機材等の提供は難しいですが、手すきの局員による避難誘導を徹底しましょう。ただ、ポンプ車のほとんどは沿岸部にて活動中ですので、火災発生等、不測の事態の場合には駆け付け対処が可能です。しかし民家に落ちて私有財産などが失われたら……」

消防庁員が言葉を濁す。

「それは先ほどの話だと、火災保険が適用できるんじゃないのか？」

「自然落下による被害と、撃墜によって生じた被害は性質が違います。保険会社が補償金の支払いを国に丸投げしたって不思議じゃないかと」

たしかに撃墜作戦を決行したがために、市民の家や車が破損した場合、補償がなければ納得しないだろう。撃墜を成したところで市民から反感を買ってしまえば、試合に勝って勝負に負けたのと同義だ。

「それは防衛省から関東財務局に言ってもらっているんだが……」

飛島が弱った声を漏らした。

「失礼します」

飛島の声を掻《か》き消すように、先ほど廊下へ飛び出していった橋立《はしだて》一尉が再入室してきた。冷房の効いていない廊下を走って来たためか、額や首筋には汗がにじんでいる。

橋立一尉は汗を拭《ぬぐ》わないまま、全体に聞こえるよう、しっかりと発声した。

「報告。関東財務局から衛星墜落に伴う金融上の措置はとると連絡がありました。どうやら、田村《たむら》長官の一声があったようです」

会議室がどよめく。どうやら財務省も撃墜支持に回ったらしい。私有財産への補償を担ってくれるようだ。室内の方々から「一番の頑固者が動くとは……」と驚きの声が上がっている。

「ごくろう、橋立。財務省が動くのであれば他省も文句は言えんだろう。とはいえ、財務省の理念は、国の信用を守り、希望ある社会を次世代に引き継ぐことだ。当たり前の判断をしただけとも言える」

飛島《とびしま》だけが口の端を上げていた。「では、作戦の詳細を詰めるとしよう」

そこからはとんとん拍子に会議が進んだ。金星が持っている情報も突き合わせ、作戦空域やなどの詳細が決まっていく。ここからは時間との勝負だった。

「それでは、作戦の詳細を告げる。撃墜可能範囲は海岸から一〇km《キロメートル》以遠、二〇km《キロメートル》以内。必ず領空内でしとめること。また、地上の被害を考慮し、作戦実行範囲は約四〇km《キロメートル》——二一五海里《ノーティカルマイル》、高知沿岸から北東へ浜松沿岸を限界とする。静岡以南、駿河湾まで飛翔を許したら国民に被害が及ぶと覚悟せよ。作戦の決行は一八〇〇《ヒトハチマルマル》！　以上！」

飛島が全体に宣言すると、役人たちは一斉に立ち上がった。

室内前方に並べられた固定電話に飛びつくと、我先にと声を発した。

「どんな手段でもいいです！　周辺海域の船舶を避難させてください！　周辺住人には拡声器や警告灯で通達！　市内の警察署と連絡を密に推し進めて！　怪我人はひとりもだしてはなりません！」

「後方部隊はできる限り電力を掻《か》き集めろ。足りない分は港湾施設から拝借する。防衛省に貸しが作れるとあったら追浜《おっぱま》や磯子《いそご》の重工なんかは喜んで差し出すはずだ！　地元の土木業者にもあたれ！　発電機の使用後は関東農政局が買い取ると伝えていい！　緊急事態だ。衛星を落とすまで電力を惜しむな！」

「念のため総務省に連絡して移動基地局も出しておくこと。ええ、現場間での通信リソースをできるだけ確保したいので。最低でも城ケ島《じょうがしま》、御前崎《おまえざき》、伊勢《いせ》の三か所。作戦空域に近い海岸で待機を」

その背中を見つめていた飛鳥が、顔をすっと横に向けた。

「寺井《てらい》、現在飛行可能なパイロットの中で、おまえの信頼に足る者を選抜しろ。すぐにブリーフィングを行う」

「了解」

寺井も敬礼で応え、部屋を飛び出していく。

会議室から人の気が失せたところで、陸《りく》と金星のもとに、飛鳥が歩み寄ってきた。

「協力に感謝します。あとは我々《われわれ》にお任せを――と言いたいところですが、このあともご助力いただきたい。シャワーと仮眠室を用意したので、短い時間ですが、しっかりと休んでおいてください。こちらの準備が整い次第、お迎えにあがります」

敬礼をする飛鳥に、陸は慣れた様子で答礼する。

隣に立つ金星も、見よう見まねで礼をした。

□

『まさか、あの女の子が田村《たむら》さんの義妹さんだったとは、驚きました』

「ええ、まあ」

孔明《こうめい》は受話器を握り締めたまま、こめかみを掻《か》いた。

「それよりよかったです。ふたりとも横須賀までたどり着いたようで」

『血液製剤の話も伺っております。現在、各病院への配分を調整中ですので、完了し次第お送りします』

「改めて、笠木《かさぎ》さん。諸々取り計らいいただき、ありがとうございます」

『いえ、もとより都内へも搬送する予定でしたから』

電話口の向こうにいる防衛政策官に向けて、孔明は深々と頭を下げた。

市ヶ谷から駆け付けた防衛省の局員に孔明が拘束されたのは、今朝の話だ。妻の状態を考慮し、院内の一室で事情聴取が行われた。

衛星の落下をどこで知ったのか。

どこまで事件の実情を知っているのか。

この二点を問い詰められ、身内を売らないように気をつけながら、孔明は知り得る限りを話した。だが、結局は事件に対する無知をすぐに看破されてしまい、監視役の局員をひとりつけられて、孔明は解放された。何も知らない孔明に長々構っている時間もなければ、人手も足りていないだろうことが、容易に見て取れた。

防衛省から再びコンタクトがあったのは、午後に差し掛かってからだった。金星と陸《りく》が無事に横須賀にたどり着いたことや、衛星撃墜のサポートを行っていること。父のいる財務省が撃墜支持に回ったこと。伝えられた情報のあまりの重たさに目の眩《くら》むような思いがしたが、一番驚いたのは、防衛省からある依頼を受けたことだった。

『ところで、田村さん、お願いしていた件ですが』

「ああ。はい。それについては米国大使館の知人を通じて調整中です。難航こそしていますが、世界停電の復興に際した助け合いの話を出したら毛色が変わりました」

『世界停電の復興後の助け合い、ですか』

「ええ、そうです」

孔明は受話器を耳に当てたまま振り返る。会議室の机の上には、沈黙したノートパソコンや、画面の暗いままのスマートフォンが放り出されていた。

「一度壊れたグローバル通信網。その修復には多くの利権が絡みます。どこが音頭をとるかで、その後のインターネットエコノミーの勢力圏が変わってきますからね。米国もどうにかしてアジア圏の主導権を握りたいんでしょう」

『なるほど、もう復興後の蜜を狙っていると』

「ええ。我々《われわれ》としても、日本メーカーにいくらか外注でもしてもらえれば儲けものです。まあ、後出しでより多くのものを求めてくるかもしれないですが、その時はその時です。とにかくいまは、この世界を守ることを考えないといけないですから」

『その、差し出がましいようですが、田村《たむら》長官はこのことを……？』

「さあ、伝えてないので。ただ、あの人のことです。すでに小耳に挟んでいるかもしれないですね。まあ、やめろと言われてもやめませんが」

孔明《こうめい》は向き直り、薄く笑った。

『田村さん、少し大胆になりましたか？』

「そう、ですかね。まあ、状況が状況ですし。なにより、僕がかつて憧れた政治家なら、そうするだろうと思ったので。少しでも、なりたい自分になれるようにといいますか……まあ、そんなところです」

『なるほど――ですが、いいんですか、田村さん。これは責任を負うことだけが確定している大博打《ばくち》です。うまくいったところで出世街道には戻れなくなりますよ』

「いいんです。ここで退いたら、僕は妻のいる病室にすら戻れませんから」

きっぱりと言い切る。

言い切れた自分が、いくらか頼もしかった。

「笠木《かさぎ》さん、再度確認します。防衛省が望むのは、一点でいいんでしたよね」

『ええ、我々《われわれ》が望むのはただ一点――米空母ジョージ・ワシントンの部分的使用です』

笠木の言葉に、孔明はひとつ呼吸を挟む。

「任せてください。私が責任をもって頷《うなず》かせてみせます。作戦決行までに必ず――ああそれと、気にされていた件、興味深いことがわかりましたよ」

『興味深いこと、ですか?』

笠木の声に疑問符が乗った。

孔明は、もう何本目になるかわからない缶コーヒーを喉に流し込む。

「ええ、なぜ米国が軍事衛星の落下を黙認しているかについてです。ジョージ・ワシントンの使用許可を巡り、各所と話す中で、ひとつの真実が見えてきたんです」

濡れた口を拭《ぬぐ》い、孔明は静かに告げた。

「原因は一年前、ひとりの航空自衛隊パイロットによる、気球の破壊にありました」

○

基地内のシャワーを借り、簡単な食事を摂ると、陸《りく》と金星は気絶するように眠りに落ちた。

次に目を覚ましたのは作戦決行の三時間前だ。寺井《てらい》の鋭い一声によって叩き起こされた。

再び待機を命じられたふたりは、対策本部の片隅に座し、配られたミネラルウォーターを啜《すす》っていた。金星の元には度々人が訪れ、軌道計算の結果などについての質疑応答が行われた。

どうやら管制からリアルタイムで軌道計算結果を送らないと精度の高いミッション遂行は困難らしい。しかし現在基地内には軌道計算ソフトに習熟した者がおらず、金星にそのサポートを願いたいというのだ。

「私はいいけど、そっちはいいの？　私みたいなのが管制室に入るのは前例がないんじゃない？」

さきほど嫌味を言ってきた役人の背を見ながら、金星が腕を組む。

管制班は苦い表情を浮かべた。

「前例がないことは、なにもあり得ないということではない」

背後から飛島《とびしま》が現れた。「私からも頼めますか。金星さん」

「艦長さんの頼みなら……まあ、しかたないわね」

金星はまんざらでもない様子で肩を竦《すく》める。

隣にいる陸《りく》は、やれやれと頭を振った。

「ありがとうございます。では現時刻を以て、浅野《あさの》金星さんを正式に『不明落下物特設対策本部』の一員とします」

飛島が背後に目配せをする。静かに立っていた橋立《はしだて》一尉は短く顎《あご》を引くと、手に持ったバインダーにペンを走らせた。

「いまも紙のメモ使ってるの？」金星が訊ねた。

「役所ですから——それに、私用のタブレット端末の持ち込みは情報保全の関係で禁止されています。金星さんにはのちほど防衛省の備品であるノートパソコンをお渡しします。少し古いですが、ちゃんと動きますのでご安心を」

「……はーい。了解です」

金星は唇で尖《とが》らせつつ敬礼をした。

自前のタブレットが使えなくて不満なのだろう。陸はそう感じ取った。

その後も、金星を訪ねる人は途切れなかった。一方、陸の元へ訪れる者はほとんどおらず、顔馴染《なじ》みの寺井《てらい》もバディを探しに出たまま会議室には戻ってこない。陸はしばし、質疑応答を続ける金星の横顔を見つめていた。この短期間で、ずいぶんとたくましくなったと感じるのは、ただの思い込みだろうか。

いや、きっとそうではないだろう。

金星は今日、これまでに培ったものとは違う強さを知ったのだ。

「で、なんで人の顔じろじろ見てんの？　気持ち悪い」

人が去ったと同時に、金星が噛《か》みついてくる。

「え、いや。なんか顔つき変わったなって」

「なにそれ」

「なにって、なんだろうな。凛々しくなったというか、大人になったというか」

「……まあ、いろいろあったしね。陸《りく》が私を渋谷で見つけてくれたせいで、せっかくの可憐《かれん》な顔が、精悍《せいかん》な顔立ちになっちゃったのかも」

「俺のせいかよ」

「そうでしょ。陸が私を見つけて、お姉ちゃんと再会して、担架作って、病院まで走って、車と船を乗り継いだから、こんな遠くまで来ちゃったんでしょ」

「横須賀に行こうって言ったのはそっち――いや、そうか。そうかもな」

「だから、責任はそっち持ちね」

「責任て……」

『あー、みなさま、聞こえるでしょうか』

陸が苦笑していると、突然、会議室のスピーカーが鳴った。

『防衛政策局の笠木《かさぎ》です。みなさまにお伝えしておくことがあります』

前置きもそこそこに、笠木が告げる。

『なぜメンター7のみが落ちてくるのか。その背景と、なぜ米国が落下を黙認しているのかについて、ご説明します』

どよめきが起こる。曰く、メンター7だけが落ちてくるのは、某国にハッキングされたスターコネクト衛星が衝突したせいだという。他の低高度にある人工衛星は、金星や陸の想定通り、デブリ回避行動《マヌーバ》を行えたため、安全に大気圏で燃え尽きたそうだ。

『本来スターコネクトは、メンター7とは飛んでいる高度やルートも違いますから、いくら安全性が疑問視されているとはいえ、誰かが意図的に近づけない限り、ぶつかることはないんです。つまり、ハッキングされてぶつけられたと見るのが妥当です。そして某国がスターコネクトをハックするに至った発端は――』

続く言葉を聞き、陸は愕然《がくぜん》とした。

発端は一年前、とある航空自衛隊パイロットが領空を侵犯した気球を撃ち落としたことにあるらしい。当時は、国籍や所属、目的含めなにもかも不明だった気球だが、今になって、某国の成層圏通信ネットワークを構築する係留気球だと判明したのだ。

『わかりやすく言えば、様々な思惑を載せた気球を落とされた腹いせに、スターコネクトをハックして、メンター7にぶつけた、というわけです』

「なんで、いまになって……ありゃ一年前の話だろ……」

『これも憶測になりますが、太陽嵐の騒ぎに乗じたと見るのが妥当かと。我が国に意趣返しをしつつ、対立国の軍事衛星を落とし、原因は自然災害になすりつけることができますからね。絶好の機会だったんでしょう』

陸は説明を聞くのもそこそこに、身体が脱力する感覚に囚《とら》われていた。

「じゃあ、なぜ米国はだんまりなんだ」役人のひとりがたまらず訊ねた。

『そこが重要です。なぜ米国が衛星の落下について黙っているかと言うと、今この状況で、某国と争いごとを起こしたくないからだと、外交筋の知人から小耳にはさみました。米国は最近、荒れごとに首をつっこみすぎて消耗していますからね、某国と争うよりも、同盟国である我が国に負担を強いる選択したというわけです。また、スターコネクトを庇《かば》う意図もあるでしょう。ハッキングされたと知られれば、スターコネクトの評判に影響します。スターコネクトの社長は世界的にも影響力が強い人物です。彼に忖度《そんたく》してないとも言い切れません』

「仲良しの実業家を守るために、政治家が口を噤《つぐ》んでいると……?」

『まあ、あの国には政治献金が盛んですしね。個人での上限はありますけど、企業の外部組織《PAC》や、知り合いをうまく使えば、億近くの政治献金を行えます。それに、今の大統領を支援したのも、その実業家という話です。言ってしまえば、仲良しの実業家が打ち上げた通信衛星が戦争の火種になるのは、今の政権にとって、どうしても避けたいことなのでしょう』

会議室がざわめきに満たされるなか、陸《りく》は静かに拳《こぶし》を握っていた。

「なんだよ、そんなの、知らねえよ」

——政治や外交なんて、どこか遠く、頭の上で勝手にやっててくれよ。

思うも、世間はそういう風にはできていないことを陸は知っている。雲上で行われる政治戦や外交戦の結果は、いつしか自分に降り注ぐものだ。すべての出来事が、決して他人事ではない。わかってはいても、心乱されるものがある。

「陸、平気?」金星が陸の顔を覗き込む。「その、怒るのもわかるけど、今は……」

「ああ、心配すんな。怒りすぎて、むしろ冷静なくらいだ」

陸は細く息を吐くと、窓の外に視線を向けた。

太陽が高い位置で輝いていた。まるでなんてことのないように、今日も地上を照らしている。陸は彼をふてぶてしい奴だと思った。手の届かない位置から、理解者のような顔をして、その実、理不尽に生活を脅かすのだから。

——このまま、こいつらや誰かの思い通りになるのはごめんだ。

陸の翼をもいだ者たちの顔が太陽に重なる。

握り締めた拳の内側に、未だ消えない熱があることに気がついた。

——俺は、もっと遠くに。行けるところまで行きたいんだ。

そのまま太陽を睨《にら》みつけていると、忙《せわ》しない足音が廊下から聞こえてきた。寺井《てらい》だ。彼女は慌てた様子で室内に飛び込んでくると、飛島《とびしま》目掛けてまっすぐに駆け寄っていき、「報告！」

息も絶え絶えに口を開いた。

「なに？　飛行可能なパイロットがいない？」

飛島の一声に、会議室内の喧騒《けんそう》がぴたりと鳴りを潜めた。

「はい。唯一負傷を免れた守屋《もりや》三佐ですが、先ほどから軽微な頭痛と、手足に痺れが……本人は行けると言っていますが医官の判断は否定的です。救助作業の際、煙を吸い過ぎたのではないかと」

寺井《てらい》が語るところによると、災害の影響で飛行可能な戦闘機パイロットがいないのだという。そもそも横須賀基地は海上自衛隊の基地だ。回転翼機や輸送機、哨戒機《しょうかいき》を飛ばせる者はいても、戦闘機を飛ばせる者は数少ない。寺井のような艦載戦闘機パイロットの方が特殊な存在にすぎないのだ。

「この状況では救命用携帯無線機も不安定です。一機のみを飛ばすのは危険すぎると管制班からも具申がありました」

報告をした寺井自身が唇を噛《か》む。戦闘機での作戦行動は二機一組が基本だ。一方がしくじった時のバックアップがいなければ、危険すぎるがゆえに決行に移せない。

会議室は沈黙を突き抜け、一気に時化《しけ》た。

各所から別案を求める声があがりはじめる。

「住民の避難を考えましょう」

「神奈川と東京の人間が全員避難できる場所なんてない。それに今からじゃ……」

「じゃあどうしろっていうんですか！」

こうしている間にも衛星はどんどん高度を下げ、日本めがけて落ちてきている。

撃墜支持派の面々の顔が曇る中、立ち上がった男がいた。

「俺がいるじゃねえか」

陸《りく》は背すじを伸ばすと、そのまま飛島《とびしま》の元へ歩を進めた。

「俺なら戦闘機を飛ばせる。それに寺井との連携だって完璧《かんぺき》だ」

室内の視線が陸に集中する。この緊急事態に戯言を。現職でない人間がなにを言っている。言葉にはしないものの、怒りや嘲《あざけ》りを含んだ瞳ばかりだった。

「……身勝手なことを抜かすなっ」

周囲の声を代弁するような低い声が響いた。

声の主は、寺井だった。

「乗る？　おまえが？　民間人のおまえが、戦闘機に乗るというのか」

「ああ、乗る。この場には俺しかいない」

「ふざけるのもいい加減にしろ。おまえは乗るべきじゃない」

「乗るべきかべきじゃないかで言えば、後者だろうな。だが実際、ここに俺以上の適役がいるのか？」陸は寺井の目を見据えて言った。「いねえだろ」

「しかし……また、背負う必要のない罰を受けるかもしれないんだぞ」

「構わないさ」

「今度こそ、パイロットに戻れなくなるかもしれないんだぞ」

「覚悟のうえだ。それに、俺が引き金になってる部分もあるって考えると、なおのこと俺が落とすしかねえだろ。自然災害の尻拭いはできねえが、人災なら話は別だ」

「おまえの復帰を願って、署名を集めている者が、今もいるんだぞ……っ」

「ありがたいが、俺の決意は変わらねえよ。行けるとこまで、行ってやるだけだ」

「おまえは、本当に……」

寺井《てらい》が床に言い捨てる。「なんて身勝手な――っ」

「身勝手上等。パイロットってのは元来身勝手な生き物だ。そうだろ？　なんせ羽も生えてないのに空を飛ぼうってんだ。それに、そこの艦長の言葉を借りるなら、俺は腐った政治家のために飛ぶんじゃない。この国の未来を守るために飛ぶんだ。俺が、俺の判断で、俺の守りたい者のために飛ぶ。罰も責任を喜んで背負うさ」

「この……っ」

寺井が拳《こぶし》を握った。「宇宙飛行士になるんじゃなかったのか！」

「気づいたんだ。宇宙飛行士は俺の夢を叶《かな》える手段のひとつだってな。俺は、自分や家族に胸を張れる人間になりたい。それだけなんだって、ようやく気がついた」

陸《りく》はたしかな口調で言った。

打つ手を失った寺井が「っ……――飛島《とびしま》艦長！」と飛島に助けを求める。

「飛ぶのは私じゃない。寺井二尉、君だ。君が彼の腕を信頼できないというのなら他の者を探そう。私でもいいが、あいにく船舶免許と普通自動車免許しか持っていない」

指示を仰いだ寺井に、飛島は肩を竦《すく》めてみせる。寺井の肩からするりと力が抜けた。それから、はぁと大きく息を吐き出し、観念した面持ちで口を開いた。

「……わかりました。いまこの基地で戦闘機が飛ばせるのは、私とこの者しかいません。時間の猶予は刻一刻と減り続けています。すぐにブリーフィングの準備を」

寺井の言葉に、飛島も無言で顎《あご》を引く。彼はそのまま向き直ると、「頼めますか。星板《ほしいた》さん」と改めて陸に訊ねた。

陸はわざとらしく、咳ばらいをした。

「地球にぶつかるのを待ちたければ、それでも構わない。家族や友人が死ぬだけだ。だけど世界を救ってくれと頼まれて……嫌だと言うやつはいるか？」

「………アルマゲドン、ですか？」

飛島が口の端を上げる。

陸も不敵に笑みを返した。

「ああ、心強いだろ？　暗記するまで視聴済みだ。つまり、英雄になる準備は、とっくの昔に済ませてきてるってわけだ」

〇

陸と金星を含む作戦実行班は、護衛艦いずもに乗船すべく、逸見《へみ》海岸を歩いていた。前方には乗船用の側舷タラップが見える。集団の最後尾を歩く陸は、隣から聞こえたため息に首を捻《ひね》った。どうやら金星は、借り受けたノートパソコンに不満があるらしい。背面の型式表記を確かめては、深いため息を漏らしていた。

「お気に入りのタブレット取られたからってそんな落ち込むなよ」

「手に馴染《なじ》んだ端末がいいの。それにこれスペックが……──あ、陸《りく》、それ」

「しーっ！　誰にも言うな」

陸は胸ポケットからはみ出していたガラケーを指先で押し込んだ。

「誰にも言うなって……戦闘機は通信機器の持ち込み禁止のはずでしょ？　規則だけじゃなく、いろいろ計器に不具合が出るからって」

「いいんだよ。俺はよく道に迷うからな、御守りだ、御守り。迷子にならねえ限り電源はつけないから安心しとけ。それに計器は元から死んでるんだから問題ねえだろ」

「なにその理論。だいたいねえ」

「あーあー、お説教はやめてくれ。それより金星、ひとつ頼まれてくれないか？」

「なに、急に」

「帰ったら、浅野《あさの》に言いたいことがあるんだ。おめでとうって、たったそれだけのことなんだけど……もし俺が日和《ひよ》って言い出せなかったら、助け舟を出してほしいんだ」

「呆《あき》れた。それくらい自分で──」

「おい、ふたり。こそこそとなにを話している」

前を向くと、タラップの向こうに立った寺井《てらい》が、訝《いぶか》しげな瞳を向けていた。

「いや、なに、俺の機体はなにかと思ってさ」

陸は慌てて取り繕う。隣では金星がつんと唇を尖《とが》らせていた。

「機体なら今、百里《ひやくり》からT‐4を運んでもらってる」

「百里からじゃ間に合わねえだろ。それにT‐4って、武装はどうするんだよ？」

「整備班がなんとかする」

陸は肩を落とした。百里基地は首都圏で戦闘航空団を擁する唯一の基地だ。それでも、横須賀までは陸路で一七〇km《キロメートル》近くある。この状況だ。スムーズに進むとも思えない。間に合わない可能性は大いにある。

「お気に入りの機体じゃないからってそんな落ち込まないでよ」

「そういう話じゃないんだよ。そもそもT‐4じゃスペックが……」

T‐4は練習機ゆえに、固定武装がない。たしかに陸もT‐4で訓練を積んだ経験はあるが、このミッションにおいて、まともな仕事ができるとは思えなかった。

「ごちゃごちゃ言うな。仕方ないだろう。いまのおまえに乗れるのは、百里から届くT‐4しかないんだ」

「そうは言っても――……待て、寺井、あれじゃダメなのか？」

タラップを渡り終えた陸は、前方を指さした。広大な艦内格納庫にはF‐35B《ライトニング》が整然と並んでいた。見たところ、全八機か。周囲を整備員たちが駆け回っていた。

「F-35B《ライトニング》なら武装も速度も十分だ。二機ならすぐに動かせるだろ?」

「バカを言うな。操縦課程を受けてないおまえを乗せられるわけがないだろ」

「でもよ、他にねえだろ。それにイタリアにいた時、散々訓練用シミュレーターで遊んでる。むこうの隊長に頼んで、実機のコックピットにこっそり乗せてもらったことだってある」

「そんなもん理由になるか」

「なるだろ。そもそもF-35B《ライトニング》の訓練の五〇パーセント以上はFMS《フル・ミッション・シミュレーター》で行われる。寺井《てらい》だって、ほとんどすべての過程をシミュレーターで学んだはずだ」

「私にできて、おまえにできないことはないといいたいのか」

「…………そういう意味じゃない」

「歯切れが悪いな。そこではっきり否定をしないところが、おまえの嫌なところだ」

言い捨て、寺井は陸《りく》に背を向けた。そのまま慣れた様子で格納庫内を歩いていく。整備員らと敬礼を交わしてから、整備状況について尋ねていた。

「なあ、寺井」陸は追いすがった。「いいじゃねえか。ここにはF-35B《ライトニング》しかないんだ」

「やかましい。黙ってT-4の到着を待て。そもそも私に決定権はない」

「じゃあせめてF-15は用意できないのか?」

「機体の用意もできないし、そもそもF-15を飛ばせる場所もない」

にべなく返され、陸は再び肩を落とした。

――T-4かぁ……。

力なく倉庫内を歩き、防護布を纏《まと》った機体の傍で腰を下ろした。そのままぼうっと辺りを見渡す。忙《せわ》しなく駆け回る整備員のひとりを捕まえて、出し抜けに訊ねた。

「なあ、この布被ったやつでいいからさ、F-35B《ライトニング》を一機、整備してくんねえかな？　T-4じゃ心もとねえんだ。な、頼むよ」

「F-35B《ライトニング》……？　ああ、これはF-35B《ライトニング》じゃなくて、F-4《ファントム》ですよ」

「……F-4《ファントム》!?」

陸は思わず声をあげた。「なんでこんなところにF-4《ファントム》が？」

「大阪万博ですよ。今回の万博の目玉に、空飛ぶクルマがあるじゃないですか。その関係で、航空技術の歴史を振り返るブースにF-4《ファントム》も展示したいって依頼が来たんです。五千機以上生産された数少ないベストセラー機ですからね。――で、まあ移送の関係でいまはここの格納庫に仮置きしてるんですが……停電がなければ、今頃大阪に運ばれてたところです」

「そうか。偶然、ここに」

陸は一言呟《つぶや》き、防護布にくるまれた機体に近付いた。

第三世代ジェット戦闘機――F-4《ファントム》。正確にはF-4EJ改と呼ばれるこの機体は、米国から購入したF-4《ファントム》を日本が魔改造したものだ。すでに日本でも実戦運用を終えており、開発元のアメリカでは九十年代に全機退役している。F-35B《ライトニング》よりも二世代前の骨董品。ベトナム戦争の遺産とも言えるロートル機。

老いた鉄塊に、陸《りく》の身体は自然と引き寄せられた。

静かに眠る、くたびれた亡霊。

陸は深く深呼吸をした。自身の血が熱くなるのを感じていた。

「よし、俺はこれに乗る」

迷いなく、宣言した。周囲の整備員らが目を丸くする。近くにいた寺井《てらい》も陸の発言を聞いていたのだろう。慌てて駆け付けてきた。

「おい、星板《ほしいた》。それは岐阜の航空宇宙博物館から借りている展示物だ。おまえも知っての通りそいつは――」

「どうせ慣れないもん乗るんだ。なら、一度乗ってみたかった機体に乗った方が成功確率は上がるってもんだろ」

「理屈が通ってない」

「通ってる。俺のモチベーションが上がるからな」

「おまえってやつは……」

呆《あき》れる寺井を尻目に、陸は整備員に訊ねた。「これ、動くのか?」

「一応、イベントパフォーマンスのため、整備はしてありますが……」

「なら、飛べるじゃねえか」

「話を聞け！」と、肩をいからせる寺井をさっと躱《かわ》し、陸は防護布に手を掛けた。布地に貼り付けられた展示会のポスターには『ファントムサウンドを聴こう！』の文字が躍っている。

「聴こうぜ。ファントムサウンド」

「冗談言うな。そいつが最後に飛んだのは四年前だぞ！」

「四年なんて言ったら、オリンピックもそうだろ。優れたやつにとっちゃ、別に錆びつくような期間じゃない。それに落ちてくるのは冷戦後の亡霊なんだろ？　なら、こっちも首を切られた俺とこいつ。亡霊《ファントム》コンビをぶつけようぜ」

言いつつ、陸は厚い防護布を剝《は》ぎ取った。雲に溶けるような、青みがかった薄い灰色の機体が、格納庫の淡い照明に照らし上げられる。綺麗だ。陸は素直にそう思った。

「とんだ美人だぜ、こいつは」

「待て待て。飛べると言っても、STOVL《ストーブル》機のF‐35B《ライトニング》とはわけが違う！　いずもの甲板は一〇〇m《メートル》弱。滑走路にしても、加速が足りないことくらいわかるだろ！」

「ねえ、寺井《てらい》さん。町の大通りとかは使えないの？」

と、今まで黙っていた金星が口を挟んだ。

「無理です。通常、戦闘機の離陸には一〇〇〇m《メートル》級の滑走路が必要で、横須賀にそれほどの平坦な直線はありません。あったところで離陸に伴う衝撃波で町はぐちゃぐちゃだ。到底許可が出せるものではない」

「なぁに。F-4《ファントム》は元々艦載機だ。いずもからだって飛び立てるさ——ほら、これを見ろ。ちゃんと主翼も折り畳めるようになってる。それにこの低翼配置からの上反角！　からの尾翼の下反角！　痺れるほどそそるボディだ。同じ学校にいたら間違いなく惚れてたぜ」

陸《りく》はF-4《ファントム》の梯　子《ボーディングステップ》に左足を乗せると、一気に駆けあがった。寺井《てらい》が呆《あき》れたように息を吐くが、陸はそれを意にも介さない。

そのまま操縦席《コックピット》へ飛び込むと、口笛を鳴らした。

「すげえや。中はまるで博物館だ」

半世紀以上前に設計された機体ゆえ、日本が魔改造した部分——HUD《ヘッドアップディスプレイ》やレーダー装備など以外はほとんどが近代化されていない。T字配列の計器に至ってはほとんどがアナログだ。戦闘機の命とも言えるエンジン《J79-17》も、ほとんどが電子化されていない。対地戦から空戦までをこなすマルチロールな戦闘機であることには変わりないが、現代の基準から照らし合わせれば、時代遅れの旧式であることは否めない。

「最高だ。こいつしかいない」

陸はその古臭さを大層気に入った。

「なにがこいつしかいないだ！　おまえ、F-4の操縦課程受けてないだろ！」

「ああ、受けてねえが、操作方法ならひととおり知ってるぜ。シミュレーターなんかじゃない、実機で学んだんだ。なんせ小松《こまつ》にいた時、こうして格納庫にあった展示用のF‐4にこっそり乗り込んでたからな。マニュアルなんざ資料棚を漁《あさ》りゃいくらでも出てくるし、基本操作は頭に入ってる」

人差し指でこめかみを叩き、陸はほくそ笑む。

実際、陸の古巣である小松基地には、かつてF‐4の運用部隊があった。悪戯《いたずら》好きの陸は夜な夜な格納庫に忍び込んでは、ひとり旧式戦闘機の渋さに浸っていたのだ。

現役時代、上官にバレて大目玉を食らったこともある。

「俺ぁよ、ほんとはF‐4《ファントム》に乗りたかったんだ。なんせこいつは宇宙開発競争の真っ只中の冷戦時代に、宇宙じゃなく、純粋に空を飛ぶために生まれてきた機体だ。渋いじゃあねえか。信念の厚みがちげえよ」

「待て、星板《ほしいた》。仮にF‐4《ファントム》で出るにしても、そいつはエンジンの起動に専用の機材と、習熟した整備士が必要になる。だから、どちらせよF‐4《ファントム》では――」

「寺井二尉、そこまでにしておこう」

格納庫に遅れて現れた飛島《とびしま》が、寺井の言葉を遮《さえぎ》った。

「もう時間もないんだ。ふたりにはこのままF‐35B《ライトニング》とF‐4《ファントム》で出てもらう。F‐35B《ライトニング》の空対空ミサイルは四発。F‐4《ファントム》は八発。落ちてくる破片は計十個。弾数にも余裕が出る。F‐35B《ライトニング》が二機で出るとなれば、必然弾数は足りず、機関砲での対応が強いられる――機関砲での撃墜よりミサイルで落とす方が確度が高い」

「飛島《とびしま》艦長、しかし……」

寺井《てらい》が歯嚙《が》みする。

「あー、でもよ、艦長。俺が言うのもなんだが、こいつは本当に骨董品だぜ。最大速度なんて出そうもんなら、即スクラップになるかもしれない。それでもいいのか」

「私の口からスクラップにしてもよい、とは言えませんが」

飛島は肩を竦《すく》めた。「ただ、弾道弾迎撃ミサイルのSM‐3は一発二十億。あなたがたのミッションは、ほぼ同価だと言ってもいい。それを念頭に置いてください」

飛島の言に、寺井は顔をしかめる。

一方の陸《りく》は、コックピットから飛び降りつつ「なるほどね」と合点していた。

「それじゃあ、艦長の許可も出たことだし、早速――」

「いや、報せがふたつあります」

飛島は指を二本立てた。全員の視線が飛島の指先に集中する。

飛島は一拍置いてから、追うように口を開いた。

「まずは悪い報せから。いずもからは、F‐35B《ライトニング》一機しか発艦できません」

「……………っ」

飛島の報告に、陸は面食らった。そうだ。寺井が言っていた通り、F‐4《ファントム》は艦上戦闘機とはいえ、F-35B《ライトニング》のように垂直離着陸ができるわけではない。離陸に最低でも八〇〇m《メートル》弱の加速が求められる。仮に空母から飛び立つのであれば、カタパルトが必須になるのだ。

「ご存知かとは思いますが、いずもにはカタパルトがありません。加えて寺井が言ったとおり、F-4のエンジン始動には起動車が必要です。ここには代替できるようなものはない」

「おいおい。なんだよ。じゃあ結局出れねえじゃねえか」

「焦《あせ》らないでください。報せはもうひとつ。私はいずもからは、と言ったはずです」

肩を落とす陸に、飛島が淡々と告げた。「ジョージ・ワシントン《米空母》を使います」

飛島の口から語られた言葉に、格納庫中がどよめく。

「ちょ、ちょっと待て。米国が手を貸してくれるのか？」

と、陸がみなの気持ちを代弁する。

飛島は首を横に振り、静かに否定した。

「これは米国全体の意志ではありません。あくまで有志による協力と心得てください。今、横須賀在住の退役軍人にも声をかけてもらっています。中にはF-4の起動に詳しい整備員もいるそうです」

　陸の背筋にぞくりと興奮が走った。まさかここに来て強力なバックアップを得られるとは。加えて、ジョージ・ワシントンのカタパルトは蒸気式だ。原子力空母ということもあって、熱源の確保は自前でできる。たとえ停電状態でも、支障はない。

陸《りく》の口の端から、「へへっ」と笑みが零《こぼ》れた。

「故郷を救うのに他人のふんどしで戦うってのは気が乗らないが、友情と協調は勝利に不可欠ってか──まるで『バトルシップ』みたいじゃねえか。けどよ、本当にいいのか？　向こうは衛星落下の事実を黙認する手はずだったんだろ？」

「国と個人は違います。そこは切り離して考えないと、大切なものを見失ってしまう」

飛島《とびしま》の答えに、陸も満足げに頷《うなず》いた。

飛島はひとつ咳払いをすると、格納庫全体に届くように声を張った。

「これより、作戦の決行準備に入る！　総員、気を引き締めてかかれ！」

飛島の号令に、格納庫内の空気がピリッと引き締まる。

「飛島艦長」陸は立ち去ろうとしていた飛島に声をかけた。

「最後の確認だ。本当に撃ち落としていいんだな」

「落とさねば国民に危害が及びます。我々《われわれ》の仕事は国民を守ること。落としたあとのあれこれは政治家に任せておけばいいんです。それが彼らの仕事ですから」

その返答に陸は感心した。

隣でむくれていた寺井《てらい》も、ようやく腹を括《くく》ったのか、長い息を吐いた。

「では、私は星板陸《ほしいたりく》と浅野《あさの》金星《ヴィーナス》の両名を連れ、管制班と最終確認を行います」

「ああ、頼んだ。作戦の責任をとるのが私の仕事だ。とにかく全力を尽くすことを考えろ。

——だがあいにく、私も忙しい身だ。墓標に祈りに行く時間はないぞ」

飛島が去り際に言う。

寺井はその横顔に敬礼を送った。

「ご安心を。生きて帰るのが我々の仕事です」

〈2025年7月7日　月曜日　午後〉
作戦開始時刻まで——残り四十五分
水星の出産予定時刻まで——残り？時間
衛星の落下予想時刻まで——残り一時間

寺井理沙《てらいりさ》は、手洗い場にある鏡の前に立っていた。目の前には、眉間《みけん》に皺《しわ》を寄せた自分が映っている。嫌いだ。寺井は自分の顔が嫌いだった。張り詰めていて、余裕のない表情は見ていていらいらする。

出し抜けに頬を叩いた。「大丈夫。勝てる。私は勝てる」呟《つぶや》いて、自分自身を鼓舞《こぶ》する。ファイト前の恒例行事だ。相変わらず余裕がない自分に、鞭を打つ。

幼い頃から負けん気の強い性格だった。元ボクサーの父の血を色濃く注いだのだろうと、母はよく笑っていた。実際、負けないように努力はしてきたし、スポーツも勉強も、その多くで勝ってもきた。「女だから」と侮《あなど》って来た奴らは正面からねじ伏せてきた。どれだけつらくても、しんどくても、負けを認めるような真似はしなかった。

一度負けたやつには、リベンジを果たすことで己の価値を証明してきた。後にも先にも、勝ち逃げを許したのは、あいつだけだ。

「あ、寺井さん」

手洗い場から戻ると、お団子頭の少女とばったり出くわした。寺井は急いで笑みを作り、「いいんですか。控室にいなくて」と、精いっぱい、穏やかな声を出した。

「それがさぁ、聞いてくださいよ。陸《りく》のやつ、集中したいからひとりにしてくれとか言ってくるの。私だっていろいろ準備したいのに。もうほんと、陸には困っちゃう」

「しかたないですよ。あいつは人の話なんて聞かない奴ですから」

「わかる。ほんとそう。自分勝手なんだから」

「でも私には、浅野《あさの》さんの話だけは、聞いているように見えますけどね」

「そう？　そうでもないと思うけど」

言いつつ、目の前の少女は首を竦《すく》める。口の端は微《かす》かに上がっていた。

寺井は少女の態度に、微かな悔しさを覚えた。

——ああ、遠い。

星板陸《ほしいた》との距離は、今になっても縮まらない。どこまで追っても、どれだけ自己研鑽《けんさん》に励んでも、近づくことはない。これは決して色恋の話ではなく、自尊心やプライドの話だと寺井は考えている。

——遠いな。

会って間もないが、この少女も負けず嫌いで、才能に恵まれていることは容易にわかった。

であれば、星板陸《ほしいたりく》のような存在とは反発するはずだ。それなのに、彼女は彼と折り合いをつけ、共に歩んでいる。悔しかった。きっと私よりも、彼といた時間は短いだろうに。

——なぜ遠いと感じるのだろう。別に近づきたいわけではなかったのに。

ただ、追い越したいだけだったのに。

寺井《てらい》は、ふと天井を仰いだ。

「おう、ふたりしてなに突っ立ってんだ」

廊下の先から、その男が——陸がやって来た。「そろそろ作戦の時間だぜ」

寺井は彼の姿に口ごもる。

その隙に、少女が陸のもとへと駆け寄っていく。

「ねえ、陸。作戦が終わったらなんか奢《おご》ってよ。たぶんその頃にはお腹空いてるし」

「任せとけ。時間をくれたら、チキンブリトーを食わせてやる」

「へえ、ラストオーダーが過ぎてないといいけど」

二、三言葉を交わすと、ふたりは顔を見合わせてにやりとした。

「浅野《あさの》さんは、チキンブリトーが好きなのか？」

寺井は興味から訊ねた。

「いや、これはなんというか、ただのオタクの会話だ。気にしないでくれ」

「ちょっと、一緒にしないでよ」

「うるせえ。同じ穴の狢《むじな》だろうが」

陸と少女が気心の知れた様子で言い争う。寺井はその光景に、安易に訊ねなければ良かったと思った。どうしてもこうも縮まらないのだろう。ふたりの会話はぼんやりと聞こえ、先を行く陸の背中は、やはり遠くに見えた。

「……――い。おい、寺井。聞いてるか？」

「ああ、すまん。なんだ」

「ぼーっとしてんなよ。そろそろ行かないとやばいぜ」

「そうか。もう、そんな時間か」

無理して表情を作る。

航空管制室に向かう少女と別れ、寺井と陸は廊下を進んだ。


「さて、仕事の時間だ」

歩きながら、陸が肩を回す。「みんなの期待に応えてやろうぜ」

「しかし、飛島《とびしま》艦長は積極的だが、上層部はなかば諦め気味だぞ」

寺井も気を取り直し、鋭く言った。

「まあ、そいつはそいつで結構。アウェイの方が燃えるからな」

「おい、これは競技会じゃないんだぞ」

「変わらねえさ。どっちにしたって、俺たちは空を飛んでミッションをこなすだけ。もう何千時間とやってきたことだ。競技も実戦も変わらねえ。そうだろ?」

陸《りく》の言葉に、寺井《てらい》は思わず苦笑した。

「……なんだよ。なんで笑うんだよ」

「いや、変わらないなと思ってな」

「なに、変われなかっただけさ」

「そうか。なら、いいんだ」

「なんだよ、言いたいことがあるなら言えよ。おまえと俺の仲だろうが」

「ばかを言うな。私はおまえほど口が軽くはできていないんだ」

「んだよ、それ……まあいいさ。寺井。俺とおまえのふたりで、後ろ向きなお役人さんたちにプロの仕事を見せてやろうぜ」

廊下の端、丁字路に立ち、ふたりは向かい合う。

「プロの仕事を見せて、おまえはその後、どこに行く?」

「さあな、成り行き任せだ。自衛隊に戻るかもしれないし、戻らないかもしれない。俺の超絶技巧を見たNASAからラブコールがかかったら、そのまま宇宙に飛び出すかもしれない」

「つまり、なにも考えてないと」

「まあな。今はとにかく、行けるとこまで行ってやるだけだ」

「ずっと気になっていたんだが、それもなにかの引用なのか？」

「いや、これは俺の言葉だ」

「そうか」

寺井は微笑した。「なら、覚えておこう」

軽く拳《こぶし》をぶつけ合い。ふたりは違う道を進んだ。寺井は一度も振り返らなかった。代わりに考えていた。もう追いかけるのはやめにしよう。どれだけ距離が離れようと、どれだけ遠くに行ってしまおうと、あいつを追うのはこれで最後にしようと。

「――よしっ」

そうだ。近づきたいわけではなかった。追いかけたいのではなかった。追い越したかったのだ。それを確認すると、とんっ、と左胸を拳で叩いた。

「勝つぞ」

遠くにいた方が、追い抜き甲斐がある。そして晴れて追い抜いたのならば、こちらから歩幅を合わせて、隣で歩んでやろうと思った。かけがいのない、相棒として。

○

時刻は午後五時半。空は未だ明るく、米空母ジョージ・ワシントンの甲板は飴《あめ》色に照らされていた。陸《りく》がこの艦の上を歩くのは、これが初めてだった。資料で見たことはあったが、実際歩くと随分大きく感じる。カタパルトは四基もあった。

「ん？」

電源を切ろうとこっそり取り出した携帯電話に、電波が立っていることに気がついた。そう言えば、不測の事態に備え、移動基地局を沿岸部に配置したと、対策本部の誰かが言っていた。

――へえ、すげえ。ちゃんと繋《つな》がんのかな、これ。

電話帳で実家の番号を呼び出してから、ぱたりと閉じた。行ってきますはもう言ってある。かといって、ただいまを言うのには、まだ早い。

陸はF-4《ファントム》の梯子《ボーディングステップ》に左足をかけ、操縦席まで駆けあがった。機内は狭い。乗り込むための足場もなく、これから腰を下ろす座席《シート》を踏まなければ着席すら難しい。操縦席から周囲を見ると、有志の整備班がいまもなお忙《せわ》しなく駆け回っていた。その中には共同訓練で顔馴染《なじ》みになったパイロットの姿も見受けられた。陸は戯れにハンドサインを送ってみる。激励のつもりか、大袈裟なジェスチャーが返ってきた。

――懐かしいな、この感じ。

ふっと短く息が漏れた。あわせて緊張も抜ける。潮風のなかに、焼けたゴムの匂いが混ざっていた。滑走路特有の匂いだ。慣れ親しんだ匂いに、精神が研ぎ澄まされていく。

『F-4《ファントム》はどうだ、スターボード』

護衛艦で準備を進める別動隊の主役、寺井から通信が入った。デリンジャー現象が収まってくれたおかげで、航空無線もしっかりと機能していた。

「ああ、F-15《イーグル》やF-35B《ライトニング》と違って寝起きこそ悪いが、手間がかかるぶん可愛いぜ」

答えつつ、そっと計器を撫《な》でる。陸の乗るF-4《ファントム》は自力でエンジンの始動ができない。外部電源ケーブルとエンジン始動用のエアホースを機体に射し込まなければ動くことすらままならない。

二本の管が機体から垂れるその様は、まるでベッドの上に横たわる老兵のようだ。

『あーあー、陸、聞こえる?』

続けて、金星の声がした。その声音は普段の不遜なものと異なり、わずかに緊張の気を帯びている。

陸は近くに浮かんでいる護衛艦《いずも》の管制塔に視線を向け、咳払いをした。

「なあ、金星よ」

『ん、なに?』

「人類は八十億もいるのに、なんで俺を呼んだ……?」

金星は、いま、周りをプロの管制官に囲まれて、興奮半分、不安半分なのだろう。金星の顔が強張《こわば》っていることを考えたら、茶化したくなった。

『ふざけないで！　アルマゲドンごっこならあとにしてよ！　緊張感なさすぎ！』

「いや、すまんな。Ｆ-４《ファントム》の操縦席が快適でな。思わず饒舌《じょうぜつ》になった」

言って、陸《りく》はくくっと肩を揺らす。そう言えば、航空学生時代も、こうして無線で無駄口を叩いては、指導教官に怒られたものだ。

懐かしい。あれももう何年も前の話か――。意図せず、感慨に耽《ふけ》ってしまう。

『まあいいや。ところでさ、陸』

「ん、どうした？」

『寺井《てらい》さんがさっきからスターボードって呼んでるけど、それって……』

「ああ、ＴＡＣネームだ。まあ、パイロットのあだ名みたいなもんだな」

『ふぅん、なるほど。星板《ほしいた》だからスターボード。安直ね』

「うるせえ。たいていは上官と先輩の気まぐれでつけられるんだ。長身だからノッポ。高知出身だからリョウマ。眼鏡だからノビタとかな」

陸が言うと、金星は「ふぅん」と素っ気なく応えた。

『じゃあ、寺井さんもあるの』

「あるぜ。――なあ、チョコレート」

陸が呼びかけると、金星が『え、かわいい』と漏らした。当の寺井は少し間を置いてから、

『……私も上官に決められたんだ』と囁《ささや》くように反論をする。

「聞いてくれよ金星。こいつ、歓迎会で頼んだチョコレートケーキ、ホールぜんぶひとりで食

いやがってさ。それで上官がおもしろがってチョコレートってつけたんだ」

陸がさらに茶化す。寺井は『ああ、もうやめろ』と、低い声で唸《うな》った。

『糖分を補給してなにが悪い。だいたい航空機のパイロットが糖分摂取することを推奨する論文もあるんだ。感覚だけで生きてるおまえは知らないだろうが、私の行動にはちゃんと学術的な裏付けが――』

「はいはい。わかったわかった。で、金星、おまえはなにがいい」

『え、私？』

「そうだ。おまえも今日はチームメンバーだ。もしかして要らなかったか？」

『要らないなんて言ってない！』

きぃんと甲高い声がキャノピーを揺らした。金星の口先がつんと尖《とが》っているのが、陸には操縦席からでも見える気がした。短い付き合いだが、背伸び好きなバディの考えなんて、もう手に取るようにわかる。

『そうね。私のTACネームは――』

金星は自信ありげに言った。それを聞いた陸は、「安直だなぁ」と小さく笑った。

午後六時過ぎ、日米入り乱れての離陸前の作動確認《プリタクシーチェック》が完了。ケーブルやエアホースが接続されていたF-4《ファントム》のアクセスパネルもすべて閉じられ、両機の離陸準備がようやく整った。

「こちらスターボード、待たせたな。いつでもいけるぜ」

『管制了解。離陸はネクスト三〇《サンマル》。時刻の修正はなし。指定時刻まで待機』

管制の声を聞きながら、陸《りく》はハンドシグナルで整備班に感謝を伝える。離陸時刻である一八《ヒトハチ》三〇《サンマル》まで残り一分。陸は右手を操縦桿《そうじゅうかん》に、左手をエンジンレバーに乗せて、大きく息を吐いた。

『久しぶりの飛行だからってびびるなよ、スターボード』

寺井《てらい》が無線の向こうから突ついてくる。

「任せとけよ。俺は飛ぶさ。何度でもな。俺にはその責任がある」

『責任？』

「ああ、そうだ――」

『離陸開始。発艦後、作戦行動を開始してください』

管制の合図を受け、陸は両手に力を込める。ファントムの機体がぎしりと軋《きし》む。エンジンの唸《うな》りが座席を揺する。身に走る振動が心まで奮い立たせる。空母のマストに掲げられた紅白のF旗が風になびく。陸の発艦が世界に示されている。

陸は遥か水平線を睨《にら》みつけた。

「俺の人生は、俺が責任をもって全うしなくちゃダメなんだ」

蒸気式カタパルトが作動する。ドンッと鈍い衝撃が機体に走った。一〇〇〇m《メートル》の滑走を八〇m《メートル》に省略する代償だ。陸は身体にかかるGに潰されないように歯を食いしばった。射出された機体は二秒半で時速二五〇km《キロメートル》まで一気に加速し、離陸した。

『こちら管制。両機の離陸を確認。誘導を開始します。目標との会敵時刻はネクスト四〇《ヨンマル》。作戦限界はネクスト四九《ヨンキユウ》――二九四〇《ニキユウヨンマル》秒後とします』

「了解」

陸は短く答え、息を整えた。集中力のほとんどが手元に割かれている。細心の注意を払い操縦系を操作するが、指定の巡航速度を保つだけで今は精いっぱいだ。

――わかっちゃいたが、一筋縄じゃいかねえな、こりゃ。

離陸してみて改めてわかった。操縦桿が異様に重い。バネの重さだけではない。ピトー管の検出した流体の総圧が重みとなり、陸に上昇の覚悟を試してくる。

「上等だ！」

陸はひとり呟《つぶや》き、操縦桿とフットペダルを操作した。

『おい、機体が揺れてるぞ。大丈夫かスターボード』

「ああ、問題ない。じゃじゃ馬だなこいつぁ！」

F-15《イーグル》に搭載されているターボファンエンジンと違い、F-4《ファントム》のターボジェットエンジンは応答性《レスポンス》が良い。それゆえ、繊細な操縦が要求される。また、F-4《ファントム》の特異な機体構成により、旋回時には特に制御が難しくなる。落下予測地点に向かう最中、右手で操縦桿を、左手で双発のエンジンを細かく制御し、挙動を確認した。慣れてくると、癖こそ強いものの、操作感の良さは最新鋭機に引けをとらないことがわかる。さすがは歴戦の名機といったところか。F-4《ファントム》は飛ぶのではなく飛ばすのだ。という先達たちの言葉の意味が、陸《りく》にも徐々にわかってくる。

『こちら管制。目標方位二二五。距離三三海里《ノーチカルマイル》。高度二〇〇〇〇。会敵予想時刻まで一八〇秒。作戦限界まで同一三二〇。時刻修正なし』

陸がF-4《ファントム》との対話をしている間に、両機は作戦展開空域に到達していた。

濃い藍色に沈んだ世界。鳥さえ飛ばない宇宙への入り口。雲さえ眼下を漂い、水平線は丸みを帯びている。地球がひとつの星なのだと一目でわかる空の果て。

――ああ、ここだ。ここだよ。

航空ヘルメットの内側で、陸は薄く笑みを浮かべた。

――俺はずっとここにいたんだ。

手を伸ばせば宇宙にも触れられるこの高さ。

己の判断ひとつで、明日の行方が決まる世界。

ここに自分はずっといた。ずっと前から、ここにいた。

――そうだ。俺が望んできたんだ。

たとえばいま、神様がふらっと降りてきて、陸を十年前に戻したとする。それでもきっと同じ生き方をするだろうと陸は思った。良い生き方だとは口が裂けても言えない。自己実現に必死で、好きな人が遠ざかることにも気がつけなかったし、困ってる人を助けるのだって、見捨てる自分が許せないだけで、そこに高尚な理屈はない。心から誰かを救いたいと願っているとは言い切れない。自分のなかの正しさはなかなか折れてくれず、そのせいで失ったものも多々あった。

けれど、それが自分の、星板陸《ほしいた》の人生だった。

——絶対、この上に行くんだ。俺の歩んだ道が正しかったと示すために。

陸は深く呼吸をした。ままならない世の中だ。たったひとつの夢さえ抱いて生きるのは難しい。それでも抱いて生きると決めた。この重い荷物を抱いたまま、この上にたどり着けたのなら、胸を張って帰れる気がするのだ。

水星と孔明《こうめい》のもとに。金星のもとに。祖父母のもとに。

夢を語った、あの日の自分のもとに。

『レーダーコンタクト——スターボード。見つけたぞ。正面だ』

寺井《てらい》からの通信に、陸は遥か前方を睨《にら》む。黒い天幕にちらちらと輝く点。火花のように瞬《また》く
それは、よく見れば幾筋もの尾を引いていた。

『どうする。スターボード。ここで帰れば、外務省あたりは胸を撫《な》で下ろすぞ』

「ばか言うなよ」

陸はふっと息を漏らした。「ようやく盛り上がってきたところじゃねえか」

落下中の衛星は、金星の予想通り、一〇のモジュールに分裂していた。それぞれ一〇m《メートル》強

の大きさで、極小のパラシュートによって減速されてはいるが、宇宙空間からの高高度落下を支え切ることはできていない。おそらくは速度制御下での運用が必須なのだろう。減速用のパラシュートはところどころ焼け焦げ、いまにも役割を放棄しそうに見える。

「管制。こちらスターボード。目標を視認。射撃の可否を問う」

『こちら管制――射撃容認。以降目標に対して無制限の火器使用を許可する。目標を撃墜せよ。繰り返す。目標を撃墜せよ』

「スターボード了解。目標を撃墜する」

二機は事前の打ち合わせどおりに展開。射《う》ち漏らしがないように互いのフォロー範囲からは離れない。トリガーに指をかけ、照準を絞る。「ＦＯＸ２《赤外線誘導ミサイル発射》」無線に短く告げ、トリガーを引いた。訓練で何度も繰り返した動作だ。陸《りく》の身体はよどみなく動いた。

『ターゲットアルファ、キル。ネクスト、ブラボー』

『管制了解。残り一〇二〇秒。遅れなし』

『こちらチョコレート。ターゲットジュリエット、キル。ネクスト、インディア』

両機の連携により、衛星の破片は次々に破壊され、海の藻屑《もくず》になっていく。

通信良好。機体状況も安定。燃料の不足もなし。陸の腕も錆びついていない。残る破片はあとふたつ。どちらもパラシュートによる減速は効いたままで、射程範囲外へ逃げることもない。

――いける。

陸は確信しつつも、気を引き締め、集中の濃度をあげた。

──確実に落とす。これ以上俺の大切なもんへは近づかせねえ。

最後のターゲットに照準を向け、トリガーを絞る。ミサイルが超音速で飛翔する。着弾。黒煙と炎がメンター7の残骸《ざんがい》を木端微塵《みじん》に砕いた。

──よしっ！

思わず拳《こぶし》を握った。このまま作戦は完了──……。

するはずだった。

『おい、待て。これは……！』

無線の向こうから寺井《てらい》の狼狽《うろた》える声がした。陸も慌てて状況を確認する。レーダーに新たな影が映っていた。「嘘《うそ》だろ……」思わず声が漏れる。陸はレーダーを信じられず、目視での確認を試みた。だが事実は変わらない。信じられないものが目に映った。

「ああ……まじかよ」

遥か高く、空の端にふたつの影が見えた。それは市街地に甚大な被害をもたらすのに充分な大きさだった。メンター7と違い、大気摩擦の影響で焦げてはいるものの、分裂はしていない。ふたつの巨影は、地上めがけてまっすぐ落ちてきていた。

『管制。こちらチョコレート。上空に未確認飛翔物体《Unknown》を確認。確認と指示を乞う』

『こちら管制。未確認飛行物体《Unknown》を照合——未確認飛行物体《Unknown》を確認。民間の通信衛星と判明。スターコネクト社製の新型機と推測されます』

陸《りく》は心中で疑問符を浮かべた。陸の知っているスターコネクト衛星よりもかなり大きいのだ。よく見れば、完全に開き切っていないパラシュートが尾のようになびいていた。

そういえば、あの実業家は再利用可能なロケットの開発も進めていると聞く。だとすれば、これも地上への帰還を前提とした新型衛星とみるのが妥当か？

——でかすぎる。新型の実験機か……いや、問題はそこじゃない。

問題は、この衛星が落ちたあとのことだ。地球全土でインターネット通信が繋《つな》がるようにと打ち上げられたスターコネクト衛星は、現在、害意のあるハッキングを受け、地球全土を攻撃できる航空宇宙兵器になりかわってしまっている。

——もし、今、ここでこいつの落下を許せば……、
世界停電回復後の世界で、スターコネクト衛星をはじめとした宇宙事業を巡って争いが起きるだろう。なにせ、兵器になる脅威を孕《はら》んだ衛星が頭の上に何千基も飛んでいるのだ。どこかの誰かが、いつハッキングをして、また落としてくるかもわからない。世間が宇宙開発にネガティブイメージを持つのは当然の帰結といえる。

「……ふざけんなよ。これから宇宙飛行士になるやつがいるんだぞ」

陸は奥歯を噛《か》み締めた。怒りで喉の奥が熱くなっていた。

『以降、未確認飛行物体《Unknown》をそれぞれベガ、アルタイルと呼称。目標に対して無制限の火器使用を許可する。目標を撃墜せよ。繰り返す。目標を撃墜せよ』

管制の許可を得て、二機で迎撃に向かう。開きかけのパラシュートがかろうじて減速効果を生んでいるものの、かなりの落下速度で地上に迫っている。

陸はハンドサインで寺井《てらい》にコンタクトを取った。――でかい方は任せた。

寺井も手で答える。――了解。

幸いなことに、互いに予備のミサイルを一発ずつ抱えている。

陸と寺井が狙いを外さなければ、なんとかなる。

「ぜってえに落とさせねえぞ。人工衛星が危ないなんて印象はいらねえんだ！」

目標めがけ、寺井が一気に急上昇した。陸もその後を追う。急激なGが肺や血管を押さえつける。意識こそ飛ぶことはないが、慣れていない機体だ。歯を食いしばらないと操縦がおろそかになる。陸は耐えた。最後まで気を抜くわけにはいかない。停電が回復したら、また日常がはじまる。この衛星を地表に落とさないことが、今後の宇宙開発の未来に――金星の未来に繋がるのだ。

先行する寺井が無線の向こうで射撃を告げた。『ＦＯＸ３！《ARHミサイル発射》』Ｆ-３５Ｂ《ライトニング》の腹部から誘導ミサイルが飛び出していく。天空に響く轟音。迫る黒い巨塊。それらが交差し、爆炎とともに塵になった。

『こちらチョコレート。ターゲットアルタイル、キル。これにて残弾なし。繰り返す。これにて残弾なし』

管制室の安堵《あんど》の声が聞こえるようだった。陸《りく》も寺井《てらい》に続くべく、機体を安定させ、対象との距離を測った。宇宙から落ちてくる巨塊はすぐそこまで迫っている。

――ここだッ！

陸は照準器の中心に衛星の破片を捉えると、トリガーを引いた。「ＦＯＸ――っ」

『……おい！　どうした！』

寺井の怒鳴り声が陸の耳を叩く。

Ｆ-３５Ｂ《ライトニング》とＦ-４《ファントム》の横を、未確認飛行物体《Unknown》の片割れが通過した。

『スターボード、なにがあった！　なぜ目標を通過しているッ！』

『こちらスターボード。すまないチョコレート。Ｆ-４《ファントム》がこの土壇場で拗《す》ねやがった』

陸が引いたトリガーはかちりと軽い音を立てるだけで、なにも動作しない。老朽化の影響だ。半埋め込み式ミサイル装置が突然故障したとしか考えられなかった。

『くそっ……こちらチョコレート！　このままだと市街地に墜ちる！　指示を乞う！』

△

「まずいぞ。このままいけば東京に直撃コースだ……」

航空管制チームを取り仕切る飛行長の口から、最悪の未来が零《こぼ》れる。

続いて墜ちてくる衛星に、誰も気づくことができなかった。メンター7の影が大きすぎたのだ。後続の衛星の反射材が大気摩擦で剝《は》げ、識別しづらくなっていたせいもあるだろう。様々な要因が重なり、見落としていた。

「猶予はあと何秒だ！」

「破壊限界まであと三百秒です。飛島《とびしま》一佐、F-35B《ライトニング》をもう一機上げましょう」

艦橋から駆けつけた飛島に、橋立《はしだて》一尉が静かに進言した。

その手は管制卓に設えられた固定電話に置かれている。

「ジョージ・ワシントンのカタパルトはまだ動くはずです」

「守屋《もりや》三佐が回復していない。パイロットがいなければあげられん」

「米軍にはいくらでもいます。彼らはすでに我々《われわれ》に協力した共犯です。それくらいの義理はあるはずです」

「言いたいことはわかるが、どちらにせよ今から要撃に向かったのでは間に合わん」

飛島に言われ、橋立も唇を嚙《か》んだ。

誰が悪いとか、どこそこに責任があるという話ではない。とにかく次を考えて動かなければならない。管制班はすでに代案の模索と検討に奔走している。

しかし、背の小さい彼女だけは動けずにいた。

「あなたのせいじゃない。他の誰も気づかなかった」

硬く強張《こわば》る金星の肩に、飛島《とびしま》艦長の手がそっと置かれる。

「幸い落下物はひとつまで減らせました。最善ではありませんが、最悪は免れたと考えましょう。あとは我々《われわれ》に任せてください」

飛島が鷹揚に頷《うなず》いてみせたが、それは金星にとって慰めにはならなかった。

ただ無力感を覚えただけだ。この場でできることはないと宣告されたようなものだ。

——違う。これは私のミスなのに。

金星は唇をきつく噛《か》み締めた。

メンター7落下の発見者は自分だ。であるならば、後に続く影に気づくことだってできたはずだ。いや、気づかなければならなかった。自分がもっとちゃんと確認しておけば、作戦は窮地に陥ることはなかったし、人工衛星が誰かを傷つける未来も生まれ得なかった。

——今から、今からこのミスを取り戻さないと……。

なにをすれば作戦の助けになるのか、周囲の人間に訊ねたいが、みな鬼気迫る勢いで自身の仕事に取り組んでいる。幼い金星が口を挟む余地はない。

——そうだ、軌道計算。

金星は慌てて目の前のパソコンに視線を戻した。自分は元々、落下してくる衛星の軌道計算のためにここに呼ばれた。計算、計算をしなければ。

けれど、すぐに手が止まった。そもそも落とす手段がないのだ。ミサイルの残弾がないなら、いまさらどこに落ちてくるかを計算しても意味がない。

——じゃあ、私はいったい、なんのために今ここにいるの。

金星は腿《もも》を強くつねった。目の奥が熱くなるのは情けないからじゃないと、そう自分に言い聞かせるように、きつく、つよく、腿をつねった。

——私、やっぱり、足手まといだ。

堪えきれず、嗚咽《おえつ》した。陸《りく》と出逢い、他人と手を取る強さを知った。その強さを教えてくれた人が窮地に陥っているというのに、自分はなにをすることもできない。独りに甘えた罰なのだろうか。孤高を言い訳に他人を排斥してきたから、ようやく見つけた理解者を、神様は金星から奪っていってしまうのだろうか。

——もう私には無理だ。

金星は腿に爪を立てた。

——お願い。誰か、助けて——……。

『ヴィーナス、聞こえるか。こちらスターボード。急ぎ、計算してほしいことがある』

不意に呼ばれ、顔を上げた。先ほどまでの緊迫した声とは打って変わり、道中無駄口を叩き合ったようなフランクな口調で、陸《りく》が金星に呼びかけていた。

『少し難しい計算だ。あいつを弾き飛ばすには、どのくらいのモノをぶつければいい。計算リミットはあの衛星の被害範囲が市街に及ぶまでだ』

しかし、フランクな口調とは打って変わり、求められたミッションは極めて酷なものだった。金星は急いで残時間を確認する。残り五分もない。

『相棒《バディ》、おまえならできるだろ？』

問われ、金星は頰を叩く。

弱音に濡れ萎んでいた喉が、一気に開いた。

「任せて！　二四〇秒で仕留めてみせる！　神に誓って！」

意味を考えている暇はなかった。無理難題だと嘆く時間すら惜しい。相棒《バディ》が計算しろというのだ。管制室の誰もが戸惑うような難問でも、解かないわけにはいかない。

——どうする。なにから手をつける。

幼い頃から集積してきた航空宇宙学の知識を紐解き、金星は最適な解法を探した。今回は航空機衝突により生じる衝撃荷重の計算だ。たしかＮＡＳＡで使っていた計算モデルがあったはず。それを援用して条件を変えれば……うん。なんとか間に合う。あとは衛星の大きさや材質など、詳細な仕様がわかればいい。

しかし、今から管制室のデータベースを漁《あさ》って情報収集が間に合うだろうか？

いや、おそらく間に合わない。落下物の表示ステータスが未確認飛行物体《Unknown》から変更がないことからも明らかだ。そもそも衛星に詳しいものがいないから金星がここに駆り出されたという経緯がある。

金星は考えた。自分よりもあの未確認飛行物体《Unknown》かに詳しい者がいれば——……。

「そうだ。掲示板——っ」

金星は勢いのまま振り返り、管制室に叫ぶ。「無線機を貸してください！」

金星の声を受け、飛島《とびしま》が手招きをする。「こっちだ！」促《うなが》されるまま、金星はノートパソコン片手に駆け寄った。そのまま指定された座席に座り込む。勢いのままに無線機の操作をはじめた。

「どこと通信を？」

「スペースガード協会の人。落下してくる衛星の仕様を知っているかもしれないから——ハローCQ！　ハローCQ！　ハローCQ！　こちら金星《ヴイーナス》！　8n4star 8n4star！　聞いてるんなら早く出て！」

呼び出しが続く。焦《じ》れるような時間が続いた。一秒が一時間にも感じる。なかなか応答がない。それでも金星は諦めなかった。

いまはただ、誰かに頼る正しさを信じていた。

「ハローCQ！　こちら金星《ヴイーナス》！　8n4star 8n4star！　聞いてるんなら——ッ」

『こちらは8n4starです。金星《ヴィーナス》さんですか？』

返ってきた声に金星はすぐに言った。「お願い！　助けて！」声の限り、切実に叫んだ。「もう一機落ちてきてた。私ひとりじゃどうにもできないの。だから――っ」

『そう言うと思ってましたよ』

無線の向こうの声に、金星は息を呑《の》む。

『あなたの無茶には慣れっこですからね、こちらも準備済みです。掲示板にいたHarryとA.Jから連絡がありました。彼らもついさっき気づいたようです。その衛星の仕様を今から伝えます』

「ありがとう！　話が早くて助かる！」

『ですが……すみません、実験機のため、高さと幅しかわかりませんでした』

「ううん、充分！　私を誰だと思ってるの？」

即座に、無線機から数字が垂れ流された。高さ二・一m《メートル》、幅二・二m《メートル》。金星はその数値を目の前のパソコンに打ち込んでいく。計算モデルに当てはめ終えるとエンターキーを叩いた。あとは演算能力の問題だ。

しかし、焦《じ》れる。想定よりもパソコンのスペックが低い。

「計算が遅い！　なんでこんな古いPCしかないの！　防衛費どこやったのよ！」

誰にともなく不満が漏れる。背後に立つ飛島《とびしま》が苦虫を噛《か》み潰したような表情をしているが、金星はそれを見もしない。ただ黙々と画面を睨《にら》み続けては、瞳の奥で計算リソースを探す。もしここに自分のタブレットがあれば……考えてもしかたがない。

だが、次の瞬間、金星は目の眩《くら》むような思いがした。

貸与のパソコンが熱を持ち、処理が極端に遅くなったのだ。

残り時間はあとわずか。このままでは間に合わない。

「――ごめん、ちょっと借りる！」

「あ、こらっ！」

金星は席から飛びあがると、背後に立っていた橋立《はしだて》一尉からバインダーを奪い取った。バインダーにはインクの切れかけたボールペンと、役所仕事に欠かせない古臭い紙媒体が挟まれている。

金星は細く息を吐くと、身体中のエネルギーを頭と手先に集めた。

ボールペンを紙に押し付け、一気に走らせる。

――できる。私なら！

あの衛星の大きさは、報告どおり、高さ高さ二・一m《メートル》、幅二・二m《メートル》。パラシュートが開いた地点は不明だから、とりあえずは高度一〇km《キロメートル》地点と仮定。絡まってるパラシュートの大きさは、機体の大きさから逆算して一〇〇〇m^2《平方メートル》程度。海洋への安全な着水速度は一般的に秒速数メートルから一〇m《メートル》未満だから、正しく開いていたら、降下速度はそのくらいに減速されることになっていたはずで……。

　時計の針がリミットへ近づく。金星は瞬きも忘れて数式を書き連ねる。頭が熱い。耳の奥がキンと鳴る。奥歯を噛《か》み締めすぎて、頬の内側が痛い。

「浅野《あさの》さん、もう無理です！」

「うるさい！　無理とか言うな！　このまま続ける！」

「ですが、もう……っ！」

「絶対にやってみせるから！　陸《りく》と私を信じてよ！」

　破壊限界まであと数十秒。金星の隣に立つ飛島《とびしま》が息を呑《の》む気配がする。目の前の紙面が赤く汚れている。金星は鼻先から垂れる血も構わず、ペンを走らせる。

　苦しい。きつい。やめてしまいたい。

　それでもかまわずペンを走らせる。掠《かす》れたインクも気にならない。紙面の計算式はすでに、頭に描いた計算式の後追いになっている。

「……――陸、答えが出た！」

　血の滲《にじ》む紙を掲げ、必要な情報だけをマイクに叫んだ。

「あいつの重さは約3ｔ《トン》、だから、それと同じか、それ以上の質量の物体を、逆向きの速度でぶつければ吹き飛ばせる！」

　金星が言い終えると、スピーカーからはすかさず『スターボード、了解』と落ち着いた声が返ってきた。

『オーダー通りの回答時間だ。さすがは俺の相棒《バディ》。その答えなら、こいつで十分すぎるな――てなわけで、ちょっくら行ってくるぜ』

続けて放たれた言葉に、金星は一拍遅れて、「え？」と間の抜けた声を出した。

レーダー上のF‐4《ファントム》が急に速度を増した。

「……――まさかっ」

短い付き合いに過ぎないが、金星はそれだけで陸の思惑に気がついた。

あの男は、落ちてくる人工衛星に体当たりを仕掛けるつもりなのだ。

「こちら管制。スターボード、進路上にベガがいる。いますぐ制止せよ」

『こちらスターボード。それは無理な相談だ』

管制室に陸の声が響く。

『いろいろ考えたんだがよ。俺は俺の生き方しかできねえ。でもよ、たぶんそれでいいんだ。見栄や虚勢じゃねえ。大切なもんに胸を張れるような立派な人間に、いまここでなってみせる』

『ばかか！　死ぬやつが胸を張れるか！』

寺井《てらい》が叫んだ。『ひとまず戻れ！　策はまだあるはずだ！』

『そんなことをしたら手遅れになっちまうだろ！　時間がないんだぞ！』

金星はふたりのやりとりを聞きながら、管制レーダーを覗き込んだ。

どうやら寺井《てらい》が、陸《りく》の進路を塞《ふさ》いでいるようだった。

『星板《ほしいた》！　スタンドプレイで解決しようとするな！』

『たしかに俺は勘に頼るし、無茶をする！　失敗だってした！　でもよ、ここは空の上だ！　俺がここでしくじったことあるかよ！　頼むよ、寺井。一生に一度のお願いだ！　俺を信じてくれ！　俺は絶対に大丈夫だ！　それは寺井、おまえが一番よくわかってるはずだ！』

陸の声を最後に、寺井は沈黙してしまう。

「ばかっ！　そのまま行ったら——誰が血液製剤を水姉に届けるのよ！」

代わりに金星が声を上げた。「ねえ！　私の声、聞こえてるでしょ！　答えてよ、陸！　宇宙飛行士になるんじゃないの！」

『金星、おまえがいるじゃねえか』

陸の言葉に、金星は息を呑《の》んだ。

『おまえがいる。血液製剤を届けて、宇宙飛行士になって。新しい世代の希望になってくれ。おまえならできるよ。俺が保証する』

「そんな、勝手な……」

『なんだよ、俺の言葉が信じられないのか？』

「違う！　けど……」

『ならいいじゃねえか。俺は俺なりに、行けるところまで行ってくるからよ』

「待って……行かないで……！」

『あとは任せたぜ。相棒《バディ》』

次の瞬間、マイクにノイズが走る。

管制モニターが、F‐4《ファントム》の無線交信が切れたことを告げていた。

『……あのバカッ！　管制！　こちらチョコレート！　スターボードが視界外へ消えた！　至急指示を乞う！　繰り返す！　至急指示を乞う！』

管制室に寺井の怒声が響く。レーダーを見ると、陸が寺井を躱《かわ》し、前に出たようだった。最大速度は余計な機能のついていないF‐4《ファントム》の方が速い。寺井のF‐35B《ライトニング》がフルスロットルで追いかけても理論上は追いつくことはできない。それでも寺井は陸の影を追う。管制室も必死でF‐4《ファントム》の機影を捉え、寺井に座標を報告する。

しかし――……

「管制よりチョコレート。ベガとスターボードが、レーダーから消失しました……」

管制官が憔悴《しょうすい》した様子で呟《つぶや》いた。

金星も飛島《とびしま》も、周囲の人間も、言葉を失っていた。

先ほどまでの騒がしさが嘘《うそ》のように、管制室が静けさに包まれた。

『こちらチョコレート！　周辺空域を捜索する！　救難隊の準備を！』

寺井の鋭い声で管制室はようやく息を吹き返す。

「ELT《救命無線機》の信号はどうなってる！」

「ELT《救命無線機》のデジタル信号を受信する衛星がダウンしています！　チョコレートがアナログ信号をキャッチするまで詳細位置は不明です！」

「くそっ……とにかく海保に連絡だ！　御前崎《おまえざき》に待機させていた救難機を飛ばすよう伝えろ！　日没まで時間がない！　いますぐにだ！」

一斉に担当者たちが動き出す。ばたばたと足音が鳴った。

唯一動いてないのは、小さな影のみ。「うそつき」金星はひとり俯《うつむ》いていた。「一緒に宇宙に行くんだって思ってた私が、バカみたいじゃない」

金星の頭脳は、先ほどの計算で限界を迎えていた。もうなにも考えられない。それどころか、自分の能力を発揮した結果が陸《りく》を死に追いやったのだと思うと、自ら思考を放棄したくなっていた。

「勝手に星になってんじゃないわよ……」

管制室の喧騒《けんそう》が遠くに聞こえる。

金星は床にへたり込んだまま、ただモニターを見上げていた。

爆風の衝撃で着水地点は不明。緊急脱出装置が働いたかも不明。随伴していたF-35B《ライトニング》に届くELT《救命無線機》のアナログ信号はノイズが多くて頼りにならない。耳に届く言葉のすべてが、陸の生存を否定するように聞こえてしかたがなかった。

「脱出できたとて、この状況下で海上遭難となったら洒落《しゃれ》にならんぞ」

飛島《とびしま》の呟《つぶや》きが耳に痛い。確かにその通りだった。日没が迫っている。水平線に太陽が沈めば、深い闇が訪れる。町中で迷子になるのとはわけがちがう。このまま陸の着水地点がわからなければ、金星と再会することは、二度と――……。

俯いていると、ふいに、船体が揺れた。

「なにごとだ！」

「撃墜したベガとアルタイルの破片です！　洋上に落下してきています！」

「各員被害確認！　沿岸に展開中の部隊にも連絡を！」

怒号が飛ぶ。もう一度船体が揺れた。

金星はよろめき、壁にぶつかった。衝撃に顔を上げる。目の前になにかぶら下がっているのが見える。それは受話器だった。室内中央の管制卓に設えられた固定電話から、受話器がだらりと垂れている。

金星は縋《すが》るように、その受話器を摑《つか》んだ。

よろよろと立ち上がり、クリーム色のダイヤルボタンに指先を押しあてる。
０、９、０――……。
覚えていた電話番号を打ち込む。数字を覚えるのは得意だった。

ボタンをひとつ押す度、金星の頭には陸との思い出が溢《あふ》れた。

渋谷で出逢って、姉を病院まで運んだこと。

「市街地への被害は現在確認なし！　各担当班が落下した破片を捜索中！」

病院で喧嘩《けんか》をして、結局、一緒に飛び出したこと。

「日が落ちるぞ！　F-4《ファントム》のパイロットはまだ見つからないのか!?」

荷台に揺られた。船で逃げた。街を歩いて、また喧嘩した。

番号を押し終え、耳に受話器を押しあてる。またSFの話をしたいと思った。好きな映画、おすすめの小説、とっておきの漫画、ドラマ、アニメ――……。

頼りない発信音が鳴り続ける。沿岸の移動基地局はどうやら機能しているらしいが、肝心の通話ははじまらない。寺井《てらい》からの続報もない。太陽は西の彼方《かなた》に沈み、暗闇《くらやみ》が世界を覆《おお》いはじめていた。

息が詰まるような時間が続いた。管制室には諦めが漂い出していた。それでも金星は祈らなかった。ただ受話器を握り締め、祈る代わりに、陸《りく》と長いこと空を飛んできた寺井の眼と、培ってきた自分の知識を信じることにした。

ただ待った。次に会った時になにを話そうと考えて、ただじっと。

「チョコレートから通信！　海上に不審な光を確認！」

管制官が不意に声を張り上げる。

「F-35B《ライトニング》の機体映像、モニターに出します！」

管制卓のモニターに映像が出力された。

日の落ちた太平洋。暗い海面。その上を、Ｆ‐３５Ｂ《ライトニング》が同心円状に低速旋回している。

中央には、海上に揺れる光があった。

波に攫《さら》われては消える、オレンジ色の微《かす》かな発光。

Ｆ‐３５Ｂ《ライトニング》が光源めがけ、高度を下げた。

カラフルなパラシュートが海面に漂っている。

その傍《かたわ》らには、小さな人影がひとつあった。

「スターボードの緊急脱出《ベイルアウト》を確認！　生きています！」

管制室に歓声が木霊《こだま》した。画面の向こう、海面に漂う人影も、腕を突き上げ、雄叫《おたけ》びをあげているようだった。金星には、彼がなにを叫んでいるか理解できた。

――そうだ。勝ったんだ。長い道のりの果てに、私たちは勝ったんだ。

気がつけば、金星は声をあげて泣いていた。

〈エピローグ　2025年7月7日　月曜日　夜〉

広尾の病院まで——残り二十三km《キロメートル》
停電の発生から——二十九時間

眼下には街が広がっていた。火災の上昇気流で機体がふらふらと揺れている。金星は膝上のクーラーボックスが落ちないように抱え直した。中には大事な血液製剤が入っている。腕には自然と力がこもった。

「あのばかっ」

隣から、吐き捨てるような罵りが聞こえる。

「F-4《ファントム》をおしゃかにしやがって。退役済みとはいえ、国税二十億の機体だぞ。PAC-3でさえ一発五億！　どれだけ高価な体当たりになったかわかってるんだろうな！」

憤《いきどお》る寺井《てらい》を、金星は「まあまあ」となだめすかした。

けしかけたのはそっちの艦長だ。陸《りく》は二十億円分の働きをしたわけで。

そう言いたい気持ちは抑え込む。

不機嫌な寺井一尉帯同のもと、金星は横浜海上保安部所属の回転翼機《ヘリコプター》、あきたか2号《MH690》に乗っていた。横須賀基地から広尾の病院まで、およそ五十km《キロメートル》の帰り道。この機体なら全力を出さずとも二〇分足らずで飛びきる。天井高は一四〇cm《センチメートル》と低いが、やはり現代利器の性能は高い。五枚の羽根が空気を裂く振動や騒音も、ひどいと言えばひどいが、それほどには気にならない。

　陸と歩んだ道が、どんどん後ろに流れていった。

「飛島《とびしま》一佐が頑《かたく》ななのは知っていたが、あんな博打《ばくち》打ちだと思わなかった。だいたい、御前崎《おまえざき》に配備していた移動基地局が気を利かせて運転をしていなければ、ケータイのアンテナも光らなかったんだ。こんなものは再現性のないただの奇跡だ」

「でも、奇跡は起きたからいいじゃないですか。ね？」

「それは結果論にほかならないでしょう。海保が急ぎ駆けつけなかったら、あいつはあのまま洋上で遭難していたんですよ!?」

「いやそれを言われると……ほんと、今日は海保には迷惑かけっぱなしで……」

「かけっぱなし……？　他にもなにかやったんですか」

「……いや、まさかそんな」

　ぎこちなく笑んで、金星は視線を逸《そ》らす。

「……まあいいでしょう」寺井は短く息を吐いた。「どうせ今日の些末《さまつ》事なんて、すぐに忘れるほど忙しくなりますからね」

　寺井の言いたいことは、金星にもよくわかった。太陽嵐の影響は一週間続くのだ。不吉な紅いオーロラも、あと数日の間は日本の空を侵し続ける。足元に広がる街も、これからまた長い停電に苦しむのだ。

「ようやく災害対策本部の実行部隊が動きはじめた頃です。通信系が死んでいるから、初動対応が遅れすぎました。今頃は限られた電力をどの施設に分配させるかを閣僚が揉《も》んでいるところでしょう。停電がいつまで続くかもわからないですからね」

変電所はほとんどが焼き付いてしまっている。完全復旧までには、楽観的に考えても三年程度はかかるだろう。なにせ変電設備の製造にも電気がいるのだ。発電設備の乏しいなかで、それを作ろうとなると途方もない。それまで厳しい節電が続く。まるで百年以上前の生活がはじまる。経済損失も半端ではない。楽観的に見ても、被害額は日本だけで数兆円はくだらないだろう。

「輸送系もすぐには復活しません。各国も自国の復旧で忙しいはずです。日本の食料自給率は四十パーセントにも満たない。このままだと食糧難も必至でしょう……」

寺井《てらい》の言葉に、金星は目の眩《くら》むような思いがした。輸送ができないなら石油も枯渇する。資源国と非資源国の政争が苛烈《かれつ》化するだろう。それだけじゃない。ＩＴ系の企業を筆頭に、各業界には真の意味での氷河期が訪れる。

「資源もない。食料もない。頼みの綱の科学技術すら、現在《いま》では他国に見劣りする。言いたくはありませんが、これから先の日本の十年は、まさに悪夢といえるでしょう」

悪夢。吐き出された言葉に金星の顔が曇った。それもそのはずだ。その悪夢の只中に甥《おい》は生まれ落ちるのだ。暗い世界で、希望もなく、人々が争いを匂わせる世界で家族が生きるとあれば、生きる希望なんて――。

「だが、世界は終わっちゃいません」

力強く言い切る寺井に、金星は思わず視線を向けた。

「ここからが我々の真価《自衛隊》の発揮のしどころです。いまを生きる国民のためにも、これから生まれてくる子らのためにも、我々《われわれ》が安全な世界をつくってみせます。幸い日本は打たれ強い。官民学の力を総結集し、どこよりも早く復旧してみせますよ」

向けられた眼差しに、金星の背筋はすっと伸びた。

「だから、希望は任せましたよ。浅野《あさの》さん」

「……希望？」

「宇宙飛行士になるんでしょう？　これから先は暗いニュースばかりになります。その中で人々が前を向くには、希望が必要です。人類が再び宇宙を目指すというのは、復興の旗印になりますよ」

「それ、陸《りく》から聞いたんですか？」

「どうでしょう」

寺井がわざとらしく首を傾《かし》げる。

「あのお喋《しゃべ》りバカ……次会ったらただじゃおかないんだから」

金星が呟《つぶや》くと、寺井《てらい》はおもむろに目を伏せた。金星はそれを不審に思い、「というか、陸《りく》は大丈夫なんですか?」と探るように訊ねていた。

いま、隣に彼の姿はない。星板《ほしいた》陸は洋上から回収後、すぐに米軍基地の病院に移送されたと、金星は聞いている。身体に異常はないと判明したらしいが、未だ解放される見込みは立っていない、とも。

「身体は大丈夫でしょう。ただ——」

寺井は言いかけ、口を噤《つぐ》んだ。

「ただ?」と、金星は言葉の先を促《うなが》した。

「あいつはおそらく、このまま戻ってきません」

「……え?」

金星の膝の上から、クーラーボックスが落ちかけた。

「これは憶測に過ぎませんが、今頃あいつは、米軍への移籍の打診を受けているはずです。正当防衛とはいえ、仮にも軍事機密の塊《かたまり》を壊した張本人です。かの国があいつの身柄を欲しがれば、我が国は強く否定できない」

「でも、そんな……じゃあ陸は、今回の作戦の代償として、身柄を引き渡されるってこと?」

「そういうことに、なります」

「なによ、それ……——納得できない!」

「落ち着いてください。これは、ここだけの話にしてほしいのですが、あいつの空戦技術は安全保障上、とても価値のあるものなんです。あいつの操縦感覚を基に、無人戦闘機の性能向上を図ろうという動きが、あいつの現役時代からあったと聞きます。この機会に、米軍が欲しがるのも無理はないことなんです」

金星には、寺井がなにか世迷言を言っているように感じられた。

「これは古くからある、高度な政治的取引です。あいつはこの後、米軍の監視下のもと、無人戦闘機の開発に協力する日々を送ることになるでしょう。正直、私や金星さんがどうこうできる領域の話ではないんです」

「そんな強引な！　陸に拒否権はないの!?」

「断ることもできる、とは思います……だがきっと、あいつは断りません」

「なんで！」

「飛び立つ前、私に言ったんです。この先は成り行き任せだと。無人機の開発にはＮＡＳＡもかかわってきます——だからあいつはきっと、あいつなりの方法で、これからも自分の道を歩んでいくのだと思います」

「なによ、それ。私と一緒に、宇宙に行くんじゃ——……」

クーラーボックスが落ちかける。

力の抜けた金星の両腕を、寺井の掌《てのひら》が、そっと包み込んでいた。

「納得できないとは思います。私もできません。ただ事実として聞いてください。あいつはそうしてこの国を守ったんです。私やあなたの、大切な人たちを守ったんです」

寺井《てらい》の眼差しに、金星はきつく唇を引き結ぶ。そうして、吐き出しかけた嗚咽《おえつ》をなんとか抑え込んだ。文句や泣き言はひとつも漏らさなかった。愚痴《ぐち》を零《こぼ》すことさえも、もったいないと思えた。いまはただすべてを呑《の》み込んで、力に変える。意志に変える。それが正しい選択だと思えた。

操縦席から声が響いた。「もうすぐ着陸態勢に入ります」

金星は目元を拭《ぬぐ》い、クーラーボックスを担ぎ直し、再び外を見た。

回転翼機《ヘリコプター》が高度を下げる。真下に広がる暗闇《くらやみ》の中には、先の見えない苦痛に耐え、よりよき世界を築こうと歩む人たちの姿があった。車道の真ん中に立ち、赤い蛍光棒を振る人。白いテントの下、幼い妹に読み聞かせをする姉。坂道を歩く老婆に手を貸す若者。泣く赤ん坊をあやす母と父。大きな鍋の前で汗を拭いながら、炊き出しを行う有志の人々。必死に走り回る看護師たち。

「寺井さん、陸《りく》はどこに幽閉されるの?」

「それは……おそらくですが、無人機の研究ですから、カルフォルニアのエドワーズ空軍基地あたりじゃないでしょうか」

「カルフォルニアのエドワーズね。覚えた。私、物覚えはいい方なの」

「浅野《あさの》さん……？」

「決めた。私、やっぱり絶対、宇宙飛行士になる」

眼下の街を見据えたまま、金星は高らかに宣言した。

「それで、なんでもいい。偉い人にでも頼み込んで、エドワーズ空軍基地に殴り込む。もしその時、陸がうだうだやっていようもんなら、首根っこ摑《つか》んで、第二宇宙速度でぶん投げてやる。アメリカとの距離なんて、たったの一万キロよ。簡単にたどり着いてみせる。なめんじゃないっての」

呆気《あっけ》に取られている寺井に向けて、金星は続けて言った。「これ、嘘《うそ》じゃないですから。いろいろ障壁はあるだろうけど、絶っっっ対叶《かな》えてみせる。こんな時代だからこそ、夢見なくちゃ。でしょ、寺井さん」

「そうですね」

問われ、寺井は柔らかく笑んだ。「応援しています」

それから少しして、どすん、と機体に衝撃が走った。どうやら病院の屋上に備えられたヘリポートに着陸したようだ。シートベルトの解除合図を聞くや否や、金星は弾かれるように機体の外に飛び出していた。

「寺井さん、ありがとうございました」

振り返り、頭を下げる。

そこで一瞬、金星は息を呑《の》んだ。

回転翼が吐き出す強風《ダウンウオツシユ》を浴びながら、寺井理沙《てらいりさ》が敬礼をしていた。強い風を受けながらも、微動だにしないその立ち姿はあまりに凛々しく、金星はしばし瞬きすら忘れてしまうほどだった。

──陸《りく》はこの人と、長い間、相棒だったんだ。

思うと、喉の奥がきゅっと痛んだ。

「寺井さん、私、寺井さんみたいにもなるから！」

気がつけば、また宣言していた。「寺井さんみたいに、かっこいい人になる！　最前線で働いて、音速も超えて、次は、私があいつの横を歩くんだから！」

目を丸くして固まっていた寺井の唇が、わずかに動いた。強風《ダウンウオツシユ》に阻《はば》まれ、声は聞こえない。けれどたしかに、「ゆずらない」と言われた気がした。凛《りん》としたたかな五文字の宣言は、金星の胸にたしかに突き刺さった。

「浅野《あさの》さん、こちらです！　急いで！」

耳を打つ高い声に、金星は我《われ》にかえった。下階に繋《つな》がる塔屋の前で、待機していた看護師が手招きしている。金星はついに寺井に背を向け、駆け出した。

もう、振り返らなかった。

「姉の病室は⁉」

「五階です。まだ分娩室にいます！」

看護師に血液製剤を預け、塔屋に飛び込む。階段はひどく暗い。予備電源が切れているのか、それとも省電力を徹底しているのか、足元を見ないと躓《つまず》きそうになった。

一段下りるたび、金星は耳を塞《ふさ》ぎたくなった。階下からは、怒りや苦しみ、今に対する不満が聞こえてきていた。

考えれば考えるほど、この世界は暗黒に突き進む一方だ。

生きづらさや息苦しさはこの先も続いていくだろう。

しかし、金星は俯《うつむ》きもしなければ、止まりもしなかった。

金星には、今日またひとつ、先に行く理由が——宇宙に行く理由ができたのだ。

困難な道だ。休んでいる暇も、落ち込んでいる暇もないだろう。それでも金星は迷わない。

辛くなったら誰かを頼ればいい。陸《りく》が金星を信じ、ケータイの電源をいれてくれたように。他人を信じて、手を握ればいい。

そして、長い長い道のりの果てに取り戻す。

この世界の英雄を、金星が信じた相棒を、この手に取り戻す。

どこに行ったたって、何度見失っても、見つけてみせる。見つけ出して、何度も話をする。聞いてもらいたい話があるのだ。好きな映画の話。苦手な小説の話。宇宙の話。今日あった話。これから起きる話。たくさん話をして、馬鹿話に笑い合って、手を取り合って、たまに喧嘩《けんか》なんかもして、隣を歩き続ける。ふたりで、歩き続ける。

金星はもう決めた。決めたことは、必ずやり遂げると決めている。

——あんたが音よりも速いってんなら、私は光の速さで進んでやるから。

分娩室の前に着き、金星は深呼吸をひとつした。

十年、二十年、いつになるかはわからない。でも、必ずそこにたどり着く。金星は心で叫んだ。私から行く。どんなに暗い世界でも、夢を松明《たいまつ》代わりに握り締め、未来を切り拓いてみせる。だから、未来《そこ》で待ってろ。私の相棒。

分娩室の扉を大きく開け放った。

「水姉っ！」

微《かす》かに腫《は》れた目元を拭《ぬぐ》い、扉を大きく開け放った。

分娩室は静かだった。天井から下げられた懐中電灯と、ろうそくが暗い室内を照らしていた。分娩台の横には、孔明《こうめい》の姿があった。

分娩台に縋《すが》りつくようにして、俯いている。金星は息を呑《の》み、視線を室内に漂わせた。もうひとつ、人影が見えた。それはゆるやかなシルエットの病院着を着た水星の姿だった。額には汗で前髪が貼り付いていた。

金星は、膝から崩れ落ちた。

「男の子。衛《まもる》っていうの」

暗闇《くらやみ》のなか、水星が笑顔を浮かべて言った。彼女の腕の中には、ひとつのたしかな、命の輝きがあった。金星は思わず、両手で顔を覆《おお》っていた。わずかに漏れた嗚咽《おえつ》に、分娩台にもたれかかって居眠りしていた孔明《こうめい》も目を覚ました。疲労に沈んだ目の隈が彼の努力を伝えていた。

「あれ、金ちゃん……陸《りく》くんは？」

姉に問われ、金星は呼吸を整える。

再び目元を拭《ぬぐ》い、平然と答えてみせた。

「陸は……うん。ちょっと用事。でも、またすぐに会えるよ」

「そっか」

「うん。絶対。私が連れてくる。ああ、そうだ。陸から伝言が──」

そこまで言って、金星は口を噤《つぐ》んだ。

「陸くんが、なに？」

「ううん。なんでもない」

言葉を濁し、窓辺に足先を向けた。

多くのことを成し遂げてみせると誓ったけれど、これだけは、彼が伝えるはずだった五文字の祝辞は言わないことにした。ずるいかもしれない。立派ではないかもしれない。だが、もう決めたのだ。必ず彼の口から言わせて、姉への未練を断ち切らせる。

これからものすごく頑張るのだ。そのくらいはしてもらってもいいと思った。

「ねえ、金ちゃん」

「なに、水姉」

「もしかしたら、今、この瞬間。この国のどこかに、私みたいに、新しい家族を迎えた人たちがいるのかな」

「うん。きっといるよ」

——でないと、陸がこの国を救った意味がないでしょう?

姉には言わない。金星はひとり、外の世界に目を向けた。街は暗い。夜空には、いまなお紅いオーロラがなびいている。洟《はな》を啜《すす》ると、それでも変わらず夏の匂いがした。オーロラの向こうに、天の川が輝いていた。今から、あそこに向かうのだ。長い道のりになるだろう。幕開けた物語は、どんな困難に満ちているかわからない。

「うん。でも大丈夫。私は絶対、たどり着く。たどり着ける」

金星は呟《つぶや》き、夜空に背を向けた。確信があった。どれだけ絶望にまみれた世界でも、どれだけ困難な夢でも、たどり着くことは難しくなんかない。

——だって、そうでしょう。

この距離はきっと、十五光年より遠くない。

〈了〉

ガガガ文庫12月刊

十五光年より遠くない

著／新馬場《しんばんば》 新《あらた》

イラスト／あんよ

2025年。太陽フレアの磁気嵐により、東京は大規模停電に見舞われた。元自衛官の陸は、偶然にも初恋の女性の妹・金星と出会い、ある事実を知ることになる。かつての想い人の命を救うため、そして東京を救うため、たった二人のミッションが始まる。

ISBN978-4-09-453159-6（ガし6-2）　定価946円（税込）

氷結令嬢さまをフォローしたら、メチャメチャ溺愛されてしまった件2

著／愛坂《あいさか》タカト

イラスト／Bcoca《ビコカ》

恋人として認められたグレイとアリシア。学院への復帰も決まり、卒業したら婚約すると父と約束をした。けれど同じクラスにヤンデ令嬢・マインが!?　しかも他の同級生を退学に追いやってしまい、再び停学の危機に！

ISBN978-4-09-453165-7（ガあ18-2）　定価814円（税込）

負けヒロインが多すぎる！6

著／雨森《あまもり》たきび

イラスト／いみぎむる

先輩たちが卒業していく、春。焼塩檸檬は温水にこっそり耳打ちする。「ぬっくん。あたしとデートしよっか」――こんがり娘が運ぶ、春の嵐。

ISBN978-4-09-453164-0（ガあ16-6）　定価836円（税込）

ミモザの告白4

著／八目《はちもく》 迷《めい》

イラスト／くっか

誰よりも汐のことを慕っていたその妹――槻ノ木操。兄がセーラー服を着ているところを目撃した瞬間に、かつての憧憬は消え去った。汐が変わってしまった理由を求めて、操は回想する。現在から過去へ遡りながら……。

ISBN978-4-09-453139-8（ガは7-7）　定価836円（税込）

GAGAGA

ガガガ文庫

十五光年より遠くない

新馬場 新

発行　2023年12月23日　初版第1刷発行

発行人　鳥光 裕

編集人　星野博規

編集　星野博規

発行所　株式会社小学館
〒101-8001 東京都千代田区一ツ橋2-3-1
［編集］03-3230-9343　［販売］03-5281-3556

カバー印刷　株式会社美松堂

印刷・製本　図書印刷株式会社

Printed in Japan　ISBN978-4-09-453159-6